Knaur.

Weitere herzenswarme Bücher für das schönste Fest des Jahres:

Maeve Binchy, *Geschichten zur Advents- und Weihnachtszeit*
Jörg Mehrwald, *Ach, Du lieber Weihnachtsmann*
Hans Christian Meiser (Hrsg.), *Vom Zauber der Weihnacht*
Richard Dalby, *Eiskalte Weihnachten*
Kirsten Adler, Antje Nissen (Hrsg.), *Wenn die Engel Plätzchen backen*
Lola Lindberg (Hrsg.), *Freche Engel und wilde Weihnachtsmänner*

Über die Autorin:
Für ihre beliebten Romane hat Tracy Cozzens in den USA bereits zahlreiche Preise gewonnen. Sie lebt mit ihrem Mann und ihrem Sohn im Nordwesten der USA. *Küsse unterm Weihnachtsbaum* ist ihr erster Roman im Knaur Taschenbuch Verlag.

Tracy Cozzens

Küsse unterm Weihnachtsbaum

Roman

Aus dem Englischen
von Silvia Kinkel

Knaur Taschenbuch Verlag

Die amerikanische Originalausgabe erschien 2003 unter dem Titel
»A 5th Avenue Christmas« bei Kensington, New York.

*Für meine Agentin, Barbara Collins Rozenberg,
die dieses Buch möglich machte.*

**Besuchen Sie uns im Internet:
www.knaur.de**

Vollständige Taschenbuchausgabe November 2006
Knaur Taschenbuch.
Ein Unternehmen der Droemerschen Verlagsanstalt
Th. Knaur Nachf. GmbH & Co. KG, München

Redaktion: Lüra Klemt & Mues GbR
Umschlaggestaltung: ZERO Werbeagentur, München
Umschlagabbildung: FinePic, München
Satz: Adobe InDesign im Verlag
Druck und Bindung: Clausen & Bosse, Leck
Printed in Germany
ISBN-13: 978-3-426-63570-4
ISBN-10: 3-426- 63570-4

2 4 5 3 1

1. Kapitel

Connecticut, 1897

»Immer schön das Ziel im Auge behalten, Meryl.«
»Tue ich ja.« Sie beobachtete ihren Vater, der durch sein Fernglas blickte und das hohe Gras am Rand der Weide nach Moorhühnern absuchte.
Meryls »Ziel« gehörte nicht zur Gattung Federvieh, sondern war Herr über ein gewaltiges Eisenbahnimperium und stand direkt neben ihr, die Wangen von der kühlen Morgenluft gerötet. Sie war so erpicht darauf, mit ihrem Vater über ihre Zukunft zu reden, dass sie sogar die behagliche Wärme des Landhauses verlassen hatte, um ihn bei seiner traditionellen Jagd an Thanksgiving zu begleiten. Mr McDougall und Mr Whitney, übers Wochenende angereiste Gäste, waren ebenfalls mit von der Partie und folgten gerade dem Setter zu einem kleinen Hügel ganz in der Nähe. Das verschaffte Meryl ein paar kostbare Minuten allein mit ihrem Vater.
Mr Carrington senkte das Fernglas und betrachtete seine Tochter. »Du bist alles andere als begeistert bei der Sache. Warum bist du nicht im Haus geblieben? Deine Mutter hätte es sicher begrüßt, wenn du ihr bei den Vorbereitungen für das Essen zur Hand gegangen wärst.«
»Sie braucht mich doch gar nicht, auch wenn die Dienstboten heute freihaben. Im Haus sind vier verheiratete Damen, die sowieso alles viel besser können. Mrs McDougall

betrachtet sich als Expertin auf dem Gebiet der Truthahnzubereitung. Mrs Whitney hat ganz klare Vorstellungen, was die Tischdekoration angeht, Clara führt ausschweifende Gespräche über die Ernährung von Kleinkindern und …«

Er hob die Hand. »Still jetzt! Da vorn bewegt sich etwas. Sieh doch.«

Er hielt ihr das Fernglas hin. Zögernd nahm sie es in die Hand.

»Achte auf die Stelle links neben dem Beerenstrauch.« Er hob das Gewehr und legte an.

»Los, Jasper.« Der Golden Retriever schoss auf den Busch zu und scheuchte einen Schwarm Moorhühner auf.

»Also gut, ich gestehe«, platzte Meryl heraus.

Mr Carrington zuckte zusammen – und sein Schuss ging daneben. Er senkte das Gewehr und sah seine Tochter an. »Du gestehst? Was ist es dieses Mal?« Er seufzte. »Schon gut, ich kann es mir denken.«

»Du weißt, wie sehr ich es liebe, in der Firma zu arbeiten«, setzte Meryl an und hoffte, die richtigen Worte zu finden. »Jahrelang habe ich von nichts anderem geträumt. Aber ich habe nicht damit gerechnet, dass es so stumpfsinnig sein würde …«

Seine Augen über dem mittlerweile fast vollständig ergrauten Zwirbelbart funkelten. »Ich hatte dich gewarnt: Frauen besitzen nun mal keinen Geschäftssinn. Es war töricht von dir, zu glauben, die Arbeit würde dir gefallen.«

»Dir würde es auch nicht gefallen, wenn du den ganzen Tag lang Formulare in Aktenordner heften müsstest«, entgegnete sie trocken.

Er gab die Verfolgung der Moorhühner endgültig auf, stellte den Gewehrkolben auf den Boden und hielt mit behandschuhten Händen den Lauf umfasst. »Diese Arbeit ist wichtig und keinesfalls unter der Würde meiner Tochter.«

»Als Einstieg war es gewiss geeignet. Aber jetzt bin ich bereit für größere Herausforderungen. Ich bin keine Anfängerin mehr und habe mittlerweile auch eine angesehene Akademie absolviert.«

»Bryn Mawr. Eine Mädchenschule.«

»An der ich ein eingehendes Studium der Geschichte, Sprachen und Mathematik betrieben habe. Ich bin bestens vorbereitet, um die Westgate-Übernahme durchzuführen.«

Er sah sie ungläubig an. »Westgate? Du hältst dich für fähig, den Kauf einer Eisenbahngesellschaft abzuwickeln?«

Sie nickte energisch. »Ganz recht. Ich bin bereit, Vater. Ich habe alle Gutachten gelesen und sogar ein Kaufangebot für die Geschäftsleitung von Westgate aufgesetzt. Vielleicht könntest du es dir heute einmal ansehen?«

»Meryl ...«

»Vater, bitte.« Sie legte die Hand auf den Ärmel seiner schweren Jagdjacke. »Du hast nun mal keinen Sohn – aber mich. Und ich verspreche dir, dass ich dich nicht enttäuschen werde.«

Er tätschelte ihr die Hand, während sein Blick in die Ferne schweifte. »Du hast ja Recht. Ich habe immer davon geträumt, einen Sohn darauf vorzubereiten, meinen Platz einzunehmen. Was nicht heißt, dass ich nicht meine helle Freude an meinen Töchtern gehabt habe, einschließlich dir, Schnuppel.«

»Ich könnte für dich wie ein Sohn sein – wenn du mir die Chance dazu gibst.«
Er seufzte tief und legte ihr die Hand auf die Schulter. »Meryl, du musst dich nicht abmühen, um eine Geschäftsfrau zu werden. Ein hübsches Mädchen wie du sollte sich einen netten Mann suchen und eine Familie gründen. Dann könnte deine Mutter auch endlich aufhören, sich Sorgen zu machen«, fügte er mit einem schiefen Blick hinzu. »Sei froh, dass du die jüngste meiner fünf Töchter bist. Bei Hannah und Lily war deine Mutter geradezu versessen auf einen Adelstitel. Dummerweise hat Lilys Bursche keinen – aber zum Glück konnte Pauline das mit ihrem Marquis wieder wettmachen.«
»Ja, aber die Firma …«, begann Meryl.
»Die Firma«, unterbrach er sie, »ist für dich der perfekte Ort, um einen geeigneten Mann kennen zu lernen. Fleißig und intelligent. Einen Mann, der dich anständig behandelt. Im Grunde könnte es der nette Junge von nebenan sein. Und da wir gerade davon sprechen – rate mal, wer dort hinten kommt!« Mit einem triumphierenden Lächeln blickte er Meryl über die Schulter.
Meryl bekam ein ungutes Gefühl. Die Phase der Eheanbahnung hatte begonnen. Nun, da sie die Akademie abgeschlossen hatte, konnte sie es nicht länger hinauszögern. Aber so leicht würde sie sich nicht an den Mann bringen lassen. Schließlich hatte sie sich nicht durch die Mathematik gequält, um das Heimchen am Herd zu spielen und ein Kind nach dem anderen zu bekommen.
Die Stimme des Neuankömmlings schnitt durch die kühle Morgenluft. »Guten Morgen, Mr Carrington! Ihre Frau hat mir verraten, dass ich Sie hier finden würde.«

Meryls Vater war sichtlich erfreut. »Joseph! Wie ich sehe, bist du aus Mexiko zurück.«
Meryl seufzte erleichtert. Es war bloß Joe. Kein Grund zur Beunruhigung. Sie kannte ihn von Kindesbeinen an – damals hatte er sie immer an den Zöpfen gezogen und in einem fort gepiesackt.
Joe Hammond, der Sohn des ehemaligen Geschäftspartners ihres Vaters, konnte eine Plage sein, aber er war zumindest eine bekannte Plage. Seit vier Jahren hatte sie ihn nicht mehr gesehen. Er war die ganze Zeit über in Mexiko gewesen, wo er den Bau einer neuen Eisenbahnlinie der Atlantic-Southern Railroad überwacht hatte.
Meryl wappnete sich innerlich für den Schlagabtausch, der mit Sicherheit folgen würde. Dann drehte sie sich langsam um – und stand vor einem völlig Fremden.
Jetzt sei nicht albern, sagte sie sich. *Das ist Joe. Er ist einfach nur … älter.* Aber er war auch viel größer als früher und hatte richtig breite Schultern bekommen. Sein Gesicht war mehr oder weniger noch das alte – es hatte nach wie vor diese markante Form. Sein hellblondes, leicht gewelltes Haar ließ sich auch mit Pomade nicht bändigen. Auf seinen Wangen schimmerte der Schatten eines Bartes, und als er lächelte, zeigten sich um seine Augen herum kleine Lachfältchen. Alles an ihm wirkte männlich.
Seine smaragdgrünen Augen musterten Meryl überrascht. »Meryl? Bist du das etwa? So vermummt und mit roter Nase?«
»Mach dich nicht lächerlich«, fauchte sie und wünschte, ihre Stimme würde weniger aufgeregt klingen. »Für einen kalten Novembermorgen bin ich absolut passend gekleidet.« Trotzdem ärgerte sie sich, dass sie nicht etwas

Vorteilhafteres gewählt hatte als den schweren Wollumhang und den Schal, der nicht nur einen Teil ihres Gesichts, sondern vor allem ihr langes, goldblondes Haar verhüllte, auf das sie besonders stolz war. »Was sollte ich denn sonst tragen? Ein Flatterkleidchen wie die Mädchen in den Tanzlokalen, in dem ich mir die Arme abfriere?«

»Meryl«, sagte ihr Vater tadelnd, aber Joe lächelte nur.

»So frech und vorlaut wie eh und je«, erwiderte er mit unverschämt guter Laune. »Und redet immer noch über Dinge, von denen sie gar nichts wissen dürfte.«

»Wie darf ich das denn verstehen?« Meryl baute sich herausfordernd vor ihm auf.

»Du hast doch noch nie ein Tanzlokal von innen gesehen. Woher willst du also wissen, was die Damen dort tragen?«

»Verstehe«, erwiderte sie spöttisch. »Während du in Mexiko zweifelsohne Stammgast solcher Etablissements gewesen bist.«

Joe zog seine sandfarbenen Augenbrauen hoch. »Zweifelsohne.«

Dann wandte er sich demonstrativ ihrem Vater zu und berichtete, wie das Bauprojekt verlaufen war. Die neue Linie war bereits in Betrieb genommen und beförderte Passagiere von der Baja Peninsula bis nach Mexiko City, wobei das Stück ab San Diego durch Südkalifornien zur Eisenbahnlinie der Westgate-Gesellschaft gehörte.

Meryl bebte vor Wut über Joes Gelassenheit und die Ungezwungenheit, mit der er über wichtige Geschäfte sprach. Ob er wirklich in diesen Tanzlokalen verkehrt hatte? Einfach skandalös – und was für ein Glück er hatte, dass er tun und lassen konnte, was ihm gefiel!

»Wir haben noch genügend Zeit, alles in Ruhe zu bespre-

chen«, sagte ihr Vater gerade. »Schön, dass du wieder da bist, Joe. Sehr schön. Ich hätte nicht gedacht, dass deine Familie uns schon dieses Wochenende mit einem Besuch beehrt.«
»Ich muss Sie leider enttäuschen, ich bin allein. Mutter besucht noch immer Freunde in Italien. Ich hoffe, meine Anwesenheit beim Thanksgiving-Dinner kommt nicht ungelegen. Aber ich wollte Ihnen so schnell wie möglich von der Fertigstellung der Eisenbahnlinie berichten, bevor ich in die Stadt fahre.«
Ihr Vater klopfte Joe freundschaftlich auf den Rücken. »Guter Junge. Immer nur die Arbeit im Kopf.«
»Genau wie dein Mädchen«, murmelte Meryl. Sie ärgerte sich maßlos, dass ihr Vater Eigenschaften am Sohn seines früheren Partners lobte, die er ihr schlichtweg absprach.
Mr Carrington senkte verschwörerisch die Stimme. »Aber lass uns ungeachtet der vorlauten Kommentare meines Nesthäkchens in Anwesenheit meiner Frau nicht über Tanzlokale reden. Für sie bist du immer noch der kleine Junge, der sich Bücher aus meiner Bibliothek ausleiht und regelmäßig vergisst, sie zurückzubringen.«
»So etwas habe ich getan?« Joe sah ihn mit großen Augen unschuldig an.
»Das weißt du doch ganz genau«, mischte sich Meryl ein. »Du bist bei uns ein und aus gegangen, als würdest du zur Familie gehören. Hoffentlich hast du nicht vor, bei uns zu wohnen, nun, da du wieder in New York bist.«
Joe sah sie nachdenklich an. »Um ehrlich zu sein, liebste Meryl, hatte ich diese Möglichkeit gar nicht in Betracht gezogen. Ich würde es nicht wagen, deiner Familie zur Last zu fallen …«

»Wir wären überglücklich, dich bei uns zu haben«, stellte ihr Vater klar.
Meryl stöhnte. Warum hatte sie nicht den Mund gehalten? Ihr Vater betrachtete Joe doch jetzt schon wie den Sohn, den er nie gehabt hatte!
»Warten wir erst einmal dieses Wochenende ab, Mr Carrington«, sagte Joe und bedachte Meryl mit einem eindringlichen Blick. »Mal sehen, ob ich die liebenswürdige Gastfreundschaft Ihrer Tochter überlebe.«
»Du darfst es ihr nicht übel nehmen«, erklärte Mr Carrington mit leichtem Verdruss. »Sie ist unzufrieden mit ihrer Aufgabe in der Firma – und mit mir.«
»Meryl arbeitet für Sie? Sie belieben zu scherzen!«
Ihr Vater senkte die Stimme, als könnte sie ihn dann nicht mehr hören. »Ich habe ihr eine einfache Bürotätigkeit in der Abteilung Verträge und Rechnungen gegeben. Laut des Abteilungsleiters macht sie ihre Aufgabe recht ordentlich.«
»Smithson, nicht wahr?«
»Genau. Mir ist zwar zu Ohren gekommen, dass sie ihn ständig mit Fragen und Vorschlägen löchert, aber bei mir hat er sich bisher nicht beschwert.«
»Über die Tochter des Chefs? Nicht sonderlich überraschend.«
»Ich bin nicht nur die Tochter des Chefs«, protestierte Meryl, empört darüber, dass Smithson – oder sonst jemand – sie anders behandeln könnte, nur weil sie mit dem Firmeneigner verwandt war. Wenn sie irgendeine x-beliebige Frau gewesen wäre, hätte sie vielleicht weniger Mühe gehabt, in dieser von Männern beherrschten Arbeitswelt erfolgreich zu sein.

»Bemerkenswert.« Joe betrachtete Meryl, als wäre sie ein interessantes Insekt. »Mir war immer klar, dass sie ehrgeizig ist, aber nicht, wie ehrgeizig. Ich weiß allerdings nicht, ob ich an Ihrer Stelle meiner zart besaiteten Tochter erlauben würde, sich in einer derartig ... *rauen* Umgebung zu tummeln.« Seine Augen blitzten amüsiert.

Mr Carrington runzelte nachdenklich die Stirn.

Meryl warf Joe einen vernichtenden Blick zu. Er war nicht mehr als ein Haar in der Suppe ihrer Pläne. Sie drehte ihm den Rücken zu und wandte sich an ihren Vater: »Was *er* kann, kann ich auch. Das Bauvorhaben in Mexiko hätte genauso gut ich abwickeln können.«

Joe brach in schallendes Gelächter aus. »Tatsächlich?«

Meryl fuhr zu ihm herum. »Tatsächlich.«

»Mut hast du ja, das muss man dir lassen.« Joe schüttelte den Kopf und grinste amüsiert. »Ich kann kaum glauben, was ich da höre. Aber eigentlich sollte es mich nicht überraschen. Vernunft war noch nie deine Stärke. Ich weiß noch, wie du dich damals im Kohlenschacht versteckt hast, um zu beweisen, dass du im Dunkeln keine Angst hast. Natürlich bist du stecken geblieben. Drei erwachsene Männer waren nötig, um dich zu befreien.«

Ihr Vater lachte leise. »Als man sie schließlich herauszog, sah sie aus wie eine Eingeborene – von Kopf bis Fuß schwarz.«

»Musste sie nicht sogar draußen gewaschen werden?«

»Ja, meine Frau wollte nicht, dass Meryl den Dreck ins Haus trägt.« Die beiden Männer lachten bei der Erinnerung an diese Geschichte.

Meryl hätte am liebsten laut geschrien. Sie starrte Joe wütend an – er war nämlich derjenige gewesen, der darauf gewettet hatte, dass sie es im Dunkeln nicht lange aushalten würde – aber diesen Punkt hatte er geflissentlich unterschlagen. »Ich war erst sieben! Diese Sache hat rein gar nichts mit meinen heutigen Fähigkeiten zu tun, Vater.«

»Trotzdem hat Joe nicht ganz Unrecht.« Mr Carrington umfasste mit der Hand Meryls Kinn. »Das Geschäftsleben ist nichts für eine junge Dame. Du solltest deine Jugend genießen und davon träumen, den richtigen Mann zu heiraten, statt zuzuhören, wie muffige ältere Herren über Fusionen und Stahllieferungen debattieren.«

Meryl trat einen Schritt zurück, sodass ihr Vater sie loslassen musste. Wie sehr wünschte sie, er würde endlich einsehen, dass sie genauso fähig war wie Joe. Abgesehen davon war es geradezu lächerlich, wie sehr Joe von sich überzeugt war. Es verlangte sie förmlich danach, ihn zurechtzustutzen – und zwar ein für alle Mal.

Plötzlich hatte Meryl eine Idee. »Vater, ich kann dir beweisen – euch beiden«, korrigierte sie sich und sah Joe an, »dass ich mit Männern wie Joe durchaus konkurrieren kann.«

»Und auf welche Art gedenkst du, dies zu bewerkstelligen?«, fragte Joe.

»Indem ich mehr Moorhühner schieße als du. Schick Jasper los, Vater, damit er die Vögel in dem Gebüsch da hinten aufscheucht. Wer die meisten Moorhühner erlegt, hat gewonnen.«

Bei ihrem Vorschlag brach Joe erneut in amüsiertes Lachen aus.

Mr Carrington runzelte die Stirn. »Bist du sicher, Meryl? Joe ist ein ausgezeichneter Schütze.«

»Das bin ich auch. *Du* hast es mir beigebracht, weißt du

noch?« Sie tätschelte ihm den Arm. »Und ich lerne schnell, was du mir beibringst – insbesondere, wenn es um die Firma geht.«
Er seufzte. »Man muss nicht aus allem einen Wettkampf machen, Schnuppel.«
Meryl wandte sich zu Joe. »Bist du bereit, oder hast du nicht genug Mumm, es mit mir aufzunehmen?«
»Um es mit dir aufzunehmen, braucht ein Mann mehr als nur Mut«, entgegnete Joe trocken. »Aber zu meinem großen Glück kenne ich dich. Mir machst du keine Angst, Plagegeist.«
Plagegeist – so hatte er sie als Kind immer genannt. Und nun besaß er doch tatsächlich die Frechheit, diesen Namen wieder auszugraben! »Dann mach dich darauf gefasst, vernichtend geschlagen zu werden, Watschelente«, feuerte sie mit dem Namen zurück, den sie ihm damals verpasst hatte.
Joes Augen verengten sich zu schmalen Schlitzen, aber ganz tief in dem Smaragdgrün entdeckte Meryl ein amüsiertes Funkeln. Während sie einander schweigend anstarrten, lud ihr Vater seine Winchester und reichte sie Joe.
Joe überprüfte den Lauf, hob das Gewehr an und bot Meryl eine letzte Chance zum Rückzug. »Bist du dir sicher? Ich habe in Mexiko viel Zeit bei der Jagd verbracht.«
»Zeit, in der du wahrscheinlich hättest arbeiten sollen«, entgegnete Meryl schnippisch, legte an und fasste das Ziel ins Auge. Sie galt als recht guter Schütze, auch wenn sie diese Fähigkeit bisher fast ausschließlich beim Bogenschießen geübt hatte.
Joe seufzte und legte an. »Wenn du darauf bestehst.«

Mit lautem Gebell schoss Jasper auf das Gebüsch zu, in dem die Moorhühner Zuflucht gesucht hatten. Ein Dutzend der fetten Vögel stob hervor und erhob sich wild flatternd in die Lüfte. Bevor sie außer Reichweite flogen, erlegte Meryl mit präzisen Schüssen zwei der Vögel. Zufrieden senkte sie das Gewehr. »Nicht einen, sondern zwei. Was sagst du nun?« Sie grinste Joe triumphierend an.

Er senkte sein Gewehr ebenfalls und nickte. »Alle Achtung. Nicht schlecht für ein Mädchen.«

Mädchen. Für ihn war sie also immer noch ein Mädchen.

»Aber ich war besser.« Er klemmte sich das Gewehr unter den Arm und arbeitete sich durch das Gebüsch zu den getroffenen Vögeln vor. Jasper kehrte bereits mit einem Moorhuhn zurück und legte es ihrem Vater vor die Füße, während sich Meryl daranmachte, ihre Ausbeute einzusammeln.

Als sie zu ihrem Vater und Joe zurückkehrte, stellte sie fest, dass fünf Vögel getroffen worden waren.

»Fünf! Vater, hast du etwa auch geschossen?«, rief Meryl überrascht.

»Nein, nur Joe. Tut mir leid, Schnuppel, aber er hat drei heruntergeholt.«

So werde ich die Männer nie davon überzeugen, dass ich mithalten kann, dachte Meryl enttäuscht.

Sie riss sich zusammen und wandte sich Joe zu. »Dann muss ich dir wohl gratulieren.« Sie streckte ihm ihre Hand entgegen.

Er nahm sie und drückte sie sachte. »Kein Grund, sich zu ärgern. Du besitzt einen guten Instinkt. Du musst nur lernen, vorsichtiger zu sein – und weniger gefühlsbetont. Du

hast dich eher darauf konzentriert, mich zu besiegen, als darauf, Moorhühner zu schießen.«
»Du willst eine Frau dazu bringen, weniger gefühlsbetont zu sein? Viel Erfolg, Joe«, sagte ihr Vater lachend.
Joe nickte. Er hatte immer noch dieses überhebliche Siegerlächeln im Gesicht. »Das ist ja das Problem bei Frauen im Geschäftsleben. Ich habe keine einzige getroffen, die sich nicht von ihren Gefühlen leiten ließ – und das war immer zum Schaden des Unternehmens.«
Meryls Vater runzelte die Stirn, schlug sich zu ihrer großen Überraschung jedoch auf ihre Seite. »Meine Meryl ist allerdings etwas Besonderes. Du musst zugeben, dass sie sich in eurem kleinen Wettstreit sehr gut behauptet hat. Zwei Vögel – viele Männer könnten es nicht besser.« Er klopfte seiner Tochter stolz auf die Schulter. Meryl errötete vor Freude. Seine nächste Bemerkung versetzte sie in helle Aufregung. »Vielleicht finden wir in der Firma eine etwas verantwortungsvollere Aufgabe für dich.«
Meryl fiel ihm um den Hals und rief: »Oh ja!«, und warf Joe über die Schulter ihres Vaters hinweg ein triumphierendes Lächeln zu. Dann strahlte sie ihren Vater an. »Ich bin dir so dankbar. Wenn du erst einmal das Angebot studiert hast, das ich aufgesetzt habe …«
Bevor Mr Carrington antworten konnte, mischte sich Joe ein. »Und in zehn Jahren bist du fettleibig und unglücklich wie all die anderen Geschäftsfrauen. Tja, tja. Dabei hättest du eine viel versprechende Zukunft gehabt.«
Meryl erstarrte. Wie konnte er es wagen, ihre Freude in kaltem Zynismus zu ersticken? »Warum sagst du das?«
»Die Welt der Männer zermürbt die Frauen. Sie müssen selbst wie Männer werden, um in ihr zu überleben.«

»Ist das wirklich deine Meinung?« Mr Carrington schien durch dieses schwachsinnige Argument tatsächlich ins Grübeln zu kommen.
»Das ist doch Humbug!«, warf Meryl ein.
Joe zuckte mit den Schultern. »Sie müssen zugeben, Mr Carrington, dass Männer für gewisse Dinge einfach die besseren Voraussetzungen mitbringen – und die Jagd ist nur ein Beispiel von vielen. Das hat Gott so gewollt. Du siehst also, Meryl, es hat keinen Sinn, gegen mich anzutreten. Die Naturgesetze weisen dich in deine Schranken. Aber ärger dich deshalb nicht. Eines Tages wird ein Mann närrisch genug sein, dich zu heiraten – und du kannst ganz in deiner Rolle als Frau aufgehen.« Als krönenden Abschluss seiner dreisten Kommentare zwinkerte er ihr frech zu.
Meryl biss die Zähne zusammen. Ihr Vater schien tatsächlich über Joes Behauptungen nachzudenken, denn er verlor kein Wort mehr über ihre neue Position in der Firma. Stattdessen konzentrierte er sich auf die Jagd, bis es an der Zeit war, das Wild einzusammeln und zum Haus zurückzukehren. Auf dem etwa eine Meile langen Heimweg trottete Meryl lustlos hinter ihrem Vater, seinen beiden Gästen und Joe her. Die Männer unterhielten sich angeregt über Geschäfte und schienen gar nicht zu merken, dass Meryl auch noch da war. Sie musste endlich etwas tun, um den Respekt ihres Vaters zu erwerben und ihre Fähigkeiten unter Beweis zu stellen. Aber es musste schon etwas Spektakuläres sein.
Die Westgate-Übernahme wäre die perfekte Gelegenheit. Meryl hatte ihre Tätigkeit in der Firma genutzt, um alle Berichte über Westgate zu lesen, die man ihr zum Abhef-

ten gegeben hatte. Wahrscheinlich wusste sie mehr über Westgate als irgendjemand sonst bei Atlantic-Southern.
Sie balancierte ihr Gewehr auf der Schulter und machte mit ihren schlammbespritzten Stiefeln einen vorsichtigen Schritt über eine riesige Pfütze. Ihr Vater *musste* sie einfach damit beauftragen, die Verhandlungen mit Westgate zu führen. Das war er ihr schuldig. In Kalifornien, weit weg von seinem Einflussbereich, könnte sie ihm dann beweisen, was in ihr steckte – ihm und auch den anderen Männern in der Firma, die in ihr genau wie Joe offenbar nur die Tochter des Chefs sahen.
Die kleine Jagdgesellschaft erreichte die Kuppe des Hügels, von dem aus man einen Blick auf den Landsitz der Familie Carrington hatte. Nur zwei Meilen von dem kleinen Dorf Wallingford entfernt, überragte das Haus alle Gebäude in der Nachbarschaft und war das größte Anwesen im Umkreis von dreißig Meilen. Das Herrenhaus war nach dem Vorbild eines rustikalen Jagdhauses entworfen worden. Die zahlreichen zweiflügeligen Fenster schimmerten im milden Licht dieses Herbstmorgens. Im Unterschied zu der schlichten Fassade wies das Gebäudeinnere nicht nur jeglichen modernen Komfort wie fließendes Wasser und elektrisches Licht auf, sondern war erlesen und geschmackvoll ausgestattet. Ihr Vater hatte das Haus vor zehn Jahren in Auftrag gegeben, um hin und wieder dem Trubel der Großstadt entfliehen zu können. Dabei mangelte es ihnen in ihrem Haus auf der 5th Avenue wahrlich an nichts.
Meryl war buchstäblich mit dem goldenen Löffel im Mund geboren worden, und wenn sie unzufrieden war, hielt sie sich das manchmal vor Augen. Ihr war durchaus

bewusst, wie gut es ihrer Familie ging und wie schwer das Leben für manch anderen war. Trotzdem verspürte sie im Gegensatz zu ihrer Schwester Clara einen weitaus geringeren Drang, sich wohltätigen Aufgaben zu widmen. Meryl wollte sich in dieser Welt auf andere Weise einen Namen machen, sie wollte etwas bewirken und dem Familienerbe Ehre erweisen. Wenn ihr Vater nur endlich aufhören würde, ihre Bemühungen zu vereiteln!

Sie folgte ihrem Vater und Joe den Hang hinunter zur Rückseite des Anwesens. Mr Whitney und Mr McDougall hatten bereits die Rasenfläche erreicht und angefangen, ihre Gewehre zu reinigen und die Jagdausbeute zu vergleichen.

Ihre Gattinnen kamen aus dem Haus geeilt, um die Vögel entgegenzunehmen. Da das Küchenpersonal an diesem Tag freihatte, war ein Mädchen aus der Gegend angeheuert worden, um die Vögel zu rupfen. Ansonsten mussten die Damen heute jeden Handgriff in der Küche selbst erledigen – ausgerechnet an Thanksgiving. Aber sie würden schon dafür sorgen, dass ein vollendetes Dinner auf dem Tisch stand.

Meryl seufzte. Warum nur machte es sie nicht glücklich, so wie diese Frauen in der Küche zu hantieren und das Essen vorzubereiten? Warum machte es sie nervös und rastlos, zu Hause zu sitzen und sich um nichts als den Haushalt zu kümmern?

Zwanzig Schritte vor dem Hintereingang trennte sich Mr Carrington von Joe – der kein Gewehr reinigen musste – und gesellte sich zu Mr McDougall und Mr Whitney auf den Rasen.

Bevor sie ebenfalls dorthin ging, nutzte Meryl die Gelegenheit, um mit Joe zu reden. Sie überholte ihn am Fuß der Verandatreppe und verstellte ihm den Weg. »Du bist offenbar wild entschlossen, meinem Vater zu imponieren. Es ist jedenfalls nicht zu übersehen, wie verzweifelt du dich darum bemühst, dass er eine gute Meinung von dir bekommt.«

»Ich habe keinen Grund, verzweifelt zu sein. Dein Vater hat nämlich bereits eine gute Meinung von mir, und die habe ich mir redlich verdient.« Er lächelte, und dabei zeigte sich ein Grübchen in seiner stoppeligen Wange.

Meryl schüttelte den Kopf und seufzte theatralisch. »Ich weiß ja nicht, was du vorhast, Joe Hammond, aber du wirst der Tatsache ins Auge sehen müssen, dass ich dir gegenüber immer im Vorteil bin, wenn es um meinen Vater geht.«

Seine Augen verengten sich. »Was willst du damit sagen?«

Sie zuckte mit den Schultern. »Das ist doch offensichtlich. Vater denkt bereits über meine künftige Rolle in der Firma nach.«

»Das stimmt. Du wirst befördert: Von der Aktensortiererin zur … was eigentlich? Stenografin?«

Sie machte eine wegwerfende Handbewegung. »Jeder muss irgendwo anfangen. Aber schon bald werde ich wichtigere Aufgaben übernehmen. Sehr viel wichtigere.«

»Da bin ich sicher. Bis du einen armen Irren gefunden hast, der dich heiratet und eine Familie mit dir gründet.« Er lächelte gönnerhaft und musterte sie von Kopf bis Fuß. Meryl wurde unbehaglich unter seinem durchdringenden Blick, obwohl sie bis zur Nasenspitze vermummt war. »Der arme Kerl tut mir jetzt schon leid«, schloss Joe.

»Du bist die ungehobeltste und verabscheuungswürdigste

Kreatur, die mir je begegnet ist«, fauchte sie und ärgerte sich fürchterlich darüber, dass ihr seine Meinung nicht gleichgültig war. »Du bist noch genauso flegelhaft wie früher als Junge.«
»Nur dir gegenüber.« Seine grünen Augen nahmen einen grüblerischen Ausdruck an, und seine Stimme wurde auf einmal sehr viel sanfter. »Du bringst genau das in mir zum Vorschein, Meryl. Das hast du schon immer getan. Und dieser Unsinn, was dich und die Firma angeht – ich war sicher, das hätte sich mittlerweile gelegt.«
Sie hob trotzig das Kinn. »Darin hast du dich geirrt – einer deiner vielen Irrtümer.«
»Was bitte soll das heißen?«
»Um nur eine Sache zu nennen: Du willst einfach nicht verstehen, welche Position mir in unserem Familienunternehmen zusteht. Dabei ist das für jeden offensichtlich, der nur halbwegs bei Verstand ist. Vater hat fünf Töchter und keinen einzigen Sohn. Und von all seinen Kindern interessiere nur ich mich für die Firma. Jetzt, da ich meine Ausbildung beendet habe, wird mich Vater darauf vorbereiten, eines Tages seine Nachfolgerin zu werden. Irgendwann werde ich Atlantic-Southern Railroad leiten.« Nun hatte sie ihren Trumpf ausgespielt.
Die Überraschung stand Joe ins Gesicht geschrieben. »Du willst doch nicht etwa behaupten, dass du tatsächlich glaubst …«. Er warf ihr einen eindringlichen Blick zu. Dann riss er die Augen auf und sah sie gleichermaßen verblüfft wie amüsiert an. »Scheinbar ja. Du glaubst also wirklich, dass du eines Tages in die Fußstapfen deines Vaters treten und Präsidentin der Firma sein wirst. Hat er … hat er dir das gesagt?«

Sie zuckte mit den Schultern und log, ohne mit der Wimper zu zucken. »Er hat gewisse Andeutungen gemacht.«
Joe entspannte sich und seufzte. Dann grub er die Hände in die Taschen seines Mantels und setzte den Weg die Treppe hinauf fort. »Andeutungen. Missverstanden vom beschränkten Verstand einer Frau.«
Meryls Blicke bohrten sich förmlich in seinen Rücken. Sie folgte ihm, wobei die Absätze ihrer Winterstiefel laut auf den Holzstufen klapperten. »Oh – ich vergaß. Du dachtest wohl, du würdest die Firma eines Tages leiten?«
Er drehte sich zu ihr um. »Ganz ehrlich, Meryl, so weit in die Zukunft habe ich noch gar nicht geplant.« Er sah sie an und ließ den Blick dann über die Herbstlandschaft hinweg in die Ferne schweifen. Am Himmel über ihnen flog eine Schar Gänse in V-Formation, auf dem Weg in wärmere Gefilde. Ihre Rufe wurden vom Wind verweht. »Erst einmal muss ich mich wieder zu Hause eingewöhnen, bevor ich mich anderen Dingen widmen kann.«
Seine Worte verklangen in der Stille des klirrend kalten Morgens und weckten in Meryl den Wunsch, die Gedanken und Gefühle dieses Mannes zu verstehen, der als Kind ihr Widersacher gewesen und jetzt kaum mehr als ein Fremder für sie war. Joe schien in diesem Moment drauf und dran, ihr sein Vertrauen zu schenken, und zu ihrem eigenen Erstaunen freute sie sich darüber. »Du meinst …«
Er hob abwehrend die Hand. »Schon gut. Dies hier ist nicht mein Zuhause, darauf hast du mich ja bereits laut und deutlich hingewiesen.« Er drehte sich um, stieß die Tür auf und ging ins Haus. Meryl blieb zurück und fühlte sich auf einmal sonderbar allein.

2. Kapitel

Joe Hammond verharrte in der Halle vor dem Salon, in dem sich die Familie vor dem Mittagessen versammelt hatte. Er strich mit der Hand über seinen taubengrauen Anzug. Hoffentlich war er angemessen gekleidet. Während seiner Zeit in Mexiko hatte er in Zelten neben der entstehenden Bahnlinie kampiert und keinen großen Bedarf an Gesellschaftskleidung gehabt. Wenn er zurück in New York war, würde er sich an das Leben in der Stadt erst wieder gewöhnen müssen. Aber er freute sich sehr darauf, genauso wie darüber, endlich in den Stammsitz der Atlantic-Southern Railroad mit seiner hektischen Betriebsamkeit zurückzukehren.

Joes Familie hatte früher zur New Yorker Gesellschaft gehört – bis zu jenem Tag, an dem sein Vater diesen dummen Fehler beging. Doch selbst während ihrer Glanzzeit waren die Hammonds im Vergleich zu den Carringtons kleine Fische gewesen. Die Carringtons gehörten zu den wichtigsten Unternehmerfamilien des Landes. Sie und die Hammonds waren Nachbarn gewesen und hatten sogar die Sommer zusammen verbracht. In der Hoffnung, in den Rang der Carringtons aufzusteigen, beteiligte sich Joes Vater im Laufe der Jahre an etlichen Geschäftsunterfangen Richard Carringtons – bis zu der Torheit, die allem ein Ende setzte.

Joe beendete gerade sein Studium am Massachusetts Institute of Technology, da erkrankte sein Vater an einem

»Herzleiden«. Trotz der peinlichen Vorkommnisse hatte Mr Carrington Joe in der Firma angestellt und ihn unter seine Fittiche genommen. Dies hatte auch den Schlag gemildert, den die Hammonds zwei Jahre später erlitten, als Joes Vater seiner Krankheit erlag.

Joe verdankte Mr Carrington seine berufliche Perspektive, und er hatte sich geschworen, seinen Mentor niemals zu enttäuschen. Davon würde ihn nichts abbringen, auch nicht Meryl.

Ihre Stimme drang durch die geschlossene Salontür. »Hast du dich über die Vögel gefreut, Mutter?«

Die Stimme von Olympia Carrington erwiderte: »Heute gibt es natürlich Truthahn, aber für den Rest der Woche haben wir nun dank der Männer mehr als genug Moorhühner.«

»Zwei davon habe ich geschossen«, korrigierte Meryl ihre Mutter schnippisch.

Launisch und verzogen wie eh und je, dachte Joe und musste schmunzeln. Es hatte ihm schon immer Spaß gemacht, sie zu foppen. Sie hatte in Kindertagen wie eine Klette an ihm gehangen. Und sie hatte ihn, als er unübersehbar für ihre hinreißende ältere Schwester Lily schwärmte, hemmungslos in Verlegenheit gebracht. Er war ein 16-jähriger Schuljunge gewesen, völlig vernarrt in eine erwachsene Frau, die jedem Mann in New York den Kopf verdrehte. Wer hätte ihm daraus einen Vorwurf machen wollen?

Aber Jungen in dem Alter konnten richtige Flegel sein, und Joe war keine Ausnahme. Also zahlte er Meryl ihre Indiskretion tüchtig heim, indem er sie wegen ihrer körperlichen und geistigen Unzulänglichkeiten hänselte.

Dabei war Meryl in Wahrheit gar nicht hässlich gewesen. Zwar hatte die wilde goldblonde Mähne ihre ohnehin zarte Gestalt dünn wie eine Bohnenstange wirken lassen, zierten zahllose Sommersprossen ihre Nase und waren ihre blauen Augen viel zu groß für das schmale Gesicht – trotzdem war sie unbestreitbar niedlich gewesen.
Aber welche Reize sie auch immer besessen haben mochte, leider wurden sie völlig von ihrem frechen Mundwerk und ihrer forschen Art überdeckt. Und solange er zurückdenken konnte, hatte sie es hauptsächlich auf ihn abgesehen. Anfangs war sie ihm ständig hinterhergelaufen wie eine lästige kleine Schwester, später hatte sie ihn bei jeder Gelegenheit herausgefordert.
Eine Tradition, die sie an diesem Morgen unvermindert fortgesetzt hatte. Er seufzte. Vielleicht urteilte er zu streng. Vielleicht war Meryl doch erwachsen geworden, und er konnte dies bloß nicht erkennen.
Joe holte tief Luft, straffte die Schultern und öffnete die Tür zum Salon.
Sein Blick wurde sofort magisch angezogen von einer wunderschönen Frau, die er im ersten Moment gar nicht erkannte. Sie stand neben Mr Carrington vor dem Kamin. Joe schlug das Herz bis zum Hals. Er hatte Meryl einmal damit aufgezogen, dass sie nie an die Schönheit ihrer Schwester heranreichen würde – aber jetzt konnte er sich nicht einmal mehr an das Gesicht ihrer Schwester erinnern.
Wo war nur das kleine Mädchen geblieben? Eine nie zuvor gespürte Wärme durchströmte ihn. Joe hatte Meryl nie als Frau wahrgenommen – bis jetzt.

Er war so lange von lateinamerikanischen Frauen umgeben gewesen, dass er ganz vergessen hatte, dass ein Teint so hell sein und zugleich von innen heraus leuchten konnte. Dass goldblondes Haar derart faszinierend schimmern konnte. Meryls üppige Lockenpracht zierte eine blaue Feder, die bei jeder Bewegung ihres Kopfes neckisch wippte.

Mit den zartrosa Lippen, die Mr Carrington zulächelten, der schmalen Nase und den großen, kornblumenblauen Augen wirkte Meryls Gesicht geradezu engelsgleich.

Joes Augen wanderten tiefer und stellten fest, dass sie außerdem weibliche Rundungen bekommen hatte. Sie war noch immer schlank, aber das wie angegossen sitzende taubenblaue Kleid umschmeichelte eine umwerfende Figur. Zarte Spitzeneinsätze entlang des Dekolletees verhüllten zwar ihre Brüste, betonten jedoch gleichzeitig deren Form.

Völlig hingerissen vergaß Joe für einen Moment, wen er da eigentlich bewunderte. Wie jeder Mann beim Anblick einer schönen Frau ertappte auch er sich bei der Frage, wie sich wohl ihre zarte Haut anfühlte, wie ihr Haar duftete, wie ihre Lippen schmecken mochten …

Bis sich diese rosig-zarten Lippen öffneten und Meryl ihn begrüßte.

»Schau mal an, Joe, du hast dich ja rasiert! Wie erfreulich, dass du in der Wildnis von Mexiko nicht jegliche Zivilisiertheit verloren hast.«

Joe fasste sich an die glatt rasierte Wange, doch als ihm das bewusst wurde, senkte er die Hand sofort wieder. Er spürte Ärger aufsteigen und war froh darüber. Ungeachtet ihrer äußeren Erscheinung war Meryl immer noch derselbe kleine Plagegeist. Und sie würde zweifellos keine Gelegenheit auslassen, ihm dies ins Gedächtnis zu rufen. Er bedauerte das nicht. Meryl als begehrenswerte Frau zu betrachten war so gefährlich, wie während eines Sturms am Rande eines Abgrunds zu tanzen.

Joe riss sich von ihrem Anblick los und wandte sich ihrem Vater zu. Während er im Ausland gewesen war, hatte er befürchtet, dass Mr Carrington ihn vergessen würde und seine Karriere in der Firma gefährdet sein könnte. Aber diese Befürchtungen hatten sich im Laufe des Tages in Luft aufgelöst. Mr Carrington behandelte ihn nach wie vor wie den Sohn, den er nie gehabt hatte.

Richard Carrington machte Joe mit den Gattinnen der Männer bekannt, die ebenfalls bei der Jagd gewesen waren. Außer Joe, den McDougalls und den Whitneys waren noch Meryls Schwester Clara, deren Ehemann Stone und ihre neugeborene Tochter Amelia über den Feiertag zu Besuch.

Die Gesellschaft war nun vollständig versammelt und begab sich in das Speisezimmer, wo ein opulentes Mahl angerichtet war, das aus Truthahnbraten mit Preiselbeersauce, Geflügelsalat, Süßkartoffeln, Wein und Apfelmost bestand. Hinter einem Funkenschutzgitter knisterte das Kaminfeuer und verlieh dem Raum trotz seiner Größe und der hohen Decke eine behagliche Atmosphäre.

Ein perfektes Thanksgiving – wenn die junge Dame ihm gegenüber geschwiegen hätte.

Meryl stocherte mit der Gabel in ihren Süßkartoffeln herum.

»Und, Mr Hammond, hast du deinen Aufenthalt in Mexiko genossen?«, fragte sie ihn. Ihre Stimme klang völlig unschuldig, aber er wusste, dass er sich davon nicht irreführen lassen durfte.

»Er war überaus faszinierend«, erwiderte Joe und wandte sich dabei an die gesamte Tischgesellschaft. »Aber ich gestehe, dass ich froh bin, wieder zu Hause zu sein. Was nicht heißen soll, dass ich nicht mit Freude überall dorthin gehe, wohin Sie mich vielleicht noch schicken möchten, Mr. Carrington«, fügte er mit einem kurzen Nicken in Richtung seines Arbeitgebers hinzu.

»Vater, bauen wir nicht gerade eine neue Linie an der Grenze zu Alaska?«, fragte Meryl zuckersüß. »Ich bin sicher, Joe würde es dort gefallen. Wie ich höre, sollen die Mädchen in den kanadischen Tanzlokalen ganz entzückend sein.«

»Du meinst wohl die Mädchen, die keinen Holzfäller zum Heiraten gefunden haben«, konterte Joe.

»Arnold Bigsby wickelt das Yukon-Bauprojekt ab«, warf Mr Carrington ein. »Reich mir doch bitte den Wein, Meryl. Ich bin es gar nicht mehr gewohnt, mich selbst zu bedienen, wie ich leider zugeben muss.«

»Wie wahr«, stimmte Mrs McDougall zu. »Thanksgiving ohne Dienstboten ist wirklich strapaziös.« Einige der Bediensteten waren zwar im Haus geblieben, hatten an diesem Tag jedoch frei. Sie saßen jetzt in der Küche ebenfalls beim Thanksgivingsschmaus.

Joe war daran gewöhnt, sich selbst zu bedienen, und einfach nur froh, dass Meryl das Gespräch aus der Hand genommen worden war.

Als Meryls Schwester Clara zum Nachtisch den Kuchen servierte, schnitt Joe das Thema an, das ihn am meisten beschäftigte. »Eine Expansion in die westlichen Staaten würde uns die Kontrolle über die gesamte Bahnstrecke von Mexiko City bis nach Kanada verschaffen. Sind Sie in Sachen Westgate Railroad schon weitergekommen?«, wandte er sich an seinen Arbeitgeber. Diese in San Francisco ansässige Gesellschaft war knapp bei Kasse und hatte Interesse angemeldet, von der Atlantic-Southern Railroad – oder einem ihrer Konkurrenten – aufgekauft zu werden.

»Wir überlegen noch, wie sich die Übernahme am besten durchführen lässt«, erklärte Mr Carrington. »Sobald wir einen Vertrag ausgearbeitet haben, brauche ich jemanden, der nach San Francisco reist und die Verhandlungen führt.«

»Das dachte ich mir«, nickte Joe.

»Woher weißt du von der Westgate-Übernahme?«, fragte Meryl und sah ihn stirnrunzelnd an, während sie mit der Gabel ein Stück Kuchen zum Mund führte.

Joe versuchte zu ignorieren, wie sinnlich sich ihre Lippen bewegten. »Ich stehe durchaus mit der Firma in Kontakt und halte mich auf dem Laufenden.«

»Über Westgate musst du dir keine Gedanken machen«, erklärte Meryl kühl. »Vater hat bereits entschieden, wie er in dieser Angelegenheit verfahren wird.«

»Noch habe ich nicht ja gesagt.« Mr Carrington schien weitaus mehr an seinem Stück Kuchen als an Gesprächen über Geschäfte interessiert zu sein.

Joe schaute von ihm zu Meryl, die auf einmal leicht beunruhigt wirkte. »Zugestimmt? Jetzt sagen Sie bitte nicht, Sie übertragen derartig wichtige Verhandlungen ...« Joe konnte sich gerade noch bremsen. Es stand ihm nicht zu, seinen Chef zu kritisieren.

»Aber nicht doch«, ermunterte ihn Meryl, und ihre wütend funkelnden Augen straften ihren gelassenen Tonfall Lügen. »Fahr bitte fort. Wir möchten alle gern hören, was du zu sagen hast.«
»Ich wollte nur anmerken, dass Vertragsverhandlungen äußerst kompliziert sein können. Sie erfordern Geduld, einen kühlen Kopf und Erfahrung – aber all dessen ist sich Mr Carrington gewiss bewusst.«
Meryl ließ nicht locker. »Und das soll heißen?«
»Das soll heißen, Mr Carrington benötigt jemanden wie mich.« So, nun hatte er seinen Hut in den Ring geworfen.
»Oh, natürlich«, erwiderte Meryl trocken. »Vater beabsichtigt, dass derjenige, der das Geschäft aushandelt, diesen Standort auch leiten wird. Bist du dir darüber im Klaren?«
»Ja, ich habe davon gehört. Und ich könnte mir durchaus vorstellen, in San Francisco zu leben.«
»Zweifelsohne«, höhnte sie. »Im Westen gibt es ja auch jede Menge Tanzlokale.«
»Meryl, es reicht. Joe ist unser Gast«, schaltete sich Mrs Carrington ein. Ihre entschiedene Stimme machte deutlich, dass sie keinen Widerspruch duldete. »Abgesehen davon finde ich diese Gespräche über Geschäfte äußerst ermüdend, insbesondere an Thanksgiving. Lasst uns über angenehmere Dinge reden. Mr und Mrs Whitney, wie ich höre, wollen Sie sich ein Haus in South Carolina zulegen. Wimmelt es dort nicht von Mücken?«
»Nur im Sommer. Und wir wollen ausschließlich die Wintermonate dort verbringen«, erklärte Mrs Whitney.
Die Unterhaltung drehte sich nun um Häuser, Archi-

tekten, Grundstücke und Dienstboten – Themen, die den nicht sehr vermögenden Joe wenig interessierten. Also aß er seinen Kuchen, trank Kaffee und ließ während der ganzen Zeit die junge Dame ihm gegenüber nicht aus den Augen. Wenn Meryl ihn ansah, schaute er sofort weg, um schon im nächsten Moment wieder hinzugucken – bis sie ihn mit ihren blauen Augen streifte, die hart wie Stahl wirkten. *Sie hasst mich*, dachte er und fühlte sich nicht gut bei der Vorstellung.

Aber sie ist selbst schuld, sagte er sich. *Sie eignet sich nicht für diese Aufgabe. Es war richtig, darauf hinzuweisen. Selbst ihr Vater sucht doch nach einem Grund, warum er sie die Verhandlungen mit Westgate nicht führen lassen kann.*

Als Mrs Carrington sich erhob und verkündete, es sei Zeit für die Damen, sich in den Salon zurückzuziehen und die Herren ihren Zigarren und dem Brandy zu überlassen, atmete Joe erleichtert auf. Wenn er mit Mr Carrington allein war, konnte er sein Anliegen ohne Meryls Einmischung vorantreiben.

Sie verließ den Raum als Letzte und warf ihrem Vater noch einen eindringlichen Blick zu.

»Verzeihen Sie, dass ich für Missstimmung gesorgt habe«, entschuldigte sich Joe, während er von seinem Gastgeber eine Zigarre entgegennahm.

»Du kannst nichts dafür. Seitdem Meryl weiß, dass ich überlege, wer diesen Vertrag aushandeln könnte, liegt sie mir in den Ohren, ihr das Projekt zu übertragen.«

Joe lachte trocken. »Sie ist doch völlig ungeeignet!«

»Nicht völlig.« Mr Carrington lehnte sich zurück und spielte nachdenklich mit seiner Zigarre. »Seit sie von der

Akademie zurück ist, erweist sie sich als zäher Verhandlungspartner. Und ihren Abschluss hat sie als Jahrgangsbeste gemacht.«

»Trotzdem, eine Akademieausbildung ersetzt noch lange keine Berufserfahrung.«

Mr Carrington seufzte. »Sie ist meine Tochter, Joe. Mein Fleisch und Blut. Andere Männer in meiner Position geben ihren Sprösslingen eine Chance, sich zu bewähren.«

»Ihren *männlichen* Sprösslingen.«

»Wie dem auch sei, sie ist das einzige meiner Kinder, das sich für die Firma interessiert, die mein Großvater, mein Vater und ich aufgebaut haben. Sie ist meine letzte Chance, den Stab innerhalb der Familie weiterzugeben.« Sein Blick ging ins Leere, während der Rauch seiner Zigarre langsam nach oben stieg.

Joe rutschte ungeduldig auf seinem Stuhl hin und her. »Das kann ich gut verstehen. Aber gerade die Westgate-Übernahme – für Atlantic-Southern ist es von entscheidender Bedeutung, westlich vom Mississippi Fuß zu fassen.«

»Das brauchst du mir nicht zu sagen. Und ich werde deshalb auch schon bald eine Entscheidung fällen.« Mr Carrington drückte seine Zigarre im Aschenbecher aus und begann dann mit Mr Whitney und Mr McDougall über Präsident McKinleys Kubapolitik zu diskutieren.

Eine halbe Stunde später erhob sich Richard Carrington und verkündete: »Gentlemen, die Damen warten auf uns.« Die Männer beendeten ihre Gespräche über Geschäfte und Politik und gingen hinüber in den Salon.

Meryl lauerte Joe im Flur auf. Sie packte ihn am Arm und zog ihn von der offenen Salontür weg. Nach gut fünf

Metern blieb sie stehen und baute sich vor ihm auf. »Du willst meine Position, stimmt's?«
Er lachte. »Sei nicht albern. Ich interessiere mich nicht für das Einsortieren von Akten.«
»Hör auf, dich darüber lustig zu machen.« Bei ihrem ernsten Gesichtsausdruck verging ihm das Lachen.
»Also gut. Ich wusste nicht, dass du ein Auge auf Westgate geworfen hast. Obwohl das keinen Unterschied macht, denn nur, weil du die Tochter deines Vaters bist, kannst du noch lange keine Übernahmeverhandlungen führen. Was wird der Präsident von Westgate denken, wenn du mit Federn im Haar ins Konferenzzimmer gerauscht kommst?« Joe stupste gegen die Feder in ihrer Frisur. »Glaubst du wirklich, man wird dich ernst nehmen?«
»Ich werde schon dafür sorgen, dass sie mich ernst nehmen, und natürlich trage ich dann keine Feder im Haar!«
»Deine Kleidung ist nicht der Punkt. Du bist eine Frau, und das werden sie wohl kaum ignorieren können.« Obwohl er es nicht wollte, ließ er den Blick über ihren Körper gleiten. Er jedenfalls fand es sehr schwer, diesen Umstand zu ignorieren.
»Aber das ist meine Chance, Joe. Verstehst du das nicht? Die Chance, Vater endlich dazu zu bringen, mich ernst zu nehmen. Wenn ich auch nur einen weiteren Tag lang Akten einsortieren muss, bin ich reif für die Irrenanstalt.«
»Manch einer würde sagen, das bist du bereits.«
»Dafür hättest du eine Ohrfeige verdient.« Meryl hob die Hand, als wollte sie ihn tatsächlich ohrfeigen.
Er ergriff ihre Hand und hielt sie fest, erstaunt, wie zart

sich die schlanken Finger anfühlten. »Hör mir zu, Meryl. Bei diesem Geschäft geht es um Millionen von Dollar. Hältst du dich wirklich für fähig, es allein abzuwickeln? Was ist, wenn du versagst? Hast du schon einmal darüber nachgedacht? Die Gewinne, die das Unternehmen – deine Familie – dadurch verlieren würde ...«

Für den Bruchteil einer Sekunde flackerten Zweifel in ihren Augen auf. Unwillkürlich schämte sich Joe ein wenig für seine Direktheit. Doch hier handelte es sich nicht um gepflegte Konversation zwischen einem Gentleman und einer Dame. Er wollte dieses verrückte Ding zu ihrem eigenen Besten zur Vernunft bringen. Und zu seinem Besten, wie er sich reumütig eingestehen musste.

Der Augenblick der Unsicherheit war schon wieder vorbei. Meryl entriss ihm ihre Hand. »Ich kann dieses Geschäft genauso gut abschließen wie du, Joseph Hammond. Besser sogar.«

»Du hast doch keinen blassen Schimmer, wie du das anfangen sollst!«

Sie zog die Augenbrauen hoch. »Bist du bereit, darauf zu wetten?«

»Mir dir? Jederzeit, Plagegeist. Sag einfach, um was. Du weißt doch ganz genau, dass ich gewinnen werde, genau wie bei dem albernen Schießwettbewerb heute Morgen.«

»Dann schlag ein.« Sie trat einen Schritt näher an ihn heran, und ein zarter Rosenduft umschmeichelte ihn. »Wenn es einem von uns beiden gelingt, die Westgate-Übernahme unter Dach und Fach zu bringen, zieht sich der andere sofort zurück. Sollte ich Erfolg haben, übernehme ich die Leitung des neuen Standortes. Wenn du es schaffst, gilt das Gleiche.«

Ihr verwegener Vorschlag überraschte ihn. »Meinst du das ernst?«
»Ernster, als du dir vorstellen kannst.«
Eine Wette … Joe spielte im Kopf rasch die Möglichkeiten durch. »Was ist mit deinem Vater?«
»Wir sagen ihm, dass du und ich das Geschäft gemeinsam abwickeln wollen. Er wird froh sein, sich nicht zwischen uns entscheiden zu müssen.«
Joe nickte zustimmend. Diese Wette würde Mr Carrington die Entscheidung gewissermaßen abnehmen. Außerdem musste Atlantic-Southern endlich aktiv werden, sonst würde ein anderer Käufer zuschnappen.
»Dir ist aber bewusst, dass ich wesentlich mehr Erfahrung mit solchen Geschäften habe als du?«, fragte er vorsichtig. »Was hast du schon vorzuweisen? Ein paar Kurse in Geschichte, vielleicht auch in Mathematik und Naturwissenschaften. Ach ja, und nicht zu vergessen hast du einige Monate lang die Akten in Mr Smithsons Büro abgeheftet. Aber das bereitet dich wohl kaum auf Verhandlungen mit den führenden Köpfen der Geschäftswelt vor.«
»Lassen wir es doch darauf ankommen.«
Joe betrachtete sie eingehend. Der entschiedene Ausdruck in ihrem hübschen Gesicht entsprach so gar nicht ihrem damenhaften Äußeren. Aber Meryl hatte den Konventionen ja schon immer getrotzt. »Wenn ich gewinnen sollte, wirst du deinen Vater also nicht piesacken, bis er dich zur Leiterin der neuen Abteilung macht? Habe ich das richtig verstanden?«
»Ja, ganz recht.«
Joe gefiel die Vorstellung, Meryl auf diese Weise ihre

Grenzen aufzuzeigen, doch dann dämmerte ihm, dass sich daraus ein weiteres Problem ergab. »Moment mal. Wenn wir tatsächlich gemeinsam nach San Francisco reisen, wird dein Vater von mir erwarten, dass ich mich um dich kümmere.«

Meryl blitzte ihn warnend an. »Das solltest du lieber lassen. Ich bin durchaus in der Lage, selbst auf mich aufzupassen. Schließlich gehöre ich schon beinahe in die Riege der alten Jungfern.«

»Alte Jungfer? Du?!« Er konnte sich keine Frau vorstellen, die weniger von einer alten Jungfer hatte als Meryl.

»Du musst dich nicht darum sorgen, dass mein Vater schlechter von dir denken könnte, weil du nicht die ganze Zeit meinen Beschützer spielst. Wenn die Sache vorbei ist, werde ich ihm alles erklären. Darauf gebe ich dir mein Wort, und ich erwarte das Gleiche von dir.«

Für Joe war diese Wette ein leichtes Spiel – er konnte nur gewinnen. Doch was er davon hielt, stand auf einem anderen Blatt. Aber dann warf er seine letzten Bedenken über Bord und streckte Meryl seine Hand entgegen. »Also gut. Du hast mein Wort. Wer die Verhandlungen mit Westgate erfolgreich zum Abschluss bringt, wird Leiter der neuen Abteilung.«

Meryl ergriff seine Hand und schüttelte sie. »So einfach ist das.«

Joe nickte und blickte ihr ins Gesicht. »Plagegeist. Dir ist doch hoffentlich klar, dass ich als Mann im Vorteil bin?«

Sie entzog ihm ihre Hand und stieß ihn leicht vor die Brust. »Ganz ehrlich, Joe, ich betrachte dich nicht als Mann.«

Dann drehte sie sich mit raschelnden Röcken in Richtung Salon um. »Lass uns meinen Vater informieren.«
Verdammt, sie konnte ihn wirklich zur Weißglut treiben. Na schön, er betrachtete sie schließlich genauso wenig als Frau. Sie war bloß ein verrücktes Mädchen mit verrückten Ideen und würde schon bald die Quittung dafür bekommen.

3. Kapitel

»Wann wollt ihr aufbrechen?« Mr Carrington lächelte Joe und Meryl an, die vor ihm standen und so taten, als wären sie ein Herz und eine Seele.

Meryl war froh, dass ihr Vater nicht länger bedrückt wirkte, obwohl sie es furchtbar fand, ihn zu hintergehen.

»Erst nach dem Wochenende«, erwiderte sie gelassen, obwohl sie fest entschlossen war, sich noch am gleichen Tag auf den Weg zu machen. Doch davon durfte Joe nichts erfahren.

»Ich kann euch gar nicht sagen, wie sehr es mich freut, dass ihr beide zusammenarbeitet«, lachte Mr Carrington. »Gemeinsam werdet ihr den Kauf von Westgate hervorragend meistern.«

Er legte Joe die Hand auf die Schulter. »Und was dich angeht, mein Sohn: Ich verlasse mich darauf, dass du während dieser Reise gut auf mein Mädchen aufpasst. Sie ist nun mal mein kleiner Schnuppel.« Mit diesen Worten tätschelte er Meryls Wange.

Meryl schluckte peinlich berührt. Sie liebte ihren Vater sehr, aber er besaß ein unglaubliches Geschick, sich die unpassendsten Momente auszusuchen, um seine Zuneigung zum Ausdruck zu bringen. Joe würde glauben, er hätte nichts zu befürchten, wenn er gegen den »kleinen Schnuppel« antrat.

Andererseits – die Wette war mit Handschlag besiegelt, sollte Joe doch ruhig denken, dass sie keine ernstzunehmende Konkurrenz darstellte. Sie riss sich zusammen, schenkte ihrem Vater ein strahlendes Lächeln und setzte all ihren Charme ein. »Oh, Vater, wie lieb von dir. Ich verspreche, dass wir dich nicht enttäuschen werden.«

»Keine Sorge, Mr Carrington«, sagte Joe. »Ich werde gut auf sie aufpassen – sofern sie mich lässt.« Er und Meryl tauschten einen verschwörerischen Blick. Er würde noch nicht einmal versuchen, »auf sie aufzupassen«. Er lächelte ihr zu und zeigte dabei seine Grübchen. »Meryl ist für mich wie eine kleine Schwester.«

Meryl kniff die Augen zusammen. Wenn geschwisterliche Zuneigung darin bestand, eine kleine Schwester zu quälen und zu ärgern, konnte er sich wahrhaft als Bruder bezeichnen. Sie konnte das zuckersüße Lächeln, das er ihrem Vater zuwarf, nur schwer ertragen.

Der Nachmittag schleppte sich dahin. Das Ticken der Kaminuhr erinnerte Meryl ständig daran, dass ihr die Zeit davonlief, und noch immer hatte sich keine Gelegenheit ergeben, unauffällig zu verschwinden. Meryl plauderte mit dem einen oder anderen und kämpfte gegen das Bedürfnis, einfach aus dem Zimmer zu stürzen und in den nächsten Zug zu springen. Ihr blieb nichts anderes übrig, als auf den geeigneten Moment zu warten.

»Clara, möchtest du nicht für uns spielen?«, schlug Mrs Carrington vor.

»Mutter, du weißt doch, dass meine Fähigkeiten am Klavier bei weitem nicht ausreichend sind«, sagte Clara mit einem Blick zu ihrem gut aussehenden Ehemann, einem ehemaligen Captain der britischen Armee mit dem ungewöhnlichen Namen Stone Hawke.

Stone lächelte ihr liebevoll zu. »Du bist viel zu bescheiden. Spiel doch für uns, Liebes. Ich höre dir so gerne zu.« Sein zärtlicher Tonfall ließ erkennen, wie sehr die beiden einander zugetan waren. Derart ermutigt stand Clara auf und strich ihr Kleid glatt. Während sie zum Klavier ging, nahm die gesamte Gesellschaft Platz, um dem Vortrag zu lauschen.

Kurz darauf erklangen die zarten Töne einer Mozartsonate. Doch Meryl konnte sich nicht auf das Spiel ihrer talentierten Schwester konzentrieren. Stattdessen schmiedete sie Pläne – was sie einpacken musste, welchen Weg sie am besten nahm und wie sie Manfred, den Kutscher, überzeugen konnte, sie so schnell wie möglich zum Bahnhof zu bringen – ohne dass Joe es bemerkte.

Als sich die Sonate dem Ende neigte, war Meryl dermaßen in ihre Gedanken vertieft, dass sie die Gelegenheit beinahe verpasste. Aber dann sprang sie auf, bevor Clara ein weiteres Stück anstimmen konnte. »Clara, das war wundervoll! Mutter, wenn du mich bitte entschuldigen würdest, ich habe ein wenig Kopfweh.« Sie fasste sich an die Schläfen. »Vielleicht war der Wein zu schwer für mich.«

Meryl sah, dass Joe sie misstrauisch beäugte. Sie musste sich beeilen und ihren Vorsprung nutzen, bevor er Gelegenheit bekam, aufzubrechen.

Unter den besorgten Kommentaren und guten Wünschen der anderen ging Meryl langsam zur Tür und stöhnte ein paar Mal auf, damit alle hörten, wie elend sie sich fühlte. Sobald sie den Salon verlassen hatte, raffte sie die Röcke und lief die Treppen hinauf zu ihrem Zimmer.

Ihre Zofe hatte heute frei, aber Manfred war zum Glück da. Er musste sofort anspannen, um sie die zwei Meilen zum Bahnhof zu bringen. Wenn sie sich beeilte, würde sie den Sechs-Uhr-Zug nach New York noch erwischen. Von dort konnte sie dann auf direktem Weg nach San Francisco fahren.

Meryl zog an der Klingelschnur, die mit der Glocke in der Küche verbunden war. Dann setzte sie sich an ihren Schreibtisch und griff zu Feder und Papier, um eine Nachricht an ihre Eltern zu verfassen.

Liebe Mutter, lieber Vater,
macht euch bitte keine Sorgen. Ich bin nach San Francisco gefahren, um den Vertrag mit Westgate abzuschließen. Joe wird mich am Bahnhof treffen. Ihr braucht euch nicht …«

Es klopfte. Meryl legte die Feder hin, stürzte zur Tür und öffnete sie. Draußen stand der Kutscher, die Serviette steckte noch in seinem Kragen.

»Manfred. Es tut mir leid, dass ich dich beim Thanksgiving-Dinner stören muss, aber ich habe es sehr eilig. Bring bitte mein Gepäck hinunter zur Kutsche. Ich muss so schnell wie möglich nach New York zurück.«

»Ja, Madam«, entgegnete Manfred.

Sie senkte die Stimme, um ihm zu vermitteln, dass höchste Diskretion geboten war. »Und fahr die Kutsche bitte zum Dienstboteneingang. Ich möchte nicht … dass die Gäste gestört werden.« Manfred sah sie misstrauisch an.

»Weiß Ihre Mutter, dass Sie abreisen, Miss?«

»Selbstverständlich! Aber sie hat mir aufgetragen, keinen Wirbel zu machen, damit sich die Whitneys und McDougalls nicht brüskiert fühlen.«

Der Kutscher wirkte nicht sonderlich überzeugt, schien aber in erster Linie daran interessiert, möglichst schnell an den Esstisch in der Küche zurückzukehren. »Ja, Madam.« Er blickte über ihre Schulter hinweg ins Zimmer. »Wo ist Ihr Gepäck?«

Ihr Gepäck! Sie hatte ganz vergessen, dass sie erst noch packen musste. »Ich klingele nach dir, sobald ich gepackt habe. In zehn Minuten – nein, in fünf.«

»Sie beabsichtigen, in fünf Minuten gepackt zu haben?« Manfred starrte sie ungläubig an. Die meisten Damen brauchten einen halben Tag, um sich reisefertig zu machen.

»So ist es.«

Er schüttelte den Kopf. »Wenn Sie es sagen, Miss.«

»Da wäre noch etwas, Manfred.«

»Ja, Madam?«

»Stör niemanden, indem du von meiner Abreise erzählst. Bitte.«

Erneut sah er sie misstrauisch an, nickte dann aber. »Sehr wohl.« Mit diesen Worten entfernte er sich.

Meryl schloss die Tür, eilte hinüber zu den beiden großen Kleiderschränken und riss alle vier Türen auf. Mühsam zerrte sie einen Koffer aus einem der Schränke heraus. Als er mit lautem Knall auf dem Holzfußboden landete, zuckte sie zusammen. Hoffentlich wunderte sich im Salon unter ihr niemand über das Geräusch.

Meryl öffnete den Koffer und stellte sich vor die Schränke. Sie sollte mit leichtem Gepäck reisen, allerdings würde sie auch einige Wochen unterwegs sein. Mehr als ein oder zwei Abendkleider brauchte sie nicht. Na, vielleicht drei. Reisekostüme. Sie würde hauptsächlich Reisekostüme einpacken. Sie wählte rasch und warf in unglaublichem Tempo Kleidungsstücke in den Koffer. Trotz der selbst auferlegten Beschränkungen zeigte sich jedoch schnell, dass er schon allein mit dem Nötigsten überquoll.

»Du fährst weg?«

Meryl wirbelte herum. Ihre Schwester Clara stand im Türrahmen und sah sie erschrocken an. Meryl zog sie ins Zimmer und schloss rasch die Tür. »Ich muss fort, Clara.«

»Du willst durchbrennen? Aber du weißt doch, dass Mutter und Vater nichts dagegen hätten, wenn du Joe heiratest!«

Claras Bemerkung war so lächerlich, dass Meryl am liebsten laut losgelacht hätte. »Ich brenne nicht durch, und schon gar nicht mit Joe!«

»Sondern?« Clara runzelte die Stirn.

Meryl seufzte. Nachdem Clara sie entdeckt hatte, konnte sie auch genauso gut eingeweiht werden. Von ihren vier Schwestern hatte ihr Clara immer am nächsten gestanden, und sie würde ihr sicherlich helfen. »Es geht darum, eine Wette zu gewinnen – gegen Joe.«

Während sie von der Vereinbarung berichtete, ging sie die ausgewählten Kleidungsstücke und Accessoires noch einmal durch und sortierte einiges aus, damit sich der Koffer schließen ließ. »Du darfst auf keinen Fall Vater und Mutter davon erzählen. Jedenfalls nicht, bis ich weg bin – sonst werden sie mich aufhalten und erst einmal einen Anstandswauwau als Reisebegleitung besorgen. Und bis dahin ist Joe längst über alle Berge.«

Clara überlegte einen Moment, und ihr entspannter Gesichtsausdruck erleichterte Meryl sehr. »Es wird schon nichts passieren, insbesondere, wenn Joe auf dich aufpasst.«

Merkwürdig – jeder ging davon aus, dass Joe auf sie achten würde, dabei lag ihnen beiden nichts ferner als das. »Ich will gar nicht, dass er auf mich aufpasst. Und er kann es ja kaum ertragen, mich auch nur in seiner Nähe zu haben.«

»Wie kommst du denn darauf? Als Kinder wart ihr doch unzertrennlich«, erklärte Clara lächelnd. »Manchmal war ich regelrecht eifersüchtig, weil du eigentlich *meine* beste Spielkameradin warst.«

Meryl hielt inne und sah ihre Schwester ungläubig an. »Dazu hattest du keinen Grund. Joe konnte mich damals genauso wenig ausstehen wie heute. Aber darum geht es nicht. Er ist mein Konkurrent! Davon abgesehen kann ich selbst auf mich Acht geben.«

»Trotzdem …«

»Bitte, hilf mir packen.«

Clara nahm ein Kleid und faltete es so zusammen, dass es nicht viel Platz im Koffer einnahm. Die beiden Schwestern packten hektisch ein paar Minuten lang, bis Clara plötzlich fragte: »Hast du eigentlich genug Geld?«

Meryl suchte nach ihrer Handtasche. Ohne Geld würde sie nicht weit kommen, und über das Wochenende hatten die Banken geschlossen. Sie sah in ihrer kleinen bestickten Börse nach und fand nicht einmal fünfzig Dollar. Ihr Mut sank. »Viel ist es nicht.«

»Ich habe Geld, warte einen Moment.« Clara eilte aus dem Zimmer. Wenige Minuten später war sie mit mehr als 300 Dollar wieder zurück. Sie drückte Meryl die Scheine in die Hand. »Stone und ich haben unsere Rückfahrkarten schon. Wir brauchen das Geld nicht.«

»Vielen Dank, Clara.«

»Falls du mehr brauchst, schick mir ein Telegramm. Dann überweise ich dir welches. Wenn es dir wirklich ernst sein sollte mit …«

»Du weißt, dass es mein Ernst ist.«

»Ich werde tun, was ich kann, um dich zu unterstützen.«

Meryls Augen füllten sich mit Tränen. »Danke, Clara. Vielen Dank.«

Sie fiel ihrer Schwester um den Hals und drückte sie.

Clara trat einen Schritt zurück. »Ich sollte jetzt besser hinuntergehen und allen erzählen, dass du friedlich schläfst, bevor Mutter auf die Idee kommt, selbst nach dir zu sehen.«

Meryl nickte und blickte ihrer Schwester nach. Clara würde ihr fehlen. Mit ihr konnte sie über alles reden, und San Francisco war ziemlich weit weg von zu Hause …

Schluss damit!, ermahnte sie sich. *Denke an das, was du Vater beweisen willst. Ihnen allen. Auch Joe Hammond.*

Entschlossen zerrte sie Hutschachteln aus dem zweiten Kleiderschrank und schüttete den Inhalt auf das Bett. Sie musste Hüte mitnehmen, die zu ihrer Garderobe passten, ebenso Schuhe und Handschuhe. Und Unterröcke und Mieder …

Wie eine Wahnsinnige lief Meryl im Zimmer hin und her, packte Kleidungsstücke in den Koffer, stopfte Unerlässliches in ihre kleine Reisetasche und schrieb zwischendurch an der Nachricht für ihre Eltern. Und während der ganzen Zeit hoffte sie inständig, dass Joe wirklich glaubte, sie würde schlafen. Noch nie in ihrem Leben hatte sie sich dermaßen beeilt. Als Letztes steckte sie das von ihr aufgesetzte Kaufangebot ein. Sie würde es Mr Philbottom von Westgate Railroad überreichen. Selbst wenn er zögerte, die Übernahme mit einer Frau auszuhandeln – ihr sorgfältig ausgearbeitetes Papier würde ihm deutlich machen, dass er jemanden vor sich hatte, mit dem er Geschäfte machen konnte. Ihr Vater hatte zwar nie das ganze Angebot gesehen, aber sie hatte über jeden einzelnen Punkt mit ihm gesprochen und wusste, dass beide Seiten von ihrem Vorschlag profitieren würden.

Schließlich schlug sie den Deckel des überquellenden Koffers zu, beendete die Nachricht an ihre Eltern und klingelte nach Manfred.

Beladen mit zwei Hutschachteln, ihrer Reisetasche und einer Handtasche stieg Meryl die enge Dienstbotentreppe hinab, gefolgt von Manfred und einem jungen Stallburschen, die ihren Schrankkoffer schleppten.

Das Herz pochte ihr bis zum Hals und ihre Hände in den mit Seide gefütterten Handschuhen waren feucht. Sie hatte es beinahe geschafft. Während Joe Sherry trank, über Politik redete und versuchte, ihren Vater zu beeindrucken, schlich sie sich einfach ohne sein Wissen davon. Und sobald sie im letzten Zug saß, der an diesem Abend nach New York ging, konnte Joe sie nicht mehr einholen. Sie würde die Übernahme besiegeln, noch bevor Joe in San Francisco eintraf. Ein Gefühl des Triumphs durchflutete sie, dabei hatte ihre Reise noch nicht einmal begonnen. Sie würde die Wette gewinnen und allen beweisen, wozu sie fähig war. Am Fuß der Treppe fragte sie den Kutscher: »Hast du die Kutsche zum Hintereingang gebracht, Manfred?«

»Ja, Miss.« Er öffnete ihr die Tür. Gemeinsam mit dem Stallburschen schaffte Manfred den Schrankkoffer zur Rückseite der zweispännigen Kutsche. Es dauerte einige Minuten, bis die beiden Männer das Gepäckstück festgezurrt hatten. Währenddessen schritt Meryl ungeduldig auf und ab. Schließlich hielt ihr Manfred die Kutschentür auf und klappte das Treppchen herunter. »Es kann losgehen, Miss.«

»Gut, also zum Bahnhof, so schnell wie möglich.«

»Sie möchten den Sechs-Uhr-Zug in die Stadt noch erwischen?«, erkundigte er sich und reichte ihr den Arm, um ihr beim Einsteigen behilflich zu sein.

»Ja, wir müssen uns beeilen.« Meryl war auf halbem Weg in die Kutsche, da sagte Manfred: »Ich möchte ja nicht respektlos erscheinen, aber Mr Hammond ist mit seiner eigenen Kutsche ebenfalls zum Bahnhof gefahren. Darin wäre für Sie noch Platz gewesen.«

Meryl blieb wie angewurzelt stehen und starrte den Kutscher an. »Mr Hammond ist abgefahren? Wann?«

»Vor etwa einer halben Stunde. Er wollte ebenfalls den Sechs-Uhr-Zug nehmen. Jetzt ist es schon Viertel vor sechs, das schaffen wir nicht mehr.«

Meryl war am Boden zerstört, ihr Gefühl von Triumph flatterte auf und davon wie ein Blatt im Wind. So schnell hatte Joe sie also an die Wand gespielt. Wie demütigend. Und es war ihre eigene Schuld. Sie hatte sich beeilt wie noch nie in ihrem Leben, doch die Zeit war ihr förmlich zwischen den Fingern zerronnen. Jetzt war Joe in Führung gegangen. Sie verfluchte ihn dafür, dass er so wenig Gepäck brauchte. Das war eine weitere Ungerechtigkeit, unter der sie als Frau zu leiden hatte – ohne umfangreiche

Garderobe war es ihr unmöglich, sich angemessen zu kleiden. Dabei hatte sie wirklich nur das Allernötigste eingepackt.

Joe würde nach New York fahren, sie nicht. Manfred hatte Recht. Sie konnten den Bahnhof unmöglich noch rechtzeitig erreichen.

4. Kapitel

Joe saß behaglich zurückgelehnt in einem Abteil der ersten Klasse, zog seine Taschenuhr aus der taubengrauen Foulardweste und klappte den Deckel hoch. Jede Sekunde, die der Zeiger weitersprang, verstärkte sein Gefühl von Sicherheit.

Auf seiner Uhr war es jetzt Punkt sechs. Er lächelte. Jeden Augenblick würde der Zug den Bahnhof verlassen, und zwar ohne die kleine Meryl Carrington. Welch ein Triumph! Auch wenn Joe ein wenig enttäuscht darüber war, wie leicht sie es ihm gemacht hatte. Er hatte etwas mehr Kampfgeist erwartet, denn Meryls Entschlossenheit hatte ihn schon immer beeindruckt.

Während seiner Zeit in Mexiko hatte er nicht oft an Meryl gedacht. Und wenn doch, dann hatte er das eigenwillige, sturköpfige Mädchen vor Augen gehabt, das ihn unablässig geplagt und vor ihrer schönen älteren Schwester unmöglich gemacht hatte. Selbst als Joe schon längst über seinen unerreichbaren Jugendschwarm Lily Carrington hinweg gewesen war, hatte Meryl es immer wieder geschafft, den Finger in diese Wunde zu legen, wenn sie sich bei einem Familientreffen über den Weg liefen.

Beinahe bedauerte er es, dass sie einander nur so kurz gesehen hatten, denn Meryl hielt ihn zumindest auf Trab – was für den zukünftigen Chef eines Unternehmens niemals verkehrt war.

Die Minuten verstrichen, doch der Zug setzte sich immer noch nicht in Bewegung. Joe kämpfte gegen seine Unruhe an. Er würde erst entspannen können, wenn er Meryl weit hinter sich gelassen hatte.
Als ein Schaffner vorüberkam, sprach Joe ihn an. »Verzeihung!«
Der große, dunkelhäutige Mann trug eine schmucke, marineblaue Uniform, das Markenzeichen der Atlantic-Southern Bahnlinie.
»Ja bitte, Sir?«
»Es ist bereits zwanzig Minuten nach sechs.« Joe klopfte auf seine Taschenuhr. »Warum sind wir noch nicht abgefahren?«
»Bitte entschuldigen Sie die Verzögerung, Sir. Der Zug wird festgehalten, weil noch eine wichtige Persönlichkeit erwartet wird. Es dauert gewiss nicht mehr lange.«
Joe nickte und lehnte sich seufzend zurück. Es wäre unsinnig, seine Verärgerung an dem Schaffner auszulassen.
Wichtige Persönlichkeit ... Es gab nicht viele Leute, für die ein Zug aufgehalten wurde. Er spähte durch das Fenster auf den Bahnhof von Wallingford, ein altertümliches Gebäude im Kolonialstil mit einer Holzplattform davor. Nebelschwaden waberten um die Laternenmasten. Joe fragte sich, wie lange sie wohl noch warten mussten – und auf wen.
Zehn Minuten später hielt eine Kutsche neben dem Bahnsteig. Joe hatte eine düstere Vorahnung. Die Tür der Kutsche wurde aufgestoßen und heraus trat – *sie*. Joe stieß ein enttäuschtes Stöhnen aus. Vollendet gekleidet im maßgeschneiderten Reisekostüm mit passendem Hut schritt sie

das Treppchen herab. Die Dienstboten beeilten sich, den riesigen Schrankkoffer loszubinden und von der Gepäckablage der Kutsche zu wuchten.
Joe schaute zum wiederholten Mal auf die Uhr, zunehmend besorgt, weil mittlerweile durchaus die Aussicht bestand, dass er am Grand Central den Anschlusszug nach Westen verpassen würde. *Sie* verpasste den Anschluss dann zwar auch, aber nichtsdestotrotz war sein Vorsprung zum Teufel.
Der Schaffner begleitete Meryl persönlich zu ihrem Platz – nur zwei Reihen vor Joe. Natürlich entdeckte sie ihn sofort und konnte sich ein triumphierendes Grinsen nicht verkneifen.
Joe verzog das Gesicht. Diese verwöhnte Göre hatte wie gewohnt versucht, alles und jedes ihren Bedürfnissen zu unterwerfen – und leider mit Erfolg.
Wenige Minuten später verkündete ein Zischen und Dampfen, dass die Lokomotive sich in Bewegung setzte, und sobald der Zug den Bahnhof verlassen hatte, ratterten die Räder immer schneller. Das wurde aber auch Zeit! Joe starrte mit wachsendem Ärger auf Meryls perfekt frisierten Hinterkopf, bis er es einfach nicht mehr aushielt und aufsprang.
Er marschierte zu ihrem Platz, beugte sich über sie und flüsterte ihr ins Ohr: »Du hast also deinen Namen benutzt, um den Zug aufzuhalten. Raffiniert.«
Sie presste die rosigen Lippen für einen kurzen Moment fest aufeinander. Dann erklärte sie: »Ich werde tun, was immer nötig ist.«
Er schüttelte langsam den Kopf. »Du bist ganz schön vorwitzig, pass nur auf, dass du nicht zu weit gehst.«

»Ich habe den Eindruck, als wäre ich schon weiter, als du dachtest.« Sie wandte sich demonstrativ ab und blickte starr geradeaus.
Joe kehrte zu seinem Platz zurück, voller Wut auf Meryl und sich selbst, weil sie ihn so leicht aus der Fassung bringen konnte. Während der 90-minütigen Fahrt nach New York City sprach er kein Wort mehr mit ihr.

Am Grand Central sprang Joe als Erster aus dem Zug und ging auf kürzestem Weg zum nächsten Fahrkartenschalter. In all dem Gedränge musste er bei fast jedem Schritt einem Reisenden oder Gepäckwagen ausweichen und erntete mehr als einen ärgerlichen Blick.
Mit ein bisschen Glück würde er den Zug um Viertel nach acht nehmen können, dieweil Meryl noch mit ihren lächerlichen Gepäckbergen beschäftigt war. Doch dann stellte er bestürzt fest, dass die Schlange vor dem Schalter aus mindestens einem Dutzend Menschen bestand. Nervös trat Joe von einem Fuß auf den anderen und schickte Stoßgebete gen Himmel, dass es schnell gehen möge. Der Kartenverkäufer bewegte sich wie eine altersschwache Schnecke.
Joe tippte dem Mann vor ihm auf die Schulter. »Entschuldigen Sie, Sir, ich bin sehr in Eile. Falls es Ihnen nichts ausmacht …«
»Sie haben es eilig?«, entgegnete der Mann mit ausgeprägtem irischem Akzent. »Dann geht es Ihnen wie uns allen.« Er drehte Joe wieder den Rücken zu und ignorierte jeden weiteren Versuch. Wieder rückte die Schlange einen Platz vor. Joe schaute sich suchend um und stellte aufatmend fest, dass von Meryl weit und breit nichts zu sehen

war. Es kostete Zeit, Gepäck aus dem Gepäckwaggon holen zu lassen, denn nicht immer war sofort ein Träger frei.

Endlich bekam der Mann vor ihm seine Fahrkarte. Nun war Joe an der Reihe. »Ich brauche eine Fahrkarte nach San Francisco. Und zwar unbedingt im Continental Express, der heute Abend geht.«

»Heute Abend? Da gibt es nicht mehr viele freie Plätze. Und Sie müssen sich beeilen. Der Zug fährt in fünf Minuten.«

»Dessen bin ich mir durchaus bewusst. Ich arbeite für die Atlantic-Southern.« Er schob dem Mann Geld hin. »Ich nehme, was immer noch frei ist.«

Den Kartenverkäufer schien es nicht sonderlich zu beeindrucken, einen Angestellten der Eisenbahngesellschaft vor sich zu haben. »Das Geld reicht nicht für einen Platz im Pullman-Schlafwagen.«

»In Ordnung.« Joe zückte seine Brieftasche, entnahm den noch fehlenden Betrag für die Beförderung in der Luxusklasse und reichte ihn dem Schalterbeamten.

»Liebling! Du hast doch hoffentlich zwei Fahrkarten gekauft, oder?«, ertönte plötzlich glockenhell Meryls Stimme hinter ihm.

Joe stöhnte innerlich, während sich Meryl einen Weg zum Schalter bahnte und neben ihm stehen blieb. Hinter ihr wartete ein Träger mit einem Gepäckwagen, auf dem sich ihr Schrankkoffer, zwei Hutschachteln und ihre kleine Reisetasche stapelten. Sie lächelte den Schalterbeamten an. »Er tut geradezu so, als wolle er mich nicht mitnehmen. Das ist nicht nett, finden Sie nicht auch, Sir? Hier. Das sollte für meine Fahrkarte reichen.« Sie schob dem

Mann ein Geldbündel entgegen, das dessen Augen tellergroß werden ließ.
»Diese Dame gehört nicht zu mir«, protestierte Joe.
Meryl hakte sich bei ihm ein und tätschelte ihm die Schulter. »Red keinen Unsinn, Liebling.« Sie wandte sich an den Schalterbeamten. »Immer dieses Spielchen, dabei wird es so langsam langweilig. Aber er hört nicht auf damit, vor allem nicht, seitdem er weiß, dass ich …« Sie flüsterte, und zwar so laut, dass jede Silbe deutlich zu hören war. »*… guter Hoffnung bin.*«
Der Schalterbeamte errötete und vermied es, Meryl oder Joe anzusehen, während er die Fahrkarten ausstellte. Dann zählte er das Geld und schob Joe beide Fahrkarten hin.
Meryl schnappte sich ihre, bevor Joe sie auch nur berühren konnte. »Ich danke vielmals.« Sie drehte sich um und stürmte Richtung Bahnsteig Nummer neun davon, gefolgt von dem Gepäckträger.
Joe brauchte kaum mehr als sechs Schritte, um sie einzuholen. »Das war ausgesprochen dreist.«
Sie würdigte ihn keines Blickes. »Aber ich habe damit mein Ziel erreicht.«
Er packte ihren Arm und wirbelte sie zu sich herum. »Zu behaupten, du seiest meine Frau … und noch dazu, du wärst … du wärst …« Er brachte die Worte nicht über die Lippen. Die Vorstellung, er wäre mit Meryl verheiratet und sie würde ein Kind von ihm erwarten … Das war einfach zu viel.
Sie entwand sich seinem Griff. »Ich habe gesagt, was nötig war. Wir Frauen müssen jeden Vorteil nutzen, den die Natur uns gegeben hat.«

»Schon möglich, aber wie kannst du nur mit einem völlig Fremden über etwas derart Vertrauliches sprechen …«

»Ich bezweifle, dass mir dieser Kartenverkäufer je wieder über den Weg laufen wird, da ich schon bald nach San Francisco umziehen werde, um die neue Abteilung zu leiten.« Sie hielt inne und zog fragend die Augenbrauen hoch. »Oder hast du damit etwa dich gemeint?«

»Ich bin ja wohl kein Fremder für dich. Besonders gut kennen wir uns allerdings auch nicht. Jedenfalls nicht mehr.« Unwillkürlich glitt sein Blick über ihren anmutigen, weiblichen Körper.

Was mochte sie an der Akademie gelernt haben? Joe fragte sich plötzlich, ob Meryl wirklich noch so unerfahren war, wie er dachte. Womöglich würde sie in ihrem Ehrgeiz Dinge tun, die sie hinterher bereute. »Verrate mir eines, Meryl: Wo ist die Grenze? Wie weit würdest du gehen, sei es mit Worten oder Taten?« Seine Stimme wurde eindringlich. »Wie weit, Meryl?«

Sie presste die Lippen aufeinander, und Joe entging nicht, dass ihr eine leichte Röte in die Wangen stieg.

»Du hast völlig Recht. Wir sind wie Fremde füreinander. Der Joe, den ich kannte, würde mir niemals unterstellen …« Sie verstummte, drehte sich schnell von ihm weg und lief mit klappernden Absätzen das verbleibende Stück zum Bahnsteig.

Bereit zur Abfahrt stand der eiserne Koloss zischend und dampfend auf den Gleisen. Mitreisende verabschiedeten sich von Angehörigen und Freunden, während sich uniformierte Gepäckträger sputeten, die letzten Koffer zum Gepäckwagen zu bringen. Meryl marschierte entschlossen auf den Zug zu, gab dem Gepäckträger ein Trinkgeld,

schnappte sich ihre Reisetasche und eilte die Stufen hinauf in den Waggon.
Joe schaute ihr völlig verblüfft hinterher. Sollte er tatsächlich ihre Gefühle verletzt haben? In all den Jahren, die er Meryl kannte, war es nicht ein einziges Mal vorgekommen, dass er sie aus der Fassung gebracht hatte. Irgendwann war er zu der Überzeugung gelangt, dass sie zu solchen Schwachheiten gar nicht fähig war. Wer war nur diese ihm gänzlich unbekannte Frau? Sie faszinierte ihn, aber es war sicher klüger, sich von ihr fernzuhalten. Irgendwo unterwegs würde er sie ein für alle Mal abschütteln, sodass sie ihn nicht mehr einholen konnte. Schließlich war es nicht besonders lustig, über Bahnsteige zu hetzen, um dann festzustellen, dass sie ihm doch noch auf den Fersen war.

Ein schwarzer Schaffner begleitete Meryl zu ihrem Abteil im Pullman-Waggon, einem mit viel Plüsch ausgestatteten Salon auf Rädern. Der Schaffner warf einen Blick auf ihre Fahrkarte und wies dann auf eine Sitzbank, deren Polster mit aufwändiger Flammenstickerei verziert waren. »Bitte sehr, Madam. Dies ist Ihr Platz, in Omaha müssen Sie dann umsteigen.«
Meryl lächelte ihm geistesabwesend zu. »Danke.« Sie setzte sich, während der Schaffner ihre taubenblaue Lederreisetasche verstaute. Auf der Bank gegenüber saß zusammengesunken ein alter Mann, dessen Hut fast sein ganzes Gesicht verdeckte. Er hielt die Arme verschränkt und schnarchte im Schlaf. Neben ihm schlenkerte ein etwa neunjähriger Junge so heftig mit den Füßen, dass seine Fersen mit schöner Regelmäßigkeit gegen die Abdeckung unter dem Sitz schlugen.

»In etwa einer Stunde fangen wir an, die Schlafwagen herzurichten«, erklärte ihr der Schaffner. Er würde während der gesamten Fahrtzeit in diesem Waggon Dienst tun.
Sie nickte noch einmal, und der Schaffner entfernte sich, um einen weiteren Fahrgast zu begrüßen.
Meryl war erleichtert, dass sie noch einen Platz im Pullman bekommen hatte. Sie war zwar schon in Europa gewesen, aber noch nie nach Westen gefahren, und vor allem war sie immer äußerst komfortabel gereist. Der Waggon war luxuriös – von den mit Intarsien verzierten Nussbaumtäfelungen an den Wänden über die Orientteppiche bis zu den Messingbeschlägen zeugte alles davon, dass man hier Reisende zufriedenstellen wollte, die sich diesen Luxus leisten konnten.
Dennoch war der Komfort in einem engen Zugwaggon begrenzt. Jeder Platz war besetzt – abgesehen von demjenigen neben Meryl. Aber das kümmerte sie nicht. Sie holte ihr in rotes Leder gebundenes Tagebuch aus der Reisetasche und begann, über das Wiedersehen mit Joe und die Wette zu schreiben.
Der Zug setzte sich in Bewegung und verließ das Gand Central Depot. Meryl blickte aus dem Fenster und sah die Eisen- und Stahlträger des Bahnhofs vorüberziehen. Bald hatten sie die Stadt hinter sich gelassen und fuhren durch dic dunkle Nacht, wodurch der Passagierwagen etwas von einem warmen, hell erleuchteten Kokon bekam.
Während sich der Zug Meile für Meile über die Gleise schob, wurden aus Fremden rasch Reisebekanntschaften. Meryl erfuhr, dass der kleine Junge ihr gegenüber nicht mit dem älteren Herrn reiste, sondern zu der jungen Mut-

ter auf der anderen Seite des Ganges gehörte, die vollauf mit ihren drei anderen Kindern beschäftigt war.
Der allein sitzende Junge wirkte abgrundtief gelangweilt.
»Hättest du Lust, für deine Mutter ein Bild zu malen?«, fragte Meryl ihn. Sie riss ein Blatt aus ihrem Tagebuch.
Er nickte, lächelte schüchtern und nahm das Blatt sowie den angebotenen Stift entgegen.
»Tommy, belästige die Dame nicht«, ermahnte ihn seine Mutter.
»Keine Sorge, ich fühle mich nicht belästigt«, sagte Meryl und nickte der erschöpft wirkenden Frau zu, worauf diese ihr ein dankbares Lächeln schenkte.
Da der Junge beschäftigt war und der alte Mann immer noch schlief, musste sich Meryl allein unterhalten. Von Joe hatte sie nichts mehr gesehen, seit sie in den Zug gestiegen war. Vielleicht saß er in einem anderen Waggon.
Sie zog den Fahrplan hervor und verstaute ihre Reisetasche dann wieder unter dem Sitz.
Laut Plan würde der Zug am folgenden Nachmittag um fünf Uhr Fort Wayne erreichen. Dort war ein längerer Halt geplant, damit die Reisenden Gelegenheit hatten, in der Stadt zu Abend zu essen. Einige Fahrgäste würden dort umsteigen, um nach Nordwesten in Richtung Chicago zu fahren. Meryl nahm sich vor, im Zug zu bleiben, bis er seine Reise nach Omaha fortsetzte.
Wenn sie Glück hatte, würde Joe den Zug verpassen …
»Na, wenn das nicht urgemütlich wird!«
Joe nahm seinen Hut ab und ließ seine Aktentasche direkt vor Meryls Füßen auf den Boden fallen. »Mein Platz ist direkt neben Ihnen, *Mrs Hammond.* Während der gesamten Reise. Hunderte und Aberhunderte von Meilen.« Er

schnappte sich den Fahrplan und warf einen Blick darauf. »Bis Mittwochmittag, um genau zu sein.«

Meryl rettete ihren Fahrplan aus seinen Klauen und atmete tief durch. Sie würde sich von ihm nicht zu einem Schlagabtausch hinreißen lassen. »Wie gesagt: Ich werde alles Nötige tun, um ans Ziel zu kommen«, erklärte sie betont heiter, während er sich neben sie setzte.

Der herbe Duft seiner Haarpomade stieg ihr in die Nase. Ein ausgesprochen männlicher, angenehmer Duft. Während sie versuchte, so weit von ihm fort zu rutschen wie möglich, berührte seine Schulter die ihre. Wann nur hatte der schlaksige Joe derartig breite Schultern bekommen? »Selbst wenn das bedeutet, dass ich mich mit deiner Anwesenheit abfinden muss …«

»Was hast du denn erwartet, wenn du dich als meine Frau ausgibst?«

Sie zuckte die Achseln und fuhr zusammen, weil diese Geste sofort den Körperkontakt zwischen ihnen verstärkte. »Du hast meinem Vater gesagt, ich sei für dich wie eine Schwester. Das ist doch kein großer Unterschied.«

»Tatsächlich nicht?« Seine grünen Augen bohrten sich förmlich in die ihren und verunsicherten sie zutiefst.

Meryl wich seinem Blick aus und suchte nach einer Ablenkung. Schließlich öffnete sie den Verschluss ihrer Handtasche, die robust, geräumig und äußerst reisetauglich war – keines dieser albernen Strickbeutelchen, in die so gut wie nichts hineinpasste –, und steckte den Fahrplan ein. Dann schlug sie ihr Tagebuch auf und begann darin zu lesen, wobei sie den Mann an ihrer Seite schlichtweg ignorierte.

Seitdem sie vor wenigen Wochen zum ersten Mal von der

Westgate-Übernahme gehört hatte, war sie in der Firma sämtliche Akten durchgegangen und hatte alle Informationen über Westgate in ihrem Tagebuch zusammengetragen. Sie wusste mit Sicherheit mehr über dieses Unternehmen und seinen Präsidenten, Mr Philbottom, als Joe. Schließlich war Joe jahrelang außer Landes gewesen.

»Ein Mädchen und sein Tagebuch. Wie reizend.« Joe lehnte sich zu ihr und versuchte einen Blick auf die Seite zu erhaschen, die sie gerade las – so wie er es zu tun pflegte, als sie noch ein junges Mädchen gewesen war.

Sie warf ihm einen giftigen Blick zu und hielt das Buch so, dass er nichts sehen konnte. »Wenn du gestattest. Das sind meine Privatangelegenheiten.«

»Schreibst du immer noch poetische Ergüsse über deine Verehrer? Ich hoffe, du bist mittlerweile über meinen Freund Bradford hinweg.«

»Bradford?«, entgegnete sie spitz, obwohl sie nur allzu gut wusste, von wem die Rede war. Mit dreizehn Jahren hatte sie Bradford – einen verträumten, melancholischen Jungen – für das vollkommenste Geschöpf gehalten, das auf Gottes Erde wandelte. Meryl war davon überzeugt gewesen, dass Bradford und sie füreinander bestimmt waren.

Und da Joe eines Tages ihr Tagebuch gestohlen hatte, hatte er natürlich von ihrer Schwärmerei erfahren. Daraufhin war sie drei Monate lang seinen erbarmungslosen Sticheleien ausgesetzt gewesen – bis sie erfuhr, dass er selbst verliebt war: in ihre wohlgeformte, schöne Schwester Lily.

Als sich Meryl daran erinnerte, warf sie Joe einen triumphierenden Blick zu. »Ich verzehre mich ebenso wenig nach Bradford wie du nach Lily – oder schmachtest du etwa immer noch?«

Seine Augen verengten sich zu schmalen Schlitzen. »Sei nicht albern. Ich war sechzehn. Sämtliche Jungen aus der Nachbarschaft haben für sie geschwärmt, das weißt du genau.«
»O ja, das weiß ich.« Sie liebte ihre Schwester, war aber stets ein bisschen eifersüchtig gewesen, weil Lily derart bewundert wurde. Kein Mann hatte Meryl je so sehnsüchtig angesehen. »Und ob ich das weiß.«
Joe schüttelte ungläubig den Kopf. »Du lieber Himmel, Meryl, du fühlst dich deiner Schwester immer noch unterlegen, nicht wahr?«
Sie schlug ihr Tagebuch zu. »Ganz gewiss nicht, aber vielen Dank für deine Anteilnahme. Offen gestanden bin ich sogar froh, nie derartig von Verehrern belagert worden zu sein. Leider fühlt ihr Männer euch selten vom Verstand einer Frau angezogen, sondern eher von … von …« *üppigen Rundungen und einem bildschönen Gesicht,* fügte sie im Stillen hinzu. »Ihr Männer macht mich ganz krank. Ohne Ausnahme.«
»Schon recht«, erwiderte Joe trocken und presste die Lippen zusammen. Dann erhob er sich und setzte seinen Hut auf. »In gewisser Hinsicht bist du reifer geworden«, sagte er und ließ den Blick über ihren Körper schweifen. »Das ist nicht zu leugnen. Aber du hast noch einen weiten Weg vor dir, bis du wirklich erwachsen bist.«
Das saß. Um zu verbergen, wie verletzt sie war, schleuderte Meryl ihm entgegen: »Erst beleidigst du mich und dann läufst du weg. Wie überaus ›erwachsen‹ von dir.«
»Nicht, dass es dich etwas anginge, aber ich setze mich in den Klubwagen«, erklärte er. »Dort ist die Gesellschaft weniger kratzbürstig.«

Meryl sah ihm hinterher. Seit wann benahm sich Joe so weltmännisch und souverän? Wo war der sommersprossige Junge geblieben, der ihr alberne, kindische Streiche gespielt hatte?

Ob er wirklich mit Mädchen aus Tanzlokalen verkehrt hatte?

Meryl war noch nie in einem solchen Etablissement gewesen, fühlte sich jedoch dank ausführlicher Artikel in Zeitungen und Zeitschriften bestens informiert. Sie stellte sich vor, wie Joe in einem rauchgeschwängerten Saal die Tänzerinnen auf der Holzbühne betrachtete. Gefallene Mädchen mit kurzen Rüschenröckchen, geschmeidigen Bewegungen und verheißungsvollen Blicken, die dem Gentleman mit dem hellblonden Haar, dem offenen Gesicht und dem warmherzigen Lächeln galten. Oh, er hatte sicher Gefallen gefunden an diesen Frauen mit ihren drallen Leibern. Ihre geschminkten Gesichter und Schmollmünder hatten ihn wahrscheinlich zu jeglicher Art von Fleischeslust verführt. Bei der Überlegung, was genau darunter zu verstehen war, wurde es Meryl plötzlich unangenehm warm. Sie knöpfte die Jacke ihres blauen Reisekostüms auf, unter der sie eine züchtige weiße Baumwollbluse mit Rüschenkragen trug.

Sie versuchte, sich auf ihr Tagebuch zu konzentrieren, aber immer wieder schweiften ihre Gedanken zu Joe und diesen Mädchen ab. Wie mochte es sein, einen Mann zu verführen? Gänzlich unerfahren in diesen Dingen hatte sie stets darauf vertraut, dass ihre Verehrer den ersten Schritt tun würden, doch keiner von ihnen schien bisher ausreichend beeindruckt gewesen zu sein von ihren … Attributen. Meryl schaute an sich hinunter. Nein, sie war

eindeutig nicht dafür ausgestattet, einen Mann zu verführen oder andere Gefühle als Ärger in ihm zu wecken.
Aber sie hatte ja sowieso nicht vor zu heiraten, jedenfalls nicht in absehbarer Zeit.
Seufzend lehnte sie den Kopf gegen das Polster.
»Wünschen Sie, dass ich Ihr Bett für die Nacht zurechtmache, Madam?«
Der Schlafwagenschaffner lächelte sie an, und seine weißen Zähne leuchteten im Kontrast zu der dunklen Haut. Meryl nickte und trat auf den Gang, damit er die Sitzbank umklappen konnte. Joe hielt sich wohl immer noch im Klubwagen auf. Der ältere Herr von gegenüber war gegangen, und der kleine Junge trug bereits sein Nachthemd und saß drüben bei seinen Geschwistern in der Schlafkabine.
Sie konnte genauso gut ebenfalls zu Bett gehen. Nach dem aufregenden Tag war sie ziemlich erschöpft.
Der Schaffner klappte die Rückenlehnen der einander gegenüberliegenden Sitze herunter und hatte im Nu das Bett mit frischen Laken, Kissen und Decken hergerichtet. Dann reichte er nach oben und klappte die in der Wand befindliche Schlafkoje aus. Er zog gerade den Vorhang vor das Abteil, da kam der ältere Herr zurück. Er kämpfte sich den Gang entlang, vorbei an Reisenden, die vor ihren Abteilen standen oder gerade auf dem Weg zum Waschraum am Ende des Waggons waren. Ein Schlafwagen ließ nicht viel Raum für Sittsamkeit, wie empfindlich die Fahrgäste auch sein mochten. Der alte Mann hatte sich für die Nacht zurechtgemacht und trug jetzt einen gestreiften Morgenrock über seinem hageren Körper. Seine Füße steckten in braunen Lederpantoffeln.

Ohne Meryl eines weiteren Blickes zu würdigen, zog er den Vorhang beiseite und kletterte in die obere Schlafkoje.

Damit blieb das untere Bett für sie – und Joe. Meryl erschrak, als ihr klar wurde, dass Joe und sie sich ein Bett teilen würden.

»Entschuldigen Sie bitte«, wandte sie sich an den Schaffner. »Ist vielleicht in einem anderen Abteil noch eine Schlafkoje frei?« Sie schaute den Gang entlang auf die Reihe der heruntergeklappten Betten.

»Nein, Madam. Der Zug ist bis auf den letzten Platz belegt. Sie verstehen, der Feiertag ... Ihre Fahrkarte gilt für einen Doppelliegeplatz. Er ist gewiss breit genug für Sie und Ihren Gatten. Alantic-Southern kann sich rühmen, den Reisenden viel Komfort zu bieten.«

»Daran zweifele ich nicht«, erwiderte sie trocken und widerstand dem Drang, ihm zu verraten, wer sie wirklich war. Sie hatte sich für Joes Frau ausgegeben und sich durch diese Schwindelei selbst die Grube gegraben, in der sie nun buchstäblich würde liegen müssen. Neben ihm.

Der Schaffner wandte sich dem nächsten Abteil zu. Meryl kaute auf ihrer Unterlippe. Sie war immer stolz darauf gewesen, ihre Ziele aus eigener Kraft zu erreichen, nicht mit Hilfe verwandtschaftlicher Beziehungen. Sie hatte bereits einmal gegen diesen Grundsatz verstoßen, als sie den Zug in Wallingford aufgehalten hatte. In Joes Achtung würde sie nicht gerade steigen, wenn sie schon wieder zu diesem Mittel griff, und dann noch aus Schamhaftigkeit! Außerdem wäre sie dadurch auch nicht schneller in San Francisco.

Ich werde schon damit umgehen können, entschied sie

resolut. Letztendlich sah Joe in ihr nichts anderes als eine lästige kleine Schwester – das sagte er ihr ja oft genug.
Sie musste sich beeilen, damit sie schon unter der Decke lag, wenn Joe kam. Sie würde sich einfach schlafend stellen.
Meryl griff nach ihrer Reisetasche und eilte zum Damenwaschraum. Die Tür stand ein Stück weit offen und gab den Blick auf eine vollschlanke Dame mit pechschwarzem Haar frei, die ihr Gesicht im Spiegel betrachtete. Sie sah kurz zu Meryl. »Kommen Sie nur herein, meine Liebe. Ich suche lediglich mein Gesicht nach neuen Falten ab.«
Meryl zwängte sich in den engen Raum und schloss die Tür. »Vielen Dank. Ich habe es ein bisschen eilig.«
Die Frau lachte tief und kehlig. »Eilig, ins Bett zu kommen? Sie müssen frisch verheiratet sein. Ich habe den werten Gatten übrigens gesehen. Wirklich *appetitlich.*«
Joe? Appetitlich? Meryl zog die Nase kraus, ohne dass die Dame es bemerkte. Dann begann sie, die Haarnadeln aus ihrer Frisur zu ziehen, und erwiderte lässig: »O ja, er ist ein richtiges Marzipanpraliné.«
Die Frau lachte erneut. »Sie scheinen eine aufgeweckte junge Dame zu sein. Nicht so verstaubt wie die meisten der Ladys an Bord. Darf ich mich vorstellen? Mrs Alphonse Yves-Kendall.«
»Miss Meryl Carr… Mrs Joe Hammond.« Meryl schüttelte ihr Haar und wühlte in der Reisetasche nach den Waschutensilien.
Mrs Yves-Kendall lächelte. »Sie *sind* frisch verheiratet und müssen sich erst noch an Ihren neuen Namen gewöhnen. Ich freue mich, Ihre Bekanntschaft zu machen, Mrs Hammond.« Mit diesen Worten wandte sie sich wieder

dem Spiegel zu und fuhr fort, ihr Gesicht unter die Lupe zu nehmen. »Haben Sie bereits Erfahrung mit den ehelichen Freuden während einer Zugfahrt?«

Meryl ließ beinahe Seife und Waschlappen fallen. Sie starrte Mrs Yves-Kendall im Spiegel in die Augen. »Ich habe schon häufig in einem Zug geschlafen«, stieß sie ausweichend hervor.

»Ich rede nicht vom Schlafen, Herzchen.«

»Das hatte ich befürchtet«, sagte Meryl kleinlaut.

»Letztendlich ist alles nur eine Frage des Rhythmus. Ein Zug hat einen besonderen Rhythmus, der für die körperlichen Freuden sehr von Vorteil sein kann. Ich zumindest fand es immer äußerst angenehm.« Sie zwinkerte Meryl zu.

Diese rang sich ein gequältes Lächeln ab. Auf der Akademie hatte man ihr die Grundlagen des Geschlechtslebens erklärt: Der Mann besaß ein Körperteil, das er an einer gewissen Stelle in die Frau einführte, und auf diese Weise entstand neues Leben – wie bei Blumen, die von Bienen bestäubt werden. Aber das Gerede über Rhythmus sagte Meryl rein gar nichts.

Mrs Yves-Kendalls zweideutiger Tonfall genügte allerdings, um Meryl das Blut in die Wangen zu treiben. Und die Vorstellung von Joe als ihrem »Gatten« verwirrte sie vollends.

Ob er auch Bedenken wegen des Doppelliegeplatzes hatte? Machte es ihm überhaupt etwas aus? Meryl musterte verstohlen die üppige Figur und die wissenden Augen der älteren Frau. Wahrscheinlich nicht. Aber sie, Meryl, war nun mal keines dieser Mädchen aus den Tanzlokalen und auch keine erfahrene Frau wie Mrs Yves-Kendall. Es wurmte sie, dass Joe über alles Bescheid wusste, während man sie im Dunkeln gelassen hatte. Möglicherweise ... Sie schielte zu der geschlossenen Tür. Wenn man im Leben Erfolg haben wollte, dann musste man jede Gelegenheit ergreifen, die sich einem bot. »Mrs Yves-Kendall ...«

»Nennen Sie mich Annabelle.«

»Danke. Sie haben Recht, Annabelle. Ich *bin* eine frisch gebackene Ehefrau. So frisch, dass ich noch nie ... wir haben noch nie ...«

»Tatsächlich? Du lieber Himmel, ich hatte nicht die Absicht, Sie mit meinen derben Bemerkungen vor den Kopf zu stoßen.«

»Das wollte ich damit nicht sagen. Aber heute Nacht ...«

Meryl sah im Spiegel, dass sie erneut errötete.

Annabelle nickte. »Ich verstehe, was Sie fragen möchten. Mein erster Gatte war in dieser Hinsicht weiß Gott eine böse Überraschung. Aber mittlerweile bin ich zum dritten Mal verheiratet und lasse mir die Zügel nicht mehr aus der Hand nehmen.« Sie wies auf einen Korbstuhl in der Ecke des Waschraumes. »Setzen Sie sich. Ich werde Ihnen alles erzählen, was Sie wissen müssen.«

5. Kapitel

Hinter dem Vorhang des Schlafwagenabteils kämpfte Meryl mit den Knöpfen und Schnüren ihrer Reisekleidung.

Sie wand und drehte sich, um in dem engen Raum zwischen ihrer Liegestatt und der Schlafkoje über ihr das Umziehen zu bewerkstelligen. Mehr als einmal stieß sie sich den Kopf, was der alte Herr mit ärgerlichem Knurren quittierte. Von beiden Seiten des Abteils drangen gedämpfte Stimmen zu ihr. Ein Mann kommandierte mit kratziger Stimme seine Frau herum. Auf der anderen Seite des Ganges versuchte die junge Mutter, ihre Kinder zum Schlafen zu bewegen.

Der Vorhang sicherte ihr so viel Privatsphäre, wie unter den gegebenen Umständen überhaupt möglich war.

Doch wenn Joe aus dem Klubwagen zurückkehrte, würde ihr gar keine Privatsphäre bleiben.

Es war ein sonderbares Gefühl. Nie zuvor hatte sie sich derart schutzlos gefühlt, dabei konnten die anderen Reisenden sie gar nicht sehen. Aber Meryl hatte eben keine Erfahrung damit, so … *öffentlich* zu reisen. Wenn die Carringtons in den Süden nach North Carolina fuhren, dann nutzten sie den familieneigenen Sonderwagen. Und in Europa konnte der Reisende erster Klasse mit Abteilen rechnen, die durch echte Wände voneinander abgetrennt waren und eine abschließbare Tür hatten, nicht bloß einen dünnen Vorhang.

Aber Meryl war wild entschlossen, das Beste aus ihrer Lage zu machen. Sie dachte nicht im Traum daran, sich von Umständen einschüchtern zu lassen, mit denen täglich Hunderte von Reisenden konfrontiert waren.

Nachdem sie es geschafft hatte, einen Teil der Knöpfe an ihrer Bluse zu öffnen, steckte Meryl die Nase zwischen den Vorhängen durch und spähte auf den Gang. Andere Fahrgäste hatten sich ebenfalls in ihre kleinen Kojen zurückgezogen, um sich ihrer Kleidung zu entledigen. Offenbar war nichts Ungewöhnliches daran, auch wenn nur wenige Schritte weiter völlig fremde Menschen waren.

Hör auf, dir so viele Gedanken zu machen, und beeil dich lieber!, ermahnte sie sich. Joe konnte plötzlich vor ihr stehen, während sie sich immer noch auszog! Schlimm genug, dass sie die Bilder nicht mehr aus dem Kopf bekam, die Annabelles Erzählungen in ihr hervorgerufen hatten. Zu ihrer großen Bestürzung stellte sie sich einzig und allein Joe vor, wenn sie daran dachte, wie ein Mann sich in einer Frau bewegte und das rhythmische Rütteln des Zuges dabei als äußerst lustvoll empfand. Sie wurde immer noch rot, wenn sie daran dachte, über was Annabelle und sie gesprochen hatten.

Meryl wand sich aus Rock, Bluse und Mieder. Nur noch mit Hemd und Höschen bekleidet, kniete sie sich vor das Bett, um ihre Sachen einschließlich der Schuhe darunter zu verstauen. Ihr Mieder wanderte zuoberst auf den Kleiderstapel.

Ihr wurde heiß und kalt bei der Vorstellung, Joe könnte sie so antreffen – mehr oder weniger nackt. Hastig schlüpfte sie zwischen die Laken, wo sie mit laut klopfendem Herzen wartete.

Es war schon beinahe Mitternacht.
Joe stand im Gang des schwach beleuchteten Schlafwagens vor dem Vorhang, der an der Stelle hing, wo zuvor sein Sitzplatz gewesen war. Er schob mit einem Finger den Rand des Vorhangs beiseite und spähte vorsichtig hinein. Gedämpftes Mondlicht drang durch die Fenstervorhänge und umschmeichelte die Umrisse eines Frauenkörpers. Meryl lag mit dem Gesicht zur Wand unter der Decke und schlief, die goldfarbenen Haare ausgebreitet auf dem zweiten Kissen – seinem Kissen.
Die Decke war ein kleines Stück heruntergerutscht und entblößte ihre Schulter, nur verhüllt von einem dünnen Hemdchen. Viel mehr konnte sie nicht anhaben, abgesehen vielleicht von einem Seidenhöschen. Und darunter ... Bei dem Gedanken, dass Meryls nackter Körper so nah war – zum Greifen nah – wurde ihm unwillkürlich heiß.
Joe hatte angenommen, dass sie auf ihre Familie verweisen und den Schaffner überreden würde, ihr ein anderes Bett zu geben. Stattdessen wollte sie es offenbar ihm überlassen, sich eine andere Schlafmöglichkeit zu suchen.
So verwöhnt wie sie war, hätte er sich das eigentlich denken können. Dabei hatte er seine Fahrkarte zuerst gekauft, und es war ganz allein ihre Idee gewesen, sich als seine Frau auszugeben. Vielleicht war es gut, dass sie nun einmal die Folgen ihres unbedachten, frechen Auftretens zu spüren bekam.
Wenn sie beim Aufwachen entsetzt feststellte, dass er neben ihr lag, würde der Schreck sie wohl zur Vernunft bringen.
Natürlich dachte Joe nicht im Traum daran, sie anzu-

rühren. Aber nichts gemahnte eine Frau wirkungsvoller zu größerer Zurückhaltung als eine kompromittierende Situation.
Entschlossen zog er sein Jackett aus. Leise und bedächtig entledigte er sich auch seiner übrigen Kleidung und faltete alles mit ungewohnter Sorgfalt zusammen. Er wusste, dass er lediglich versuchte, den Augenblick hinauszuzögern. Doch irgendwann trug er nur noch Unterhemd und -hose. Er schob seine Kleidung unter das Bett – direkt neben ein duftiges Mieder.
Joe fluchte unterdrückt. Es half nichts – er würde tatsächlich das Bett mit Meryl Carrington teilen, dem Plagegeist seiner Jugend, der nun erwachsen war und den verführerischen Körper einer Frau besaß.
Wenn er sich auf das Leintuch legte, wäre wenigstens ein bisschen Stoff zwischen ihnen. Also hob er nur die Wolldecke an und schlüpfte darunter.
Dann schob er behutsam die Hand unter die Locken auf seinem Kissen. Meryl regte sich zum Glück nicht.
Er wollte ihr Haar beiseite schieben, doch die seidigen Locken fühlten sich so gut an, dass er die Strähnen auf seiner Hand liegen ließ.
Dermaßen weiches Haar gehört verboten, dachte er. Und dieser Duft ... Frühjahrsrosen mit einem Hauch Zitrone.
Joe legte sich auf den Rücken und versuchte, sich zu entspannen, aber seine Schultern waren so breit, dass er Meryl ständig berührte. Wieder fluchte er leise. Er würde sich auf die Seite legen müssen. Langsam und überaus vorsichtig drehte er sich um und passte seine Körperhaltung der ihren an.

Der leise, mit tiefer Stimme ausgestoßene Fluch jagte Meryl einen Schauer über den Rücken. Sie umklammerte das Laken und erstarrte, als sich die Liegestatt bewegte und Joe Hammond zu ihr ins Bett stieg.
Nachdem er sich in Schlafposition gebracht hatte, schweiften ihre Gedanken zu einem Tag vor mehr als zwölf Jahren. Damals hatten die Carringtons gemeinsam mit den Hammonds und einigen anderen befreundeten Familien ein Picknick veranstaltet. Meryl hatte sich an jenem Nachmittag nicht wohl gefühlt und auf einer Decke im Schatten eines Baumes ein Nickerchen gemacht.
Irgendwann erwachte sie aus ihrem Schlummer und stellte fest, dass Joe neben ihr auf der Seite lag und sie anstarrte. Sie riss die Augen auf und glaubte einen kurzen, verrückten Moment lang, er wollte sie küssen.
»Du bist ja gar nicht tot! Verdammt, sie ist nicht tot!«, brüllte er stattdessen, sodass sie glaubte, ihr müsste das Trommelfell platzen.
Dann sprang er auf und stieß einen Fluch aus, den sie noch nie zuvor gehört hatte. Wenn seine Mutter das mitbekommen hätte, wäre ihm sofort der Mund mit Seife ausgewaschen worden.
Er starrte auf sie herab, ein schlaksiger Junge mit dem Gesicht voller Sommersprossen. »Verdammt, Plagegeist, wegen dir habe ich jetzt eine Wette verloren! Du hast ja noch gar nicht ins Gras gebissen! Dabei hast du so schön bleich und tot ausgesehen …«
Dann war Joe grinsend weggerannt, zu den beiden Jungen in seinem Alter, die mit ihrer Schwester Pauline, einem richtigen Wildfang, Ball spielten.
Und heute Nacht fluchte er erneut, während er sich neben

sie legte. Das Bett war kaum breit genug für sie beide. Meryl fühlte die Wärme, die von seinem Körper ausging. Oder war es ihre Verlegenheit, die ihr so heiß werden ließ?
Sie wandte den Kopf und verspürte ein leichtes Ziehen an ihren Haaren. Vorsichtig drehte sie sich um. Joe hatte die Augen geschlossen und spielte im Schlaf zärtlich mit ihren Locken. Ein wohliges Kribbeln durchfuhr Meryl.
Schließlich konnte sie nicht länger ruhig liegen bleiben und bewegte vorsichtig die Beine.
Joe ließ sofort ihr Haar los, wälzte sich herum und wandte ihr den Rücken zu. Die Decke rutschte herunter, sodass sie ihn nur noch bis zum Ellbogen bedeckte. In diesem gerade einmal anderthalb Meter breiten Bett schien er unglaublich viel Platz einzunehmen. Das Mondlicht strich über seinen Körper und ließ Meryl erahnen, *wie* groß und kräftig er geworden war. Sein Schulterumfang musste über einen Meter betragen, und seine Oberarme wirkten äußerst fest und muskulös. Am liebsten hätte sie Joe berührt, um zu erfahren, wie sich der Körper eines Mannes anfühlte.
Als Meryl plötzlich bewusst wurde, wie sie auf Joe reagierte, drehte sie sich verlegen mit dem Gesicht zur Wand und bemühte sich, nicht mehr an ihn zu denken.
Doch ihre Versuche scheiterten kläglich, und es dauerte Stunden, bis sie endlich eingeschlafen war. Irgendwann wurde sie von einem sonderbaren Gefühl geweckt. Sie fühlte sich behaglich und geborgen, als wäre sie von einer weichen, warmen Wolke umgeben.
Dann wurde ihr klar, dass sie in Joes Armen lag, den Rücken an seine Brust geschmiegt, das Gesäß an seinen Bauch.

Schlagartig riss sie die Augen auf. Joe hatte einen seiner muskulösen Arme um sie gelegt, seine Hand ruhte auf ihrem Bauch. Sie spürte die Hitze seiner Handfläche, seine Finger so nah an ihrer intimsten Stelle, dass sie eine unbekannte Leidenschaft aufsteigen fühlte.
Sie schloss die Augen und kostete die verbotene Berührung aus. Wer war dieser Mann, der ihre Sinne derartig reizen konnte? Hatte sie ihn je wirklich gekannt? Oder hatte sie ihn in Wahrheit vielleicht schon immer gekannt? Und er ahnte nicht einmal, wie aufgewühlt sie war. Seine tiefen, ruhigen Atemzüge bewegten die feinen Härchen in ihrem Nacken. Wenn sie sich aus seiner Umarmung löste, würde ihn das aufwecken. Dann würde er ihr den Rücken zukehren und sie ignorieren oder irgendetwas Freches oder Verletzendes sagen.
Meryl entschied sich dafür, zu bleiben, wo sie war. Sie erlaubte sich sogar, so zu tun, als würde er sie mögen – wenigstens ein bisschen.

Meryl warf einen abschließenden Blick in den Spiegel und atmete tief durch. Der neue Tag hatte begonnen, und sie war bereit.
Joe hatte ihr gemeinsames Bett – *ihr gemeinsames Bett!* – vor mindestens einer Stunde verlassen und war noch nicht zurückgekehrt. Sollte er nach wie vor im Speisewagen sein, würde sie ihn einfach ignorieren.
Sie hatte warten müssen, bis der Damenwaschraum frei wurde. Aber jetzt lag jedes Haar ihrer Frisur perfekt. Den Hut bereits aufgesetzt, griff Meryl nach Handschuhen und Handtasche und ging zum Ende des Waggons. Sie schob die Tür auf und betrat den Zwischenraum zwischen

den Wagen. Das Rattern der Räder war hier wesentlich lauter, außerdem fuhr der Wind durch ihre sorgfältig zurechtgemachten Haare. Meryl beeilte sich, in den nächsten Wagen zu kommen. Schließlich wollte sie gelassen und perfekt aussehen, nicht gehetzt und vom Wind zerzaust.

Nachdem sie zwei weitere Waggons durchquert hatte, erreichte sie die Tür zum Speisewagen. Meryl hielt inne und spürte das Vibrieren des Zuges unter ihren Füßen.

Falls Joe wirklich da drin war … *Dann lauf bloß nicht weg wie ein albernes Huhn! Er wird dir ohnehin am Gesicht ansehen, wie unbehaglich dir ist.*

Sie konnte ihre Gefühle einfach nicht vor ihm verbergen. Dafür kannte er sie zu gut – leider. Am liebsten wäre sie ihm aus dem Weg gegangen. Aber das war in einem fahrenden Zug kaum möglich und außerdem kindisch – und genau dafür hielt Joe sie ja. Sie wollte seine Meinung nicht noch bestätigen.

Ihr wurde plötzlich klar, dass es das Beste war, ihm geradewegs entgegenzutreten. Sie sollte ihm keine Möglichkeit bieten, so zu tun, als habe es die letzte Nacht nicht gegeben. Er musste zu seinem Verhalten stehen und sich erklären. Eine weitere Nacht wie diese würde sie nämlich nicht durchstehen – mit einem nahezu nackten Joe neben sich, der sie umarmte, ohne dass sie die geringste Ahnung hatte, was er für sie empfand.

Meryl öffnete die Tür und betrat den Speisewagen. Die Tische mit den weißen Leinentischdecken standen dicht beieinander, damit möglichst viele Gäste Platz fanden. Die Tische links vom Mittelgang waren jeweils für zwei Personen eingedeckt, diejenigen auf der rechten Seite für vier. Das Licht der Morgensonne fiel durch die Fenster und ließ die dunkle Holztäfelung und den tiefblauen Teppich freundlicher wirken. An der Decke hingen Kronleuchter, und auf den Tischen standen Kristallvasen mit Chrysanthemen. Aufmerksame Kellner in Livree bemühten sich nach besten Kräften, die Atmosphäre eines eleganten Restaurants herzustellen.

Meryl brauchte nicht lange nach Joe zu suchen. Er hatte sich am fünften Tisch auf der rechten Seite niedergelassen – und er war nicht allein. Annabelle saß ihm gegenüber, und die beiden unterhielten sich angeregt. An dem Tisch war noch Platz, aber Meryl zögerte.

Joe hatte ja recht schnell die ansehnlichste unter den allein reisenden Damen ausfindig gemacht … *Das interessiert mich nicht im Geringsten,* dachte Meryl.

Allerdings fühlte sie sich äußerst unbehaglich bei der Vorstellung, Joe unter Annabelles wachsamem, erfahrenem Blick gegenüberzutreten. Wenn er nicht mitspielte, würde Annabelle sofort erkennen, dass sie beide alles andere als verheiratet waren. Und selbst wenn er mitmachte, würde Annabelle es sonderbar finden, dass Meryl so wenig Zuneigung für ihren Mann zeigte, insbesondere nach all dem, was die verheiratete Frau Meryl am Vorabend erzählt hatte. Meryl wandte sich gerade zum Gehen, da vereitelte Annabelle ihre Flucht.

»Mrs Hammond? Meryl! Guten Morgen.«

Meryl zwang sich zu einem Lächeln und schritt den schmalen Gang entlang zu dem Tisch. Sofort eilte ein Kellner herbei und zog den Stuhl neben Joe heraus. Meryl übersah dies geflissentlich und setzte sich neben Annabelle.

»Ich habe mich schon gefragt, wo Sie bleiben«, bemerkte

Annabelle. »Ihr Gatte war so freundlich, mir Gesellschaft zu leisten, während er auf Sie wartete. Und jetzt haben wir das Frühstück schon beinahe beendet.« Sie wies auf die nahezu leeren Teller.

»Sie ist einfach ein kleiner Faulenzer«, sagte Joe gedehnt und zeigte scine Grübchen, warf Meryl dabei jedoch einen steinharten Blick zu. »Gewiss würde sie immer noch schlummern, wenn der Schaffner nicht die Betten hätte machen müssen.«

»Es lag nicht nur an mir, dass ich zu wenig Schlaf bekommen habe«, entgegnete Meryl.

»Ah, ich verstehe«, sagte Annabelle mit funkelnden Augen. »Ja, Zugreisen können äußerst erschöpfend sein.« Sie blickte von Meryl zu Joe, offenbar in der Annahme, dass die beiden in der Nacht den »Rhythmus« des Zuges genossen hatten.

Grenzenlos verlegen war Meryl froh, ihre Aufmerksamkeit der Speisekarte widmen zu können, die der Kellner ihr in diesem Moment reichte. Doch dann spähte sie neugierig über den Rand. Joe spielte mit seiner Serviette und vermied es, sie oder Annabelle anzusehen. Vielleicht war ihm dieses intime Thema ebenfalls unangenehm. Umso besser.

Meryl bestellte das erste Frühstück auf der Karte: Eier Benedikt, Fruchtsaft und Kaffee. Während sie darauf wartete, setzten Joe und Annabelle ihr Gespräch über Joes Zeit in Mexiko fort.

»Und Sie haben wirklich in einem Zelt gelebt?«, erkundigte sich Annabelle sichtlich interessiert.

»Ja, überall dort, wo meine Leute gerade Schienen verlegten.«

»O Meryl«, rief Annabelle, »Sie müssen ihn fürchterlich vermisst haben!«
»Zu der Zeit war er noch ...«, begann Meryl, doch Joe fiel ihr ins Wort.
»Sie hat mir jeden Tag geschrieben.« Er ergriff Meryls Hand, die neben dem Teller lag, und drückte sie. Meryl zwang sich, sie nicht zurückzuziehen.
»Meine kleine Artischocke ist manchmal ein wenig verwirrt.« Er warf ihr einen gönnerhaften Blick zu. »Wir haben über meine Zeit in *Mexiko* gesprochen. Du erinnerst dich doch, dass ich dorthin gereist bin, oder? Du weißt schon – Mexiko ist dieses große Land im Süden ...«
Meryl biss die Zähne zusammen. Joe behandelte sie wie eine Schwachsinnige. »Natürlich erinnere ich mich, Liebling.« Sie entzog ihm ihre Hand. »Weißt du denn noch, wie sehr ich dich darin bestärkt habe? Falls du jemals nach Mexiko zurückkehren möchtest – nur zu.«
Er lachte gepresst. »Das wird nicht nötig sein. Im Gegensatz zu *manch anderem* Angestellten der Atlantic-Southern habe ich mich bereits in der Wildnis bewährt.«
Für einen Augenblick herrschte peinliches Schweigen, bis Annabelle das Wort ergriff. »Bitte erzählen Sie mir doch noch mehr von Ihren Erlebnissen in Mexiko, Mr Hammond. Erwähnten Sie vorhin nicht, dass Desperados versucht hätten, Ihr Lager zu überfallen?«
»Sogar mehr als einmal. Aber mit ein bisschen Einfallsreichtum gelang es uns, sie in die Flucht zu schlagen.« Joe richtete seine Aufmerksamkeit auf Annabelle und beachtete Meryl nicht weiter. Diese wiederum widmete sich ihrem Frühstück, das der Kellner inzwischen serviert hatte,

und gab vor, nicht sonderlich an Joes Geschichten interessiert zu sein.
Gewiss glaubte Annabelle, dass Joe seiner Frau all diese Geschichten bereits zigmal erzählt hatte. Doch in Wahrheit wusste Meryl so gut wie nichts über Joes Leben. Sie beide waren viel zu sehr damit beschäftigt, sich zu streiten, sodass zwischen ihnen so gut wie nie eine annähernd normale Konversation zustande kam.
Meryl schob ihren Teller von sich. Sie hatte das Frühstück kaum angerührt, aber dennoch keinen Appetit mehr. Da Joe nicht den Eindruck erhalten sollte, sie würde ihm zuhören, zog sie den Fahrplan aus der Tasche und tat so, als würde sie ihn eingehend studieren.
»Da steht immer noch dasselbe wie gestern.«
Es dauerte ein paar Sekunden, bis Meryl begriff, dass Joe mit ihr gesprochen hatte. »Meine kleine Artischocke … So aufgeregt wegen ihrer allerersten Zugfahrt.« Er langte über den Tisch und tätschelte ihre Wange, als wäre sie fünf Jahre alt. Meryl warf ihm einen giftigen Blick zu.
Annabelle sah von ihr zu Joe. »Ihre erste Zugfahrt als frischgebackene Ehefrau, meinen Sie wohl«, berichtigte sie ihn verwirrt. »Und jetzt werde ich Sie beide allein lassen, damit Sie Ihre Zweisamkeit genießen können. Ein bisschen gemeinsame Zeit könnte die *Anspannung* des Reisens mildern.«
»Sie wollen uns schon verlassen?« Meryl erstarrte und riss entsetzt die Augen auf. Wenn Annabelle ging, hatte sie keine Ausrede mehr und musste Joe auf die vergangene Nacht ansprechen.
Annabelle erhob sich und ließ ihre Serviette auf den Tisch fallen. »Wir werden uns gewiss später noch sehen. Es ist

ja nicht so, als könne man einfach aus diesem Zug steigen …«

Sobald Annabelle außer Hörweite war, konnte Joe sich nicht mehr zurückhalten. »Madame ist wohl heute Morgen mit dem falschen Fuß zuerst aus dem Bett gestiegen, oder sollte ich sagen: aus der ›Koje‹?«

Meryl legte den Fahrplan weg und starrte Joe an. »Und du sprühst ja nur so vor Charme – zumindest gegenüber allein reisenden Damen.«

Er zuckte mit den Schultern. »Mrs Yves-Kendall hat mir gern Gesellschaft geleistet – im Gegensatz zu dir.«

Meryl warf ihre Serviette auf den Tisch. »Ich weiß ganz genau, warum du dich für Mrs Yves-Kendall interessierst. Das ist ja nicht zu übersehen.«

»Was soll das heißen?«

»Als du sechzehn warst, hast du meine Schwester Lily mit genau dem gleichen Blick angestarrt.«

Er lehnte sich zurück und sah Meryl ungläubig an. »Du denkst doch wohl nicht …«

»Genau das denke ich. Männer sind fasziniert von Frauen, die … du weißt schon.«

Joe warf den Kopf in den Nacken und lachte. »Die arme Meryl wünscht sich also immer noch, sie wäre besser ausgestattet.«

»Halt den Mund, Joe!« Meryl rutschte auf ihrem Stuhl herum und bemühte sich, wenigstens dem Anschein nach die Fassung zu wahren. »Ich beabsichtige keineswegs, die Aufmerksamkeit eines Mannes auf diese Weise zu erringen.«

»Die Gefahr besteht auch nicht.«

Er sagte es lächelnd, doch seine Worte trafen sie tiefer, als

sie sich jemals hätte vorstellen können. Nun wusste sie also Bescheid – Joe fand sie unattraktiv.
Aber dann dachte sie an die vergangene Nacht zurück und kam zu dem Schluss, dass Joe noch so überheblich daherreden konnte – ihr Körper hatte ihm sehr wohl gefallen!
»Eigenartig, dass du das jetzt erwähnst«, sagte sie langsam und wog jede Silbe ab. »Wenn man bedenkt, wie du dich letzte Nacht verhalten hast.«
Joe mied ihren Blick. »Ich habe keinen blassen Schimmer, wovon du redest. Sei ein braves Mädchen, iss dein Frühstück und lass mich zufrieden.«
Seine herablassende Art reizte Meryl nur noch mehr. Sie presste ihre Hände flach auf den Tisch, beugte sich vor und sagte mit leiser, angespannter Stimme: »Du bist letzte Nacht zu mir ins Bett gekrochen. Wenn das mein Vater wüsste …«
»Dazu hatte ich jedes Recht. Es ist mein Schlafwagenplatz, Mrs Hammond«, erklärte er spöttisch. »Abgesehen davon bist du für mich wie eine Schwester, erinnerst du dich? Bei armen Familien in Mexiko teilen sich Geschwister grundsätzlich das Bett.«
Meryl lehnte sich bestürzt zurück. Wie konnte er etwas, das sie so sehr berührt hatte, nur dermaßen herabwürdigen? »Ist das alles, was du dazu zu sagen hast?«
Joe setzte ein breites, selbstbewusstes Grinsen auf. »Offensichtlich hat dich meine nächtliche Gegenwart in große Verwirrung gestürzt. Ich hatte ja keine Ahnung, dass du eine Schwäche für mich hast.«
Meryl blieb vor Entsetzen der Mund offen stehen. »Ich habe keine …«

»Du scheinst zu denken, unser Schlafarrangement habe irgendeine Bedeutung. Arme Meryl – falsch gedacht.«
Wie konnte er es wagen? Sie stieß ihre nächsten Worte zwischen zusammengebissenen Zähnen hervor. »Wie erklärst du dir dann, dass du mich in den Armen gehalten hast?«
Das arrogante Grinsen erstarb ihm auf den Lippen. »Wie bitte?«
»Du hast den Arm um meine Taille gelegt und mich an dich gezogen.«
Joe zuckte lässig mit den Schultern, vermied es aber, ihr in die Augen zu sehen. »Das Bett ist so schmal, dass ich nur auf diese Art einigermaßen bequem schlafen konnte.«
»Das erklärt aber nicht, warum du mein Haar gestreichelt hast.«
»Diese Unterhaltung wird langsam lächerlich.«
Er schob den Stuhl zurück und machte Anstalten zu gehen.
Meryl griff rasch nach seiner Hand und hielt ihn zurück. »Du hast deine Hand unter mein Haar geschoben und …« Sie blickte sich um. Ihr hitziges Gespräch weckte bereits die Neugier der Passagiere an den Nachbartischen. Sie senkte die Stimme und fuhr kaum hörbar fort: »Du hast sogar damit gespielt.«
Joe presste die Lippen aufeinander. Sein Lächeln wirkte aufgesetzt. »Und wie hätte ich das bitte vermeiden sollen? Schließlich lag es überall ausgebreitet.« Er starrte auf ihren kunstvoll geflochtenen Dutt, der unter dem kessen Hut hervorschaute.
Meryls Hand fuhr unwillkürlich zu ihrem Nacken und strich über den straffen Haarknoten. »Darum geht es

nicht.« Sie räusperte sich, entschlossen, sich nicht verunsichern zu lassen. »Du hast … du hast …«
»Was?«, verlangte er zu wissen und sah sie durchdringend an.
Ihre Stimme war nur noch ein Hauch. »Du hast es *genossen.«*
Er warf ihr einen eisigen Blick zu. Dann verschränkte er die Arme und lehnte sich zurück. »Ich genieße es auch, Hunde zu streicheln. Das fühlt sich gut an, hat aber keinerlei Bedeutung.«
Meryl schlug mit der flachen Hand auf den Tisch, sodass Kaffee über den Rand ihrer Tasse auf das Tischtuch schwappte. »Na schön, Joe. Vergleich mich ruhig mit einem Tier. Mir war schon immer klar, dass aus dir nie ein Gentleman werden würde.« Sie stand abrupt auf und wollte aus dem Speisewagen stolzieren, als ihr plötzlich klar wurde, dass er über ein derart kindisches Verhalten nur lachen würde.
Meryl holte tief Luft und riss sich zusammen. »Vergleich mich ruhig mit einem Hund oder nenne mich … Artischocke. In meinen Augen bist du derjenige, der sich hier wie ein Tier benimmt«, erklärte sie mit harter Stimme. »Behalte in Zukunft deine herumstreunenden Pfoten gefälligst bei dir.«
Joe öffnete den Mund, sagte jedoch nichts. Durch ihren Ausbruch hatte Meryl die Blicke sämtlicher Gäste an diesem Ende des Speisewagens auf sie beide gezogen. Nach einigen Sekunden betretenen Schweigens begannen viele von ihnen zu tuscheln. Meryl ging zwei Schritte in Richtung Tür, ohne jemanden auch nur eines Blickes zu würdigen. Dann blieb sie stehen und drehte sich noch einmal um.

»Und wage es nicht, mich noch einmal mit diesem Gemüsenamen zu belegen!« Nachdem Meryl ihren letzten Schuss abgefeuert hatte, marschierte sie aus dem Waggon.

»Kann ich sonst noch etwas für Sie tun, Sir?« Eine Hand schob ein Stück Papier in Joes Blickfeld.
Joe versuchte, nicht mehr an Meryl zu denken, und starrte den Kellner an. Dann griff er nach der Rechnung. Die Summe beinhaltete auch Meryls Frühstück. Schon wieder sie – ständig tauchte sie in seinem Leben auf. Das wäre ihm ja noch egal, wenn sie ihn nicht so durcheinanderbringen würde.
Er zweifelte nicht daran, dass er diese Wette gewinnen würde. Aber Meryl verwirrte seinen sonst so klaren Verstand. Er war stolz darauf, dass er in allem stets rational und analytisch vorging – was ihn zu einem äußerst fähigen Geschäftsmann machte. Doch sobald Meryl auch nur den Raum betrat, drohte seine Abgeklärtheit zum Teufel zu gehen. So war es schon immer gewesen. Selbst als kleines Mädchen hatte sie sich eingemischt, wenn er mit anderen Kindern spielte, und ihn mit ihren dreisten Kommentaren auf die Palme gebracht.
Und als Frau ... *als Frau* ... Lieber Himmel, er konnte gar nicht aufhören, an sie als Frau zu denken. Nicht nach dieser Nacht, in der er ihren wohlgeformten Körper in seinen Armen gespürt hatte und sein Blut durch ihre Wärme in Wallung geraten war.
Allein die Erinnerung genügte, um sein Herz schneller schlagen zu lassen.
Joe schüttelte den Kopf über sich selbst, zückte seine Brieftasche und legte das Geld auf den Tisch.

Der Kellner eilte herbei. »Vielen Dank, Sir. Es war ein Vergnügen, Sie zu bedienen.«
Joe hörte ihm gar nicht zu, sondern starrte in die Kaffeetasse und sah Meryls siegesgewisses Lächeln vor sich. Er musste eine Möglichkeit finden, sie ein für alle Mal abzuschütteln. Aber wenn er sie nicht gerade aus dem Zug werfen wollte, saß er mindestens bis Omaha hier mit ihr fest.
Joe bemerkte, dass der Kellner immer noch neben dem Tisch stand. »Haben Sie vielleicht noch einen Wunsch, Sir?«
»Nein danke, alles bestens.«
»Dürfte ich dann vielleicht den Klubwagen vorschlagen? Dort werden Getränke und Zigarren gereicht. Sie finden außerdem eine große Auswahl an Tageszeitungen, falls Sie an Börsenkursen oder den neuesten Nachrichten interessiert sind.«
Nun erst wurde Joe bewusst, dass an der Tür des Waggons andere Reisende standen und auf einen freien Tisch warteten. Peinlich berührt stand er sofort auf. »Natürlich.«
Diese verfluchte Frau. Wegen ihr vergaß er noch seine guten Manieren.
Der Kellner begann sofort damit, den Tisch abzuräumen. Joe wollte gerade gehen, als ihm etwas ins Auge fiel – Meryl hatte ihren Fahrplan liegen lassen.
Joe nahm ihn an sich. Er hatte keine Ahnung, was sie an diesem Ding so faszinierte. Sie würden ankommen, wenn sie ankamen, und daran änderte auch keine der zahllosen Zwischenstationen etwas. Gelangweilt ließ er den Blick über die Zahlenreihen in den übersichtlich angeordneten

Spalten schweifen. Heute am späten Nachmittag würden sie in Fort Wayne eintreffen. Dort hatten sie anderthalb Stunden Aufenthalt, damit die Fahrgäste ein Restaurant in der Stadt aufsuchen und sich ein bisschen die Beine vertreten konnten. Um 6.47 Uhr abends würde der Zug Fort Wayne verlassen.

6.47 Uhr abends. Wie sehr sich all diese Zahlen auf den ersten Blick ähnelten – man wusste wirklich genau hinschauen. Ein Geistesblitz schoss ihm durch den Kopf. Vielleicht war das ja der Ausweg aus diesem Schlamassel! Joe steckte den Fahrplan in die Tasche seines Jacketts und ging in Richtung Klubwagen.

6. Kapitel

Mit quietschenden Rädern und zischenden Bremsen rollte der Zug in den Bahnhof von Fort Wayne.

Als Meryl ihren Fahrplan zückte, hielt Joe den Atem an. Während sie den Waschraum aufgesucht hatte, hatte er den Plan rasch zurück in ihre Handtasche geschoben.

»Hmm.« Sie runzelte die Stirn.

Joe versuchte ruhig zu bleiben, obwohl ihm das Herz bis zum Hals schlug. Er legte den Arm auf die Rückenlehne ihres Sitzes. »Stimmt etwas nicht?«

Meryl sah ihn wachsam an, als wäre jede Silbe, die aus seinem Mund kam, eine Lüge. »Nein, alles in Ordnung«, erwiderte sie. »Ich dachte nur, wir würden etwa um sieben Uhr weiterfahren. Aber wir fahren erst gegen neun.«

Joe griff nach seinem Hut. »Somit haben wir reichlich Zeit für ein Abendessen.«

»Wir?«

»Wenn wir schon beinahe drei Stunden lang hier festsitzen, sollten wir das Beste daraus machen.«

Meryl zog die Augenbrauen hoch. »Und was soll das heißen?«

»Ich rufe einen Waffenstillstand bis nach dem Abendessen aus.« Er erhob sich und setzte den Hut auf. »In der Nähe des Bahnhofs befindet sich ein wirklich nettes Lokal. Nun, was sagst du?« Er reichte ihr die Hand.

»Das eine Mal wird wohl kaum schaden«, stimmte Meryl zu, ergriff seine Hand und ließ sich von ihm aufhelfen. Er blickte ihr in die Augen, während ihre Hand noch immer in der seinen ruhte. Sie standen so dicht voreinander, dass Meryls zarter Duft ihm in die Nase stieg.
Während er ihr Gesicht betrachtete, bekam er plötzlich ein schlechtes Gewissen. Er hatte immer auf Meryl aufgepasst wie auf eine kleine Schwester. Sie würde vor Wut toben, wenn sie herausfand, dass er sie hereingelegt hatte, und ihm niemals wieder vertrauen.
Aber hier ging es um einen Wettstreit, und seine Zukunft hing davon ab, dass er ihn gewann. Nur so würde er sich endlich vom Erbe seines Vaters befreien können.
Doch jetzt würde er es sich erlauben, ihre Gegenwart zu genießen – denn dazu bekam er vielleicht nie wieder Gelegenheit. Joe hielt ihr ihren mit Pelz besetzten Mantel hin. »Lass uns gehen!«
Meryl zögerte, wandte Joe dann jedoch den Rücken zu und gestattete ihm, ihr in den Mantel zu helfen. Sie nahm ihre Handtasche, rückte den Hut zurecht, zog die Handschuhe gerade und folgte der Schlange von Reisenden zum Ausgang am Ende des Waggons.

Zu Meryls Überraschung nahm Joe ihren Arm, nachdem sie den Bahnhof verlassen hatten. Sie gingen an einigen Schaufenstern vorbei, die für das kommende Weihnachtsfest bereits mit Lametta und Papierengeln dekoriert waren.
Meryl fragte sich, wo sie am Weihnachtsabend sein würde. In San Francisco, um die letzten Details des Kaufvertrags auszuhandeln? Oder wäre dann längst alles unter

Dach und Fach und sie wieder zu Hause? Sie hatte Weihnachten stets mit ihrer Familie gefeiert und konnte sich nur schwer vorstellen, das Fest allein zu verbringen.
Du bist eine Geschäftsfrau, ermahnte sie sich. Zum ersten Mal wurde ihr bewusst, dass es seinen Preis hatte, wenn man sich ganz dem Beruf verschrieb. Allerdings war sie kein kleines Mädchen mehr, das von Süßigkeiten und dem Weihnachtsmann träumte. Es war an der Zeit, dass sie in dieser Welt ihren Weg ging. Zur Not auch allein.
Sie warf einen verstohlenen Blick auf den großen, attraktiven Mann an ihrer Seite. An seinem Arm fühlte sie sich ganz und gar nicht allein. Ihr entging nicht, dass die anderen Damen sie beide im Vorbeigehen musterten. Joe sah wirklich gut aus – er war ein Mann, mit dem sich gewiss jede Frau gern zeigen würde.
Sie kamen an mehreren Restaurants vorüber, aber Joe marschierte immer weiter. Schließlich blieb er stehen und schaute die Straße entlang.
»Sagtest du nicht, das Lokal sei ganz in der Nähe?«, erkundigte sich Meryl. Er schien nicht recht zu wissen, wohin er eigentlich wollte.
Joe klopfte ihr beruhigend auf die Hand. »Es muss hier irgendwo sein. Ganz sicher. Aha – da ist es ja!«
Joe nahm Kurs auf ein heruntergekommenes Gebäude mit einer windschiefen Veranda. Ragtime-Musik drang durch die halb geöffnete Vordertür. Meryl hörte blechern klingende Pianotöne, Gesprächsfetzen und das Klirren von Gläsern.
»Du beliebst wohl zu scherzen!«, erklärte sie stirnrunzelnd.

Doch Joe packte sie am Arm und schob sie durch die Tür in den verräucherten Innenraum.

»*Das* soll dein schickes Lokal sein?« Meryl fragte sich, ob Joes Verstand – oder zumindest sein guter Geschmack – in der heißen Sonne Mexikos eingetrocknet war.

»Von schick war nicht die Rede. Ich sagte nett. Setz dich.« Er zog für sie einen Stuhl an einem zerkratzten Tisch nahe der Tür zurück. Entlang der gesamten Länge einer Wand erstreckte sich die Theke, an der etliche Männer saßen. Sie schlürften ihr Bier oder ihren Whiskey und sahen aus, als kämen sie gerade von der Arbeit in der Fabrik oder auf der Farm. In einer Ecke spielte ein Mann mit fettigem schwarzem Haar und einem langen Schnurrbart lustlos Klavier. Seine knochigen Finger entlockten dem Instrument die traurigen Klänge von »Bird in a Gilded Cage«.

»Sag jetzt bitte nicht, du seiest so verwöhnt, dass du unmöglich im selben Lokal zu Abend essen kannst wie normale Leute«, warnte sie Joe. Er hatte bereits Platz genommen und gab dem Wirt ein Zeichen.

»Normale Leute?« Außer Meryl waren lediglich drei andere Frauen anwesend, von denen zwei von zweifelhaftem Ruf zu sein schienen.

Joe seufzte. »Ein Mädchen von der Fifth Avenue legt den Standesdünkel wohl nie ab.«

»Spar dir deinen Hohn. Ich habe schon oft an Orten wie diesem gegessen«, flunkerte Meryl. Langsam ließ sie sich auf dem wackeligen Holzstuhl nieder und hoffte, dass ihr maßgeschneidertes Reisekostüm nicht schmutzig würde. *Du musst dich an das Leben außerhalb deiner vertrauten Welt gewöhnen,* sagte sie sich streng, *oder du wirst nie in der Lage sein, mit Männern wie Joe zu konkurrieren.*

Ein Mann in fleckiger Schürze kam hinter der Theke hervor. »Was soll's sein?«
»Ihr Steak Spezial«, sagte Joe und wies auf die Tafel am Ende der Theke. »Für mich ein Bier und für die Dame ein Tonic Water.«
»Ich hätte lieber ein Glas Rotwein«, widersprach Meryl, nur um ihn zu ärgern.
»Wein haben wir nicht. Nur Bier und Schnaps«, erklärte der Wirt.
»Dann eine Coca-Cola.«
Der Mann wandte sich zum Gehen.
»Und wir müssen einen Zug erreichen«, beeilte sich Meryl hinzuzufügen. »Wir reisen mit dem Continental Limited, und der geht in …« Sie schaute auf ihre Taschenuhr. »Zwei Stunden und 19 Minuten.«
»Ja ja, alle haben es eilig«, murmelte der Wirt und schlurfte davon.
Schweigend warteten Meryl und Joe auf das Essen. Worüber sollten sie sich auch unterhalten? Er konnte sie nicht leiden, und sie hielt es nicht sonderlich lange in seiner Gesellschaft aus. »Bestimmt würdest du sehr viel lieber mit Mrs Yves-Kendall zu Abend essen als mit mir«, meinte sie schließlich.
Joe runzelte die Stirn. »Warum sagst du das? Wenn du willst, kannst du recht charmant sein.«
War das ein Kompliment? Meryl wusste nicht, wie sie mit Joe umgehen sollte, wenn er ihr gegenüber höflich war. »Vielen Dank«, murmelte sie.
Joe legte den Kopf schief und musterte sie. »Wirst du etwa rot?« Er beugte sich vor. »Grundgütiger, ich habe den kleinen Plagegeist tatsächlich in Verlegenheit gebracht!«

»Halt den Mund, Watschelente.« Sie schüttelte ihre Serviette aus – oder besser gesagt den fadenscheinigen Lappen, der als solche dienen sollte –, legte sie sich auf den Schoß und mied Joes Blick.

Er lachte leise. »Du bist ja mächtig besorgt, dass ich eine gute Meinung von dir haben könnte.«

»Mir ist völlig gleichgültig, wie du über mich denkst.«

»Du scheinst zu glauben, dass ich dich hasse. Aber das stimmt nicht.«

Meryl hob den Kopf und sah, dass er sie auf eine Art musterte, die beinahe freundlich wirkte. Bevor sie an diesem Morgen zum Frühstück gegangen war, hatte sie überschwängliche Worte über ihn in ihr Tagebuch geschrieben. Sie hatte sich gefragt, wie es wohl wäre, wenn sie einander näher kämen, und hatte sich darüber ausgelassen, wie Joe sie im Schlaf in den Armen gehalten hatte. Nach seinem unverschämten Benehmen beim Frühstück hatte diese albernen Jungmädchenträume jedoch der Gnadentod ereilt.

Jetzt erweckte Joe seine Freundlichkeit wieder zum Leben und beunruhigte sie damit. Es war zweifellos nicht leicht, seinem Charme zu widerstehen.

Die Steaks wurden serviert. Es überraschte Meryl nicht sonderlich, dass sich ihr Stück Fleisch als so zäh wie eine Schuhsohle erwies. Sie säbelte erfolglos mit dem Messer daran herum. »Du bist also der Ansicht, dass man hier gut essen kann? Schade, dass nicht einmal das College aus dir einen kultivierten Mann machen konnte. Wir könnten in ein richtiges Restaurant gehen, noch ist es nicht zu spät.«

Joe schüttelte den Kopf und aß betont genüsslich den

ersten Bissen. »Das Essen hier ist gut. Und es wäre mir sehr unangenehm, den Wirt zu verärgern.«
Meryl sah zu dem Mann hinter der Bar. Er wirkte ausgesprochen gelangweilt. »Ich glaube nicht, dass es ihm etwas ausmachen würde.«
»Trotzdem.« Joe schob sich das nächste Stück Fleisch in den Mund. Nachdem er eine Zeit lang darauf herumgekaut hatte, schluckte er mühsam. Dann spülte er das Ganze mit Bier hinunter.
Meryl ließ Messer und Gabel sinken und zog es vor, Joe beim Essen zuzusehen. Er aß mit der gleichen Entschlossenheit, die er auch bei ihrem Schießwettbewerb an den Tag gelegt hatte.
Schließlich steckte er sich den letzten Bissen in den Mund, trank einen Schluck Bier hinterher und schob den leeren Teller von sich. Dann lehnte er sich zurück und musterte sein Gegenüber. »Meryl, warum ist dieser Geschäftsabschluss so wichtig für dich? Warum bist du so versessen darauf, das ganze Land zu durchqueren, nur um mit jemandem in San Francisco über Eisenbahnlinien zu verhandeln? Du weißt, wie gering die Aussicht ist, dass dieser Mann einer Frau überhaupt zuhört.«
»Das wäre mir neu«, entgegnete sie steif. »Außerdem tust du doch dasselbe. Warum ist mein Ehrgeiz weniger wert als deiner?«
Joe schwieg einen Moment lang. Dann erwiderte er langsam und bedächtig: »Das ist eine gute Frage. Mr Carrington war mir in gewisser Hinsicht ein besserer Vater als mein eigener. Er hat mir so viele Möglichkeiten eröffnet … Ich kann gar nicht sagen, wie dankbar ich ihm dafür bin.«

»Warum hätte mein Vater dich denn nicht unterstützen sollen? Schließlich war dein Vater einer seiner Geschäftspartner, und ihr seid langjährige Freunde unserer Familie«, entgegnete Meryl.
»Freunde, die Bankrott machten und deine Familie Millionen kosteten.«
Seine schroffe Antwort schockierte Meryl. Sprachlos versuchte sie, seine Worte zu verstehen, und dachte über die Beziehung ihrer Familie zu den Hammonds nach. Ihr war zwar aufgefallen, dass Joes Familie in dem Jahr, bevor Mr Hammond seinem Herzleiden erlegen war, sehr viel zurückgezogener gelebt hatte, doch sie hatte sich bis jetzt keine weiteren Gedanken darüber gemacht.
Sie betrachtete Joe über den einfachen Holztisch hinweg. Seine Lippen wirkten schmal, die Muskeln seiner Wangen angespannt. »Was ist damals geschehen?«
»Das weißt du nicht?«, stieß er verblüfft hervor. »Ich dachte, jeder an der Ostküste wüsste, was für ein Narr mein Vater gewesen ist – der Himmel sei seiner Seele gnädig.«
»Erzähl es mir«, bat sie ihn mit sanfter Stimme. Sie spürte seine Trauer und seine Wut – so wie in diesem Moment hatte sie den stets unbekümmerten Joe Hammond noch nie gesehen.
Er trank einen Schluck Bier und begann. »Es ist eine geradezu beschämend vorhersehbare Geschichte. Ein Grundstücksmakler verkaufte meinem Vater die Schürfrechte für einen wertlosen Claim in Nevada. Er legte ihm gefälschte Diagramme und Gutachten vor, die meinen Vater davon überzeugten, dass die Schürfrechte an diesem Stück Land es wert waren, das Risiko einzugehen. Mein Vater

wünschte sich immer, so reich zu sein wie Midas – oder wie ein Carrington«, erklärte er voller Ironie.

Meryl verzog das Gesicht. Noch eine Enthüllung, mit der sie nicht gerechnet hatte. Dass sich die Hammonds ihrer Familie gesellschaftlich unterlegen gefühlt hatten, wäre ihr nie in den Sinn gekommen.

Joe fuhr leise fort: »In dem Boden fand sich nichts außer einigen Körnchen Katzengold. Aber nachdem mein Vater seine törichte Unternehmung einmal begonnen hatte, konnte er nicht mehr aufhören. Am Ende hatte er fast unser gesamtes Familienkapital in die Mine gesteckt und all das Geld verloren, das er während der Partnerschaft mit deinem Vater verdient hatte.«

Er lächelte grimmig und schüttelte den Kopf. »Aber damit nicht genug – er musste auch noch deine Familie hineinziehen. Auf halber Strecke benötigte er mehr Kapital, um die Mine in Betrieb zu halten. Er überzeugte deinen Vater, ebenfalls zu investieren. Nach mehr als einem Jahr erfolgloser Goldsuche ging das Geld endgültig aus, und Vater musste der Wahrheit ins Auge sehen. Er besaß Schürfrechte für ein wertloses Stück Wüste, in dem es nichts als Sand gab. Das war im Jahr 1893, in dem die Wirtschaftskrise begann. Sie raubte uns den letzten Strohhalm, und unserer Familie blieb kein Penny mehr, abgesehen von einem kleinen Treuhandvermögen für mich. Es war nicht nur Vaters schwaches Herz – die Demütigung brachte ihn um. Das ist der wahre Grund, warum wir im letzten Jahr vor seinem Tod keinen Umgang mehr mit deiner Familie pflegten.«

»Und ich habe nichts davon bemerkt«, murmelte Meryl entsetzt. »Ich muss blind gewesen sein! Und viel zu sehr mit mir selbst beschäftigt.«

Joe zuckte mit den Schultern. »Als das Schiff kenterte, warst du gerade auf der Akademie.«
»Aber ich habe die Ferien zu Hause verbracht. Es hätte mir auffallen müssen … Haben meine … haben meine Eltern deine Familie etwa geschnitten?« In ihren Kreisen war das die schlimmste Strafe, die jemandem zuteil werden konnte. Falls Mrs Carrington die Hammonds, die auf der gesellschaftlichen Leiter unter ihr standen, wie Luft behandelt hatte, wären sie in keinem Haus an der Fifth Avenue mehr willkommen gewesen.
Joe schüttelte den Kopf. »Nein. Deine Mutter hat uns weiterhin eingeladen, aber mein Vater brachte es nicht über sich, diese Einladungen anzunehmen. Sein Zustand verschlechterte sich weiter, was als willkommene Ausrede diente, um abzusagen. Irgendwann wären unsere Familien getrennte Wege gegangen – wäre da nicht die Großzügigkeit deines Vaters gewesen.«
Meryl lehnte sich gespannt vor. »Was hat er denn getan?«
Joe zog mit dem Zeigefinger den Rand des Bierglases nach, während er sich die Vergangenheit ins Gedächtnis rief. »Ich kam vom College und hatte meinen Abschluss, aber so gut wie keine Aussichten, irgendwo angestellt zu werden. Der Name Hammond war in der Branche nicht länger angesehen. Ich hatte immer davon geträumt, in die Fußstapfen meines Vaters zu treten, doch nun sah ich nur noch eine Möglichkeit, in der Eisenbahnindustrie unterzukommen. Ich nahm all meinen Mut zusammen und suchte deinen Vater auf, obwohl ich fest davon überzeugt war, dass er mich in hohem Bogen hinauswerfen würde. Doch zu meinem großen Erstaunen bot er mir stattdessen eine Arbeit an.«

Stolz auf ihren Vater und sein Verhalten erfüllte Meryl.
»Die Position in Mexiko?«
»Die ergab sich, nachdem ich sechs Monate lang als Assistent für Mr Bainbridge gearbeitet hatte.«
Sie nickte. »Ah ja, er ist Leiter der Ingenieurabteilung.«
»Mexiko war für mich die erste Station eines langen Weges, auf dem ich versuche, die Schande zu tilgen, die die Irrtümer meines Vaters über unsere Familie gebracht haben.«
»Und Westgate Railroad soll die zweite werden.«
Auf einmal kehrte das herausfordernde Funkeln in Joes Augen zurück. »Genau.«
Meryl hatte gewusst, dass er wild entschlossen war, aber nicht den Grund dafür gekannt. »Du könntest jede Position in der Firma meines Vaters bekommen. Warum willst du ausgerechnet diese?«
Ein Lächeln umspielte seine Lippen. »Du weißt sehr gut, dass es nicht viele Posten als Vorsitzender gibt.«
»Lässt du dich nicht vielleicht von blindem Ehrgeiz leiten? Genau das ist deinem Vater passiert.«
Joe lehnte sich mit betroffener Miene zurück. Sofort bedauerte Meryl ihre voreilige Bemerkung.
»Autsch«, murmelte er. »Das hat gesessen, kam aber nicht völlig unerwartet, schließlich weiß ich, wen ich vor mir habe. Du verstehst mich nicht. Es ist für mich wichtig, dass dein Vater mit mir zufrieden ist.«
Meryl bemühte sich, ihr schlechtes Gewissen wegen der verletzenden Bemerkung zu verdrängen, und sagte steif: »Nicht wichtiger als für mich.«
Er beugte sich vor, stützte die Ellbogen auf den Tisch und sah sie eindringlich an. »Warum jagst du dann diesem

Traum hinterher, statt dir einen Mann zu suchen und eine Familie zu gründen? Frag dich doch mal, was deinen Vater glücklicher machen würde.«

Meryl starrte ihn wütend an. »Jetzt wirst du ungerecht. Mein Vater will, dass ich glücklich bin. Und seine Firma – unsere Firma – zu übernehmen würde mich glücklich machen, und ihn letztendlich auch.«

Joe durchbohrte sie förmlich mit seinem Blick, doch nach einigen Sekunden entspannten sich seine Gesichtszüge. »Dann stecken wir in einer Sackgasse.«

Sie schob trotzig das Kinn vor. »Hast du erwartet, dass sich daran etwas ändern würde? Du kennst mich wirklich überhaupt nicht, Joe Hammond.«

Er stand auf, legte die Hand auf die Rückenlehne ihres Stuhls und lächelte auf Meryl herab, wobei das Grübchen auf seiner linken Wange die Form einer Mondsichel annahm. »Wenn wir wieder im Zug sitzen, können wir dem vielleicht Abhilfe schaffen.«

Sein Lächeln ließ ihr noch wärmer werden als seine Umarmung in der Nacht zuvor. »Gehen wir?«

Er schüttelte den Kopf und wies auf ihr kaum angerührtes Mahl. »Lass dir wenigstens die Kartoffeln schmecken. Ich muss mich kurz entschuldigen. Es dauert nicht lange.«

Er zwinkerte ihr frech zu und verließ das Lokal.

Meryl schaute ihm nach. Sein Zwinkern hatte sie noch mehr verunsichert als sein Lächeln. Sie dachte daran, was er ihr erzählt hatte – an den Ehrverlust seiner Familie und an seine Gefühle für ihren Vater.

Nun, da sie Bescheid wusste, stimmte es sie ein bisschen traurig, dass sich ihre Ziele derartig überschnitten. *Er wird eine andere Chance bekommen,* sagte sie sich. *Ganz sicher. Schließlich ist er ein Mann. Aber für mich könnte dies die erste und letzte Gelegenheit sein. Wenn ich meine Fähigkeiten jetzt nicht unter Beweis stelle, werde ich bis in alle Ewigkeit Akten einheften.*

Seufzend stocherte sie in ihren Kartoffeln herum. Joe besaß nicht gerade ein Händchen dafür, Restaurants auszusuchen, aber er hatte sich als durchaus annehmbarer Gesellschafter erwiesen. Das würde sie ihm natürlich nicht verraten.

Sie warf einen Blick auf ihre Uhr und stellte fest, dass bereits 15 Minuten verstrichen waren. Ein Lokal wie dieses konnte zweifellos lediglich mit einem Verschlag irgendwo auf dem Hinterhof aufwarten. Vielleicht hatte Joe ihn noch nicht gefunden. Oder das Steak war ihm nicht bekommen.

Meryl trommelte mit den Fingerspitzen auf die Tischplatte und betrachtete ihren Teller. Dann ergriff sie erneut die Gabel und probierte hier und da einen kleinen Bissen.

Nach einer Weile schaute sie wieder auf die Uhr. Inzwischen war beinahe eine halbe Stunde vergangen. In der Ferne erklang ein vertrautes Pfeifen, und Meryl fiel ein, dass sie ein paar Minuten zuvor das Signal eines Zuges gehört hatte. Die letzte Aufforderung an die Passagiere, einzusteigen. Natürlich war es nicht ihr Zug. Der Continental Limited würde erst in mehr als einer Stunde abfahren.

Sie starrte auf Joes leeren Teller und das fast leere Bierglas. Wo blieb er nur?

Wieder verstrichen einige Minuten, und ihre leichte Besorgnis verwandelte sich in Angst. War ihm draußen vielleicht etwas Entsetzliches zugestoßen? Sie vernahm das

entfernte Zischen einer Dampflok, gefolgt vom Rumpeln eines Zuges, der aus dem Bahnhof fuhr.
Meryl hielt es nicht länger aus. Sie sprang auf und eilte zur Tür.
»Einen Augenblick, junge Dame. Sie haben noch nicht bezahlt.« Der Wirt versperrte ihr den Weg.
»Verzeihung.« Sie wühlte in ihrer Handtasche und zog einen Fünfdollarschein aus ihrer Börse. »Genügt das?«
Der Wirt grinste und schnappte sich das Geld, als hätte er Angst, sie würde es sich sonst anders überlegen.
Draußen auf der Veranda schlug Meryl den Pelzkragen ihres Mantels hoch. Ein feiner Schneeregen hatte eingesetzt, der die Novembernacht noch trüber und unangenehmer machte. Meryl schaute in beide Richtungen die dunkle Straße entlang. Dann schritt sie zum Ende des Gebäudes, spähte in den Durchgang und entdeckte den Abort. Die Tür hing schief in den Angeln und knarrte jedes Mal, wenn der Wind sie auf- oder zudrückte. Entweder fehlte es Joe an jedwedem Schamgefühl, oder er befand sich nicht in diesem Verschlag.
Unbehagen stieg in Meryl auf, und dann fiel es ihr wie Schuppen von den Augen: Dieser Schuft hatte sich einfach davongemacht, damit sie die Rechnung bezahlen musste. Na gut. Jetzt waren sie quitt.
Am Morgen im Speisewagen hatte sie ihn sitzen lassen, und er hatte ihr Frühstück bezahlt. Dennoch – wie konnte er sie in diesem Teil der Stadt zurücklassen, und das wegen ein paar Dollar?
Wütend marschierte sie in Richtung Bahnhof. Sobald sie ihn dort antraf, würde sie ihn derartig ausschelten, dass er wie ein begossener Pudel um Vergebung flehte. Es würde

ihm noch leidtun, sie so behandelt zu haben. Meryl machte ihrem Ärger lautstark Luft. »Wie kannst du es wagen, Joe Hammond! Mein Vater hat dir gesagt, du sollst auf mich aufpassen. Mich einfach in einer üblen Spelunke sitzen zu lassen …«

Plötzlich erstarrte sie. Sie hatte nun freie Sicht auf den Bahnhof. Doch auf den Schienen hinter dem Gebäude stand … nichts. Keine Lokomotive, die zischte und Dampf ausstieß, keine Waggons, keine Reisenden, die sich auf dem Bahnsteig die Füße vertraten, bis sie wieder einsteigen mussten.

Der Continental Limited war ohne sie abgefahren.

7. Kapitel

Joe ließ sich in seinen Sitz zurückfallen, während der Zug den Bahnhof verließ – ohne Meryl Carrington.

Er betrachtete sein Spiegelbild in der Fensterscheibe. Schneeregen lief in feinen Schlieren über das Glas.

Allmählich entspannte er sich. Er hatte es getan. Mittlerweile war Meryl sicher in Tränen aufgelöst. Es gab nicht vieles, was dieses unerschütterliche, angriffslustige Mädchen zum Weinen brachte, aber mit seinem Verrat hatte er es ganz sicher geschafft.

Er genoss seinen Erfolg. Natürlich. Nun musste Meryl endlich einsehen, dass sie es nicht mit Männern wie ihm aufnehmen konnte. Er stellte sich vor, wie sie ihrem Vater ein Telegramm schickte und ihn bat, er möge ihr zu Hilfe kommen. Er sah sie im Geiste in die Geborgenheit ihrer Familie zurückkehren und – letztendlich – in die Arme eines Ehemannes, der sie hielt und liebkoste.

Joe schloss die Augen und versuchte, die Vorstellung zu verdrängen, doch das führte nur dazu, dass sie sich festsetzte und immer detailreicher wurde. Obwohl er dagegen ankämpfte, stellte er sich vor, wie ihr zukünftiger Mann über Meryls seidiges Haar strich, ihren Duft atmete, die Rundungen ihres Körpers mit den Händen erforschte. Er würde sie anschauen und sie würde diesen Blick erwidern, ihre blauen Augen voller Verständnis und Zärtlichkeit. Joe sah all dies mit schmerzlicher Klarheit vor sich, denn genau so hatte sie ihn während des Abendessens angeblickt. Er war es gewesen, der sie eng an sich gepresst und ihren Duft geatmet hatte. *Er selbst* und kein anderer.

Aber nicht du wirst dieser Mann sein, sagte er sich so entschieden wie möglich. Nicht nach dem üblen Streich, den er ihr heute gespielt hatte.

Gewiss hasste sie ihn jetzt. Ihn beschlich ein unbehagliches Gefühl. War er zu weit gegangen? Hatte er Meryl womöglich sogar in Gefahr gebracht? Was er bisher nur unterschwellig gespürt hatte, drängte sich jetzt in den Vordergrund. Er würde es sich niemals verzeihen, wenn ihr etwas zustieße. Sosehr er auch versuchte, es zu leugnen, sie bedeutete ihm mehr, als er zugeben wollte.

Sie war so verdammt jung und unerfahren. Zu jung, um bei diesem Männerspiel mitzumachen. Schlimmer noch, er hatte ihrem Vater etwas versprochen. Zwar hatte Meryl weit von sich gewiesen, dass er für sie verantwortlich sei, aber ihrem Vater gegenüber würde er Rechenschaft ablegen müssen. Wenn er Meryl durch sein Verhalten geschadet hatte, wäre seine Zukunft ruiniert – und das zu Recht.

Allmählich schwante ihm, dass er sich soeben ins eigene Fleisch geschnitten hatte.

Gestrandet in den verschneiten Straßen von Fort Wayne, warf Meryl wütend den Kopf zurück und schimpfte lautstark.

Ein vorbeigehender Landstreicher starrte sie erstaunt an und lief dann schnell in die andere Richtung davon. Meryl ignorierte ihn, raffte die Röcke und eilte zum Bahnhof.

Joe hatte sie zum Narren gehalten. Er hatte ihr eine rührselige Geschichte aufgetischt, die wahrscheinlich von Anfang bis Ende erlogen war. Hatte sie eingelullt und dazu verleitet, ihr Misstrauen für einen Moment abzulegen – um sie dann für dumm zu verkaufen.

Dass er sie so leicht hatte überlisten können, verletzte ihren Stolz am meisten. Trotz ihres Anspruchs, ihm ebenbürtig zu sein, hatte er sie bei der erstbesten Gelegenheit durch eine Finte dazu gebracht, den Zug zu verpassen.

Er war während des Abendessens so liebenswürdig gewesen. Sie war tatsächlich weich geworden und hatte geglaubt, es würde ihm gefallen, mit ihr über seine Gefühle zu sprechen. Welch ein Dummkopf sie doch gewesen war. Sie hätte ihren Verstand einsetzen sollen. Dann hätte sie schnell erkannt, wie albern ein solcher Gedanke war. Joe und sie hatten stundenlang nebeneinander im Zug gesessen, und er hatte ihre Anwesenheit alles andere als genossen. Wie naiv von ihr, zu glauben, dass sie einander näher kommen könnten!

Er hatte sie nach Strich und Faden hereingelegt, mit seinen lächelnden grünen Augen, dem Grübchengrinsen und dieser Lügengeschichte voller Herzschmerz.

Wie hatte er das nur bewerkstelligt? Der Fahrplan – dutzende Male hatte sie ihn studiert und war verwirrt gewesen, als sie sah, dass der Zug Fort Wayne erst um 8.47 statt um 6.47 verließ. Meryl zog den Plan aus ihrer Handtasche, stellte sich unter das flackernde Licht einer Gaslaterne und musterte ihn ganz genau. Eindeutig – jemand hatte sich an ihm zu schaffen gemacht. Ein paar hinzugefügte Tintenpunkte hatten die 6 in eine 8 verwandelt. Und sie war auf den Schwindel hereingefallen.

In ihre Wut mischte sich ein Körnchen Bewunderung. Joe war raffiniert, das musste man ihm lassen. Ein ernst zu nehmender Gegner. Aber das hatte sie auch nie bezweifelt.
Und wenn *ihr* so etwas eingefallen wäre, hätte sie keine Sekunde gezögert, es in die Tat umzusetzen.
Ihre Wut auf Joe wandelte sich in Ärger auf sich selbst. Sie musste sich ganz allein die Schuld geben. Er hätte sie nicht täuschen können, wenn sie es nicht zugelassen hätte. Aber sie hatte es nun einmal genossen, in seinen Armen zu liegen. Und sein Lächeln und dieses Zwinkern waren einfach unwiderstehlich.
Dennoch durfte sie nicht zulassen, dass ihre Gefühle den Wettkampf beeinflussten. *Er* hatte das ganz sicher nicht getan – wenn er denn etwas für sie empfand. Wenn sie ihren Gefühlen gestattete, ihr im Weg zu sein, dann war sie nichts anderes als die gefühlsbetont handelnde, unfähige Geschäftsfrau, von der Joe und ihr Vater gesprochen hatten.
Joe hatte diese Schlacht gewonnen. Aber den Krieg würde er verlieren. Noch hatte sie jedoch nicht die geringste Idee, wie sie ihn einholen könnte. Es gab kein schnelleres Transportmittel als die Dampflok und keine kürzere Verbindung als die Continental Limited-Linie. Trotzdem musste sie es versuchen. Sie weigerte sich, jetzt schon aufzugeben.
Meryl eilte zum Fahrkartenschalter, musste jedoch feststellen, dass er bereits geschlossen war. Laut des Fahrplans an der Wand war der Continental Limited der letzte Zug, der an diesem Abend Fort Wayne verließ. Der nächste Zug nach Westen fuhr erst am folgenden Morgen um acht Uhr. Resigniert ließ sie die Schultern sinken. Es war schon

spät, und ihr wurde von Minute zu Minute kälter. Als Erstes musste sie sich jetzt ein Hotel suchen. Bei dem Gedanken wurde ihr mit einem Mal bewusst, dass sich ihr gesamtes Gepäck, einschließlich der kleinen Reisetasche, noch im Zug befand.

Gestrandet mit nichts als ein paar Dollar, dem gefälschten Fahrplan und der Kleidung, die sie auf dem Leib trug! Meryl durchsuchte ihre Handtasche in der Hoffung, dort noch etwas Brauchbares zu finden. Und dann traf sie der nächste Schlag.

Ihr Tagebuch war ebenfalls noch im Zug und steckte in ihrer Reisetasche. Es enthielt nicht nur ihre Notizen über Westgate, sondern auch alles über die lächerlichen Gefühle, die Joe in ihr hervorrief! Und ebendieser Mann hatte jetzt Zugang zu ihren geheimsten Gedanken …

Nun war sie nicht mehr nur wütend, sondern fühlte sich ganz elend. Joe würde doch nicht die Dreistigkeit besitzen, ihr Tagebuch zu lesen – oder? Er hatte diese Schreiberei schließlich immer als Kleinmädchenkram abgetan, warum sollte er sich für ihre persönlichen Aufzeichnungen interessieren?

Meryl blickte die Straße entlang und entdeckte ein Hotelschild, das im Wind hin und her schaukelte. Das *Kensington Arms* war nicht gerade das Waldorf-Astoria, aber es würde warm und trocken sein. Außerdem hatte sie gar keine Wahl. Und morgen würde sie sich überlegen, wie sie Joe einholen konnte – nicht nur einholen, sondern in seinem eigenen Spiel übertrumpfen.

Sie raffte die Röcke und stapfte fluchend durch den Schneematsch zum Eingang des bescheidenen Hotels.

Welch eine Zeitverschwendung! Das Warten in einem Hotel in Omaha war in etwa so angenehm wie ein Zahnarztbesuch. Leider blieb Joe nichts anderes übrig. Wenn man in Omaha umstieg, musste man fast einen ganzen Tag auf den Anschlusszug nach Westen warten. Der Pacific Express fuhr nur einmal täglich, und zwar um 12.15 Uhr. Zu Joes Leidwesen hatte er diesen Zug um wenige Stunden verpasst.

Dadurch bekam Meryl eine geringe Chance, ihn einzuholen.

Aber das schafft sie nicht, beruhigte er sich. Sie saß mit nichts als ihrer Handtasche in Fort Wayne fest. Außerdem war Wochenende – wahrscheinlich konnte sie noch nicht einmal ihrer Familie telegrafieren.

Himmel, hoffentlich hatte sie überhaupt genügend Geld bei sich! Er würde es sich nie verzeihen, wenn sie sich kein Hotelzimmer nehmen könnte. Warum hatte er nur nicht früher daran gedacht? Was für eine Art Gentleman war er eigentlich? Er hätte ihr in einem unbeobachteten Moment ein paar Geldscheine in die Handtasche stecken sollen. Das wäre das Mindeste gewesen, wenn man bedachte, wie leicht er diese Wette gewinnen würde.

Er ließ sich auf die dicke Matratze fallen und starrte an die Decke. Behagliche Wärme strömte durch ein schmales Lüftungsgitter ins Zimmer, das mit gediegenen Eichenmöbeln, goldblauen Tapeten, hübschen Vorhängen und einem frisch bezogenen, bequemen Bett ausgestattet war. Ein kleiner Teppich zierte den Holzboden.

Joe wünschte, er wäre in einer heruntergekommenen Bretterbude. Dann würde er sich vielleicht nicht ganz so schuldig fühlen. Während er sich in seiner Unterkunft für wohlhabende Reisende entspannte, war Meryl irgendwo da draußen ... Bilder schossen durch seinen Kopf: Meryl, die von Landstreichern angepöbelt, von Taschendieben bestohlen und von zwielichtigen Gestalten belästigt wurde.

Er schloss die Augen. *Lieber Gott, nein. Sie ist ein findiges Mädchen. Es geht ihr sicherlich gut. Sie kocht vor Wut, aber es geht ihr gut.*

Wenigstens hatte er daran gedacht, auf ihr Gepäck aufzupassen. Verrücktes Ding – wollte mit einem Schrankkoffer im Schlepptau ein Wettrennen quer durch das ganze Land gewinnen. Zugegeben, wenn sie die Reise im Zug fortgesetzt hätte, wäre das Gepäck kein Problem gewesen. Nun war es am Bahnhof deponiert und wartete darauf, abgeholt zu werden. Sobald er in San Francisco ankam, würde er ihr nach New York telegrafieren und verraten, wo sich ihr Koffer befand.

Ihre kleine Reisetasche hatte er mit ins Hotel genommen. Er schwang die Beine vom Bett, hob die Tasche hoch und stellte sie neben sich. Dann fiel ihm Meryls Tagebuch ein. Als er ihr im Zug über die Schulter gespäht hatte, hatte er den Namen Philbottom gelesen. Philbottom war der Präsident von Westgate ... Verfügte sie vielleicht über Informationen, die ihm fehlten? Etwas, das ihm helfen konnte, den Kauf von Westgate Railroad unter Dach und Fach zu bringen? Er sollte das überprüfen, schließlich würde er als Repräsentant von Atlantic-Southern auftreten. Zum Wohle der Firma sollte er nachsehen.

Nur halb davon überzeugt, dass er das Richtige tat, öffnete Joe den Schnappverschluss der Reisetasche. Er hielt kurz inne, während sein Blick über die persönlichen

Dinge darin wanderte. Joe berührte vorsichtig ein mit spanischer Spitze umsäumtes Seidennachthemd. Daneben lag ihre Haarbürste, in der sich ein paar goldblonde Haare verfangen hatten. All dies war so intim, dass er sich vorkam wie der letzte Schuft. Er wollte die Tasche gerade wieder schließen, da entdeckte er eine Ecke ihres roten Ledertagebuchs. Er schob ein Satinmieder beiseite, wobei er tapfer dagegen ankämpfte, sich Meryl darin vorzustellen, und zog das Buch heraus. Dann verschloss er die Reisetasche und stellte sie weg. Er schlug das Tagebuch auf, entschlossen, es im Hinblick auf nützliche Informationen zu überfliegen und dann ein für alle Mal wegzulegen.

Er hatte Meryls letzte Eintragung vor sich. Sein eigener Name sprang Joe förmlich entgegen, geschrieben in ihrer zierlichen, adretten Handschrift. *Verdammt, ich sollte das nicht lesen,* meldete sich sein Gewissen. Zu spät. Sie hatte über die Nacht geschrieben, in der sie gemeinsam in einem Bett geschlafen hatten, und er konnte einfach nicht widerstehen. Seine Augen flogen nur so über die Zeilen.

Ich weiß gar nicht, wo ich beginnen soll. Ich kann kaum glauben, dass all diese Dinge letzte Nacht wirklich passiert sind. Und doch spüre ich immer noch die Wärme von Joes Körper, der sich an meinen schmiegte. Wir schliefen Seite an Seite, so eng beieinander, dass nicht einmal eine Feder zwischen uns gepasst hätte. Ich kenne Joe schon so lange – fast mein ganzes Leben –, wie also kann ich mir die Leidenschaft erklären, die seine Berührung in mir hervorruft?

Ich kann nicht länger behaupten, dass ich diesen Menschen kenne, noch, wie ich fürchte, mich selbst. Dieser

Joe ist eine völlig andere Person, jemand, der verwirrende Gefühle in mir weckt. Mein gesunder Menschenverstand sagt mir, dass es verrückt ist, und doch sehne ich mich nach ihm. Nie zuvor habe ich mich so lebendig gefühlt, so getröstet von dem Wissen, in der Dunkelheit nicht allein zu sein.
Und ausgerechnet Joe löst diese Empfindungen in mir aus. Er war für mich immer der Nachbarsjunge, der mich ärgert und piesackt. Aber dieser kleine Junge ist verschwunden, und vor mir steht ein selbstsicherer Mann. Ob ich Joe jemals wirklich gekannt habe?
Nun begebe ich mich zum Frühstück in den Speisewagen, wo ich hoffentlich erfahre, ob er genauso fühlt.

Joe schlug verblüfft das Tagebuch zu. Meryl empfand etwas für ihn? Auch ihn hatte es alles andere als kalt gelassen, neben ihr in einem Bett zu liegen. Ganz im Gegenteil – hätte Meryl sich mit männlicher Anatomie ausgekannt, dann hätte sie bemerkt, wie sehr sie ihn erregte. Sie im Arm zu halten hatte ein solches Verlangen in ihm erzeugt, dass er stundenlang wach gelegen hatte.
Doch seine Reaktion auf sie war einfach nur natürlich. Meryl war hübsch. Mehr als hübsch. In jeder Beziehung fesselnd, mit dieser zarten Haut, dem bezaubernden Gesicht und der goldblonden Mähne.
Sie war eine Frau, er ein Mann. Und jeder andere Mann hätte in dieser Situation körperlich genauso auf sie reagiert.
Was allerdings nicht erklärte, warum er sie nicht mehr aus seinen Gedanken verbannen konnte.
Aber Meryl verwechselt da etwas, versuchte er sich zu

beruhigen. Sie war völlig unerfahren und erst einundzwanzig Jahre alt. Natürlich musste sie die Reaktionen ihres Körpers missdeuten und für romantische Gefühle halten. Sie wusste nicht, dass wahrscheinlich jeder Mann, der ihr gefiel, die gleichen Gefühle in ihr auslösen würde.

Hör endlich auf, dir etwas vorzumachen, Joe Hammond!

Er konnte die Wahrheit nicht länger verleugnen. Meryl hatte schon immer ihren Platz in seinem Herzen gehabt. Aber was er jetzt für sie empfand, hatte nichts mehr mit brüderlichen Gefühlen zu tun. Meryl war eine einzigartige und faszinierende Frau – klug, wunderschön, übersprudelnd vor Lebendigkeit und mit einer unwiderstehlich kecken Art. Eines Tages vielleicht …

»Mach dich nicht lächerlich«, sagte er laut in die Stille des Zimmers hinein. »Sie treibt dich doch in den Wahnsinn.«

Außerdem hatte er jedwede Möglichkeit einer Liebesbeziehung in dem Moment zunichte gemacht, in dem er die Wette annahm und Meryl dann auch noch hereinlegte. Besser, er verschwendete keinen weiteren Gedanken mehr darauf.

Aber das war leichter gesagt als getan.

Hartnäckiges Klopfen an der Tür riss ihn aus seinen Tagträumen. »Joe! Ich bin es, Meryl. Lass mich bitte rein.«

8. Kapitel

Meryl? Unmöglich! Ein Schrecken durchfuhr Joe, begleitet von dem sonderbaren Gefühl, dass seine eigenen Sehnsüchte sie herbeigezaubert hatten. Wie war es ihr gelungen, ihn einzuholen?

»Joseph Hammond, ich weiß, dass du da drin bist!« Ihre Stimme wurde zwar durch die Eichentür gedämpft, war aber unverkennbar. »Mach auf!«

Joe kam sich vor wie ein Junge, den man mit der Hand in der Gebäckdose erwischt hatte. Rasch schob er das Tagebuch, den Beweis für seine Indiskretion, in seine Aktentasche und eilte zur Tür.

Er hatte bereits die Hand am Türknauf, als ihm auffiel, dass er lediglich seine Unterhosen und ein Unterhemd trug. Also lief er zu seiner Tasche und wühlte seinen burgunderfarbenen Morgenmantel heraus. Eilig zog er ihn über und knotete den Gürtel zu.

Dann holte er tief Luft und öffnete schwungvoll die Tür. Meryl sah genauso aus wie zu dem Zeitpunkt, an dem er sie in Fort Wayne zurückgelassen hatte. Sauber und ordentlich zurechtgemacht, bis hin zu der Brosche an ihrem blauen Kostüm, das jetzt allerdings einige Knitterfalten mehr aufwies. Sie hatte sich nicht umziehen können – und das war seine Schuld.

Sie starrte ihn mit blitzenden Augen an, legte die Hand auf seine Brust und stieß ihn zurück ins Zimmer. Er gab bereitwillig nach und leistete keinen Widerstand.

»Wie hast du mich eingeholt? Wie um alles in der Welt konntest du …«
»Ich bin soeben angekommen. Was meinst du, wie erfreut ich war, als ich hörte, dass du erst morgen weiterreisen kannst.« Meryl schloss die Tür hinter sich und sah ihn an. Sie wirkte wesentlich gefasster, als er erwartet hatte.
»Ja, dieser Umstand hat auch mich überrascht«, bekannte er.
»Du hättest den Fahrplan vielleicht lesen sollen, statt nur daran herumzupfuschen.« Ein Lächeln spielte um ihre zarten Lippen.
»Nichtsdestotrotz hast du mich eingeholt. Und du bist … in Sicherheit.«
Ihr Lächeln erstarb. »Ein Umstand, für den ich dir keinerlei Dank schulde.« Sie stellte ihre Handtasche auf das Bett und sah ihn ernst an. »Du hast mich zurückgelassen. Ganz allein. In einer fremden Stadt. Wir kennen uns schon so viele Jahre, und trotz der kindischen Streiche, die du mir als kleiner Junge gespielt hast, hätte ich dich einer solchen Hinterhältigkeit nie für fähig gehalten.«
Joe schloss kurz die Augen, dann zwang er sich, ihrem Blick zu begegnen. Sie sah aus wie ein Engel, ein trauriger, müder Engel, und am liebsten hätte er sie fest in die Arme geschlossen und getröstet.
Aber dafür war es zu spät. »Und jetzt kannst du mich nur noch hassen.«
»Hassen? Nein, ich hasse dich nicht.«
Sie ging einen Schritt auf ihn zu, dann noch einen.
»Nein?«, fragte er hoffnungsvoll.
Sie stand direkt vor ihm, mit erhobenem Kinn, und musterte ihn eindringlich. »Nein, Joseph. Natürlich war ich

wütend und verletzt.« Sie legte die Hand auf seine Brust. »Tief verletzt.«

Sie nannte ihn bei seinem vollen Namen, als hätten sie einander gerade erst kennen gelernt. Aber sie war auch nicht länger Meryl, der Plagegeist, sondern eine erwachsene Frau – in jeder Hinsicht. Auf einmal überkam ihn ein Gefühl, das gänzlich anders war als der Wunsch, sie zu trösten. Er spürte das Verlangen, sie fest an sich zu ziehen und zu küssen, um herauszufinden, was sie wirklich für ihn empfand. »Es tut mir leid«, flüsterte er.

Es tat ihm leid? Was redete er da? Es tat ihm nicht leid. Er hatte getan, was nötig war, um Leiter von Westgate Railroad zu werden. Und er hatte keinesfalls die Absicht, sie zu küssen. Entschieden trat er einen Schritt zurück, um den Bann zu brechen, in den sie ihn schlug. »Dir muss doch klar gewesen sein, dass ich alles tun werde, um zu gewinnen, auch wenn das bedeutet …«

»Mich mit kaum einem Penny in der Tasche sitzen zu lassen? In einer Spelunke!«

»Ich konnte mit dir nicht in eines der guten Restaurants gehen, weil dort andere Fahrgäste gewesen wären. Du hättest gesehen, dass sie aufgebrochen wären, um den Zug zu erreichen.« Er schüttelte sich innerlich. Seine Begründung klang so skrupellos.

»Zum Glück hatte ich genug Geld für ein Hotelzimmer dabei. Ich mag gar nicht daran denken, was mir hätte zustoßen können, wenn …« Meryl verstummte, schaute zu Boden und schloss kurz die Augen.

Ihre ungewohnte Verletzlichkeit traf ihn mit voller Wucht. Diese Meryl war neu für ihn, obwohl er schon immer vermutet hatte, dass ihr Draufgängertum nur Fassade war.

Unfähig, noch länger zu widerstehen, zog er sie an sich und hielt sie zärtlich in den Armen. »Es tut mir so leid, Meryl«, raunte er ihr ins Ohr. »Das war unüberlegt von mir. Ich kann nichts zu meiner Verteidigung vorbringen, außer, dass ich annahm … Dass ich dachte, du …«

Sie barg den Kopf an seiner Schulter, schlang die Arme um ihn und klammerte sich an ihn wie eine Ertrinkende. »Oh Joe, ich hatte solche Angst«, hauchte sie erstickt.

Was hatte er nur getan! Er hatte aus einer lebhaften, selbstbewussten Frau dieses zitternde, verschreckte Mäuschen gemacht. Was für ein gemeiner Kerl er doch war!

Joe strich ihr beruhigend über den Rücken. Dann gestattete er seinen Fingern, zu ihrem Haaransatz zu wandern, direkt hinter dem Ohr. Wie zart ihre Haut doch war …

»Schsch, es ist alles gut, mein Liebling. Du bist nicht allein. Du bist jetzt in Sicherheit, bei mir.«

Meryl lehnte sich zurück und sah ihn forschend an. »Bin ich das, Joe? Kann ich dir vertrauen?«

»Ja«, flüsterte er wie von Sinnen. »Oh ja.«

»Ich danke dir!« Sie schlang die Arme um seinen Hals und küsste ihn auf die Wange.

In seinem Kopf drehte sich alles. *Ich will sie küssen. Bei Gott, ich will sie besitzen.* Wann waren seine Gefühle für Meryl so stark geworden? Bis zu diesem Moment hatte er nicht gewusst oder einfach nicht wahrhaben wollen, wie viel Macht sie über ihn besaß. Gott sei Dank war ihr das selbst nicht bewusst. Sie ahnte nicht, wie sehr er sich danach sehnte, ihre Lippen zu erforschen, sie zum Bett zu tragen und zu lieben.

Meryl spähte über seine Schulter. »Ist das da mein Gepäck?« Mit diesen Worten schubste sie ihn genauso rasch weg, wie sie sich an ihn geschmiegt hatte, und ging zu ihrer Reisetasche.

Ohne Meryl in seinen Armen fühlte sich Joe seltsam unvollständig. »Ja, ich habe es sicherheitshalber mitgenommen. Dein Schrankkoffer ist in der Gepäckaufbewahrung.«

»Wirklich?« Sie wirbelte zu ihm herum, sodass der blaue Rock um ihre Beine schwang. »Das ist ja ganz hervorragend!«

Er breitete die Arme aus, überzeugt, dass sie ihm erneut um den Hals fallen würde und er sie dann sanft dazu bringen könnte, das zu tun, was er ersehnte. Stattdessen nahm sie ihre Tasche und ging zur Tür.

Enttäuscht musste Joe feststellen, dass diese Frau sich nicht so leicht lieben lassen würde. Doch wann war schon jemals etwas leicht gewesen, wenn es Meryl betraf?

An der Tür drehte sie sich noch einmal um und runzelte die Stirn. »Übrigens, Joe, ich darf doch davon ausgehen, dass du meine Privatsphäre respektiert hast? Ich bewahre einige äußerst intime Dinge in dieser Tasche auf.« Sie hob die Reisetasche und presste sie gegen ihre verführerischen Brüste.

Joe zog die Augenbrauen hoch. »Das ist vermutlich bei der Reisetasche jeder Dame der Fall. Du meinst wohl Dinge wie Unterkleidung und Ähnliches.« Unwillkürlich stellte er sich ihren Körper in jenem verführerischen Satinmieder vor, das er in der Tasche gefunden hatte.

»Eigentlich meinte ich mein Tagebuch. Es überrascht mich, dass du der Versuchung widerstanden hast. Es sei denn, du hältst meine Gedanken für nicht sonderlich wichtig«, sagte sie leicht verbittert.

»Meryl …« Joe wollte nicht, dass die kratzbürstige Meryl

wieder zum Vorschein kam. Er wollte die Frau, die so bereitwillig in seine Arme gesunken war.
Erleichtert sah er, wie sich ihre Miene aufhellte und das Lächeln zurückkehrte. »Wie auch immer – ich lasse dich jetzt zufrieden. Ach, und keine Angst: Dieses Mal habe ich mein eigenes Bett, in meinem eigenen Zimmer, ein Stück weiter den Gang entlang.«
»Gewiss. Selbstverständlich.«
»Nun …«, sagte sie und machte den Eindruck, als wollte sie gar nicht gehen. »Ich sehe dich dann morgen.«
»Morgen?«
»Ja, im Pacific Express.« Mit einem strahlenden Lächeln rauschte sie hinaus und schloss die Tür hinter sich.
Natürlich würde sie auch im Zug sein. Er hatte die Wette noch längst nicht gewonnen. Sein vermeintlicher Vorsprung hatte sich bereits in Luft aufgelöst. Aber etwas anderes beschäftigte ihn weitaus mehr.
Ich will sie – mit Haut und Haar. Sie küssen, berühren, liebkosen … Ich muss den Verstand verloren haben! Das erste Hindernis war diese verdammte Wette. Einer von ihnen würde gewinnen, der andere verlieren – wie sollte daraus eine romantische Beziehung entstehen können? Zudem war sie die Tochter seines Chefs. Er sollte sich gut überlegen, was er tat, denn neben seinen Gefühlen stand auch seine berufliche Zukunft auf dem Spiel.
Er hätte dieser Wette niemals zustimmen dürfen. Er hätte alles daransetzen müssen, ihren Vater davon zu überzeugen, dass er, Joe Hammond, der Richtige für die Westgate-Übernahme war. Dann hätte er Meryl als Frau betrachten können und nicht als Rivalin.

Als es am nächsten Morgen an der Tür klopfte, wusste Joe auf der Stelle, dass es nicht Meryl sein konnte. Jemand hämmerte dermaßen energisch gegen das Holz, dass es sich anhörte, als würde die Tür jeden Moment aus den Angeln brechen. Bevor Joe öffnete, zog er sich rasch an.
»Joseph Hammond?« Vor ihm standen zwei Männer. Der eine war groß und knochig, ungefähr in Joes Alter und trug einen Zwirbelbart, einen breitrandigen Cowboyhut und ein glänzendes, sternförmiges Abzeichen am Revers. Der andere war ein kräftiger Bursche in Cowboykleidung und staubigen Stiefeln.
»Ja?«, entgegnete Joe mit einem unguten Gefühl.
Der Mann mit dem Stern sah ihn streng an. »Hiermit verhafte ich Sie wegen Diebstahls.«

9. Kapitel

»Nimm ihn fest.«

Auf den Befehl des Deputys hin näherte sich sein stämmiger Begleiter Joe.

Der wich instinktiv ins Zimmer zurück, während ihm alle möglichen Fragen durch den Kopf schossen. »Verhaftet? Ich habe nichts gestohlen. Das muss ein Missverständnis sein.«

»Natürlich. Den Spruch höre ich zum ersten Mal.« Der Deputy drängte sich an ihm vorbei ins Zimmer, während sein Begleiter Joe packte, ihm die Arme auf den Rücken drehte und ihm Handschellen anlegte.

»Moment mal! Das können Sie nicht machen. Ich habe nichts verbrochen.«

Der Gesetzeshüter ignorierte ihn mit teilnahmsloser Miene. Er blickte zu dem Stuhl neben dem Bett, über den Joe seinen Morgenmantel gelegt hatte. »Sie sagte, so etwas in der Art hätte er angehabt.« Er ging darauf zu und griff in die Taschen des Morgenmantels.

»Sie?«, stieß Joe hervor, und seine Verwirrung wandelte sich in Wut. *»Sie?«*

»Heureka!« Der Gesetzeshüter drehte sich um, baute sich vor Joe auf und hob triumphierend die Hand. Zwischen seinen Fingern baumelte ein Diamantarmband. Joe hatte dieses Armband zuvor schon gesehen – an Meryls Handgelenk.

»Die Besitzerin dieses Schmuckstücks sagte uns, Sie hätten sie in Ihr Zimmer gelockt, unter dem Vorwand, Hilfe beim Öffnen des Fensters zu benötigen. Dann hätten Sie die Dame bedrängt und dabei das Armband gestohlen. Das hier genügt mir als Beweis.« Er schlenkerte zufrieden mit dem Armband. Dann schob er es in seine Jackentasche und marschierte aus dem Raum. Sein Helfer stieß Joe vor sich her durch die Tür, den Korridor entlang und die Treppe ins Erdgeschoss hinunter. Joe schmerzten die Schultern, weil seine Arme durch die Handschellen in eine unnatürliche Position gezwungen wurden.

Er wurde von Sekunde zu Sekunde wütender. Dafür würde sie büßen! Das war kein Kinderstreich mehr, sondern völlig inakzeptabel! Für Diebstahl konnte er im Gefängnis landen. Meryl musste ihm das Armband in die Tasche gesteckt haben, während sie sich an ihn geschmiegt hatte. Und er hatte sich eingebildet, dass sie etwas für ihn empfand! Dabei hatte dieses kleine Miststück alles bis ins letzte Detail geplant. »Dafür drehe ich ihr den Hals um«, murmelte er.

»Was höre ich da? Morddrohungen?«, fragte der Gesetzeshüter.

Von da an blieb Joe stumm. Er hielt es für klüger, kein Wort mehr zu sagen, bis er einen Anwalt gefunden hatte. Draußen vor dem Hotel verflüchtigte sich dieser Entschluss jedoch sofort, als der Deputy auf eine Frau in einem pelzbesetzten Mantel über einem leicht zerknitterten blauen Reisekostüm zuging. Meryls und Joes Blicke trafen sich, und er bedachte sie mit dem zornigsten Gesichtsausdruck, zu dem er fähig war. Sie zuckte noch nicht einmal mit der Wimper.

»Da sind wir wieder, Madam. Ist das der Bursche?«, fragte der Gesetzeshüter und schubste Joe nach vorn.
»Das ist er. Haben Sie mein Armband gefunden?«
Der Deputy holte das Armband hervor und gab es ihr zurück. Dann lüftete er seinen Cowboyhut. »Ich entschuldige mich bei Ihnen für dieses Vorkommnis, Madam. Omaha ist eine ordentliche Stadt mit rechtschaffenen Leuten. Leider können wir nicht das ganze Pack im Auge behalten, das auf der Durchreise mit dem Zug hier Station macht. Er ist ganz sicher nicht von hier, ich kenne ihn jedenfalls nicht.«
»Sie vielleicht nicht, aber diese Dame kennt mich dafür umso besser«, zischte Joe. »Meryl, das ist nicht lustig! Du bringst sehr ernste Anschuldigungen gegen mich vor! Sag ihnen die Wahrheit. Sag ihnen, dass ich dein Armband nicht gestohlen habe.«
Meryl tat verwirrt. »Du meine Güte! Ich weiß nicht, wovon dieser Mensch redet. Alles ist ganz genau so geschehen, wie ich Ihnen sagte, Sheriff.« Sie legte ihre Hand auf den Arm des Gesetzeshüters, was dem Mann eine leichte Röte in die Wangen trieb.
»Ich bin nur Hilfssheriff, Madam.«
»Eines Tages werden Sie Sheriff sein, davon bin ich fest überzeugt«, erwiderte sie und schenkte ihm ein aufmunterndes Lächeln. Dann wandte sie den Blick zu Joe und seufzte theatralisch. »Wie konnte ich nur so dumm sein, auf ihn hereinzufallen? Aber er wirkte so wohlerzogen und klang wirklich verzweifelt.«
»Man kann diesen Großstadtburschen einfach nicht trauen«, erwiderte der Hilfssheriff und vergaß dabei offenbar, dass auch Omaha nicht gerade ein Dorf war. »Halten sich

alle für unheimlich ausgefuchst. Ich bin nur froh, dass Ihnen nichts passiert ist. Wenn Sie das nächste Mal ein fremder Kerl anspricht, beachten Sie ihn gar nicht, hören Sie?«

»Das verspreche ich Ihnen, Sheriff.« Meryl lächelte ihn bewundernd an, nachdem sie ihn zum zweiten Mal befördert hatte.

Der Deputy lüftete erneut seinen Hut. »Wenn Sie möchten, geleite ich Sie zum Bahnhof.«

»Das ist sehr freundlich von Ihnen, aber nicht nötig. Der Bahnhof ist ja direkt da vorn.« Meryl wies zu dem Backsteingebäude, das sich in Sichtweite befand. »Ein kleiner Spaziergang wird mir guttun. Die klare Morgenluft ist so erfrischend.«

»Wenn Sie meinen ... ich werde nirgendwo dringend erwartet.«

Wieder berührte sie seinen Arm. »Sie haben mehr als genug getan.«

Sie blickte zu Joe, der finster vor sich hin starrte. Was sollte dieses Geplänkel? Sie konnte den Burschen doch nicht allen Ernstes auch noch ermutigen! Er mochte ja ganz passabel aussehen, aber an seinen Stiefeln klebte Stroh! Was im Übrigen gut zu seinem grauenhaften Akzent passte.

»Wie Sie wünschen, Madam. Wir nehmen den Burschen hier in Gewahrsam und sorgen dafür, dass er bekommt, was er verdient. Dann wünsche ich Ihnen noch einen schönen Tag.« Er lüftete seinen Hut zum dritten Mal und wandte sich zum Gehen, während sein Helfer Joe hinterherstieß.

»Ach, Sheriff?«, rief Meryl.

Der Hilfssheriff drehte sich um und sah sie hoffnungsvoll an.
Meryls Blick wanderte zu Joe. Er hätte sie für besorgt halten können, wenn er nicht genau gewusst hätte, dass es unmöglich war. »Sie werden ihn doch nicht … schlecht behandeln, oder? Ich bin sicher, dass es sein erstes Vergehen war.«
»Wie kommen Sie darauf?«, fragte der Hilfssheriff.
Sie zuckte mit den Schultern. »Das ist doch offensichtlich. Er hat sich so leicht ergreifen lassen.«
Der Hilfssheriff nickte und musterte Joe. »Sie haben Recht, Madam. Ein paar Tage im Gefängnis werden ihm eine Lehre sein.«
Meryl klatschte in die Hände und lächelte Joe über die Schulter des Hilfssheriffs hinweg triumphierend an. »Das wäre hervorragend. Eine hervorragende Strafe, meine ich. Wenn Sie ihn zu hart bestraften, würde ich mich schrecklich schuldig fühlen. Vielen Dank, Sheriff.« Sie stellte sich auf die Zehenspitzen und hauchte dem Deputy ein Küsschen auf die Wange, was den armen Kerl endgültig feuerrot anlaufen ließ.
Joe beobachtete das Ganze angewidert. *Ihn* hatte sie am Abend zuvor auf die gleiche Weise geküsst. Sie hatte die Waffen einer Frau eingesetzt, um ihn hinters Licht zu führen, und er hatte den Köder geschluckt – samt Haken, Bleigewicht und Angelleine.
Wenn er erst wieder aus diesem Gefängnis heraus war, würde er es niemals wieder zulassen, dass Meryl derartige Gefühle in ihm weckte – das schwor er sich, so wahr er Joe Hammond hieß.

Joe rüttelte am Gitter seiner Zelle und redete auf den Mann ein, der in drei Meter Entfernung an dem Holzschreibtisch saß. »Sie müssen mir zuhören. Bitte. Es geht um Leben und Tod.«
Der Hilfssheriff gönnte seinem einzigen Gefangenen nicht einmal einen kurzen Blick. Den Cowboyhut tief in die Stirn gezogen fuhr er unbeirrt damit fort, sich mit seinem Taschenmesser die Fingernägel zu reinigen.
»Sie missverstehen die Situation. Ich bin kein Dieb«, ließ Joe nicht locker. »Sie hat mir das Armband heimlich in die Tasche gesteckt und mich dann verhaften lassen. Sie wollte unbedingt, dass ich den Zug verpasse.«
Der Hilfssheriff schob den Hut zurück. »Hör auf zu quaken. Auf solche wie dich können wir in dieser Gegend gut verzichten. Du hättest in der Stadt bleiben sollen. Da findest du genug Dummköpfe, die du beklauen kannst.«
»Ich bin kein Taschendieb, ich bin Ingenieur«, erklärte Joe zum wiederholten Male. Seine Geduld wurde auf eine harte Probe gestellt, aber ihm blieb nichts anderes übrig, als zu versuchen, mit diesem Bauerntölpel vernünftig zu reden. »Ich arbeite für die Atlantic-Southern Railroad, und diese Gesellschaft gehört dem Vater der Dame. Sie hat mir das Armband absichtlich zugesteckt.«
Der Hilfssheriff richtete seine ganze Aufmerksamkeit auf das Reinigen seiner Nägel.
Joe seufzte. Seit zwanzig Minuten redete er ununterbrochen auf diesen Mann ein, saß untätig auf der klapprigen Liege oder stand sich die Beine in den Bauch. Bisher war er der Freiheit keinen Zentimeter näher gekommen. Und je länger er hier blieb, desto schwieriger wurde es, Meryl einzuholen.

Joe ließ von dem Gitter ab und ging im Kreis umher – soweit die enge Zelle dies gestattete. Er musste etwas finden, mit dem er beweisen konnte, dass er die Wahrheit sagte. Wenn es doch nur einen Zeugen für ihre Wette gäbe …

Meryls Tagebuch!

Mit neuer Hoffnung umklammerte Joe das Gitter. »Sir, hören Sie mir bitte zu. Wenn ich Ihnen beweise, dass die Dame mich hereingelegt hat, lassen Sie mich dann gehen?«

Seine Eindringlichkeit weckte zumindest endlich die Aufmerksamkeit des Hilfssheriffs. »Wie wollen Sie das anstellen, wenn Sie da drin festsitzen?«, fragte er und schielte unter der Hutkrempe hervor zu Joe.

»In meiner Aktentasche ist ein Buch. Darin wird genau beschrieben, wer ich bin, wer sie ist und dass wir ein Wettrennen nach San Francisco veranstalten.«

»Sie meinen *die* Tasche da?« Der Hilfssheriff wies auf die Aktentasche, die neben ihm an der Wand lehnte. Die Tasche war vom Hotelmanager vorbeigebracht worden, und Joe hatte zusehen müssen, wie der Gesetzeshüter seine persönlichen Habseligkeiten nach weiterem Diebesgut durchsuchte. Aber natürlich war er nicht auf weiteren Schmuck oder etwas anderes von Wert gestoßen, außer auf ein Paar Manschettenknöpfe, die zum Glück jedoch Joes Monogramm trugen.

»Ja, genau die«, bestätigte Joe ungeduldig. »Darin befindet sich ein Buch, ein Tagebuch …«

»Gehört es Ihnen?«

»Nein, es ist von der Dame.«

»Sie haben auch noch ihr Tagebuch gestohlen?« Der

Deputy schüttelte entsetzt den Kopf. »Sie haben wirklich kein Gewissen.«
»Ich habe es nicht gestohlen – nicht im eigentlichen Sinn«, sagte Joe. »Auch das kann ich erklären. Aber das ist nicht wichtig. Lesen Sie das Buch einfach.«
Der Hilfssheriff wippte mit seinem Stuhl nach hinten. »Ich werde den Teufel tun und im Tagebuch einer Dame herumschnüffeln.«
Joe krampfte die Hände um die Gitterstäbe. Er war kurz davor, den Mann zu überzeugen, das konnte er förmlich riechen. »Sie müssen dieses eine Mal eine Ausnahme machen …«
»Ich *muss* gar nichts.«
Joe schüttelte wütend den Kopf. Es half ihm nicht weiter, wenn er diesen Burschen gegen sich aufbrachte. »So war das nicht gemeint. Aber in dem Buch finden Sie vermutlich die ganze Wahrheit.«
»Vermutlich?«, meinte der Hilfssheriff gedehnt und mit deutlichem Sarkasmus in der Stimme. »Sie wissen es also gar nicht?«
»Doch«, wagte Joe ein gefährliches Spiel. »Die Wahrheit steht in dem Buch. Lesen Sie die Eintragung zu Thanksgiving. Dann erfahren Sie alles über unsere Wette. Wenn Ihnen wirklich etwas an Recht und Gesetz liegt und Sie keinen unschuldigen Mann einsperren wollen, dem von einer skrupellosen Frau etwas angehängt wurde …« Er umklammerte die Stäbe so fest, dass seine Fingerknöchel weiß hervortraten. Wenn er Meryl zu fassen bekam, würde sie bitter bereuen, dass sie ihn hatte einkerkern lassen.
»Ganz ruhig, Bürschchen. Ich brauche keinen Großstädter, der mir sagt, wie ich meine Arbeit zu machen habe.«

Der Hilfssheriff beugte sich vor, sodass der Stuhl mit einem dumpfen Knall wieder auf allen vier Beinen landete. Dann stand er langsam auf.
Joe wich einen Schritt vom Gitter zurück, unsicher, ob der Gesetzeshüter jetzt Kurs auf ihn nehmen und ihn irgendeiner vorsintflutlichen Foltermethode unterziehen würde. Zu Joes großer Erleichterung stellte er jedoch die Aktentasche auf den Tisch und ließ die Verschlüsse aufschnappen. Dann zog er das Buch heraus und setzte sich wieder.
Joe beobachtete den Mann und saß vor Anspannung wie auf glühenden Kohlen. Er biss die Zähne so fest zusammen, dass sein Kiefergelenk schmerzte.
Bitte, lass es darin stehen, sandte er im Stillen ein Stoßgebet zum Himmel.
»Dann wollen wir doch mal sehen …« Der Hilfssheriff lehnte sich mit langsamen, bedächtigen Bewegungen in seinen Stuhl zurück und öffnete das Tagebuch.
Joe wagte kaum zu atmen, während er darauf wartete, dass der Hilfssheriff auf etwas stieß, das für ihn die Freiheit bedeuten könnte.
»Auf jeden Fall gibt es jede Menge romantisches Geschwätz über eine Watschelente. Was hat die mit der Sache zu tun?«
Joe trat unruhig von einem Fuß auf den anderen. »Das brauchen Sie nicht zu beachten. Lesen Sie einfach weiter. Bitte.«
Der Hilfssheriff richtete den Blick wieder auf das Buch. Nach einer halben Unendlichkeit runzelte er die Stirn. »Ist es das?«, fragte er, ohne den Blick von dem Buch abzuwenden. »Der Teil über ein Wettrennen nach San Francisco wegen eines Geschäftes mit Westgate Railroad?«

Joe atmete hörbar auf. Meryls Schwatzhaftigkeit hatte ihn nicht im Stich gelassen. Aufgeregt rief er: »Das ist es! Sehen Sie? Ich sagte Ihnen doch, dass die Dame mich kennt.«

»Macht ihr zwei so was öfter? Wirkt auf mich etwas sonderbar. Sie hat in jedem Fall eine Menge über Sie zu erzählen.« Er schüttelte den Kopf. »Puh!«

Der nächste Eintrag würde von der gemeinsamen Nacht in der Schlafkabine des Zuges berichten. Joe wollte nicht, dass dieser Hilfssheriff aus der Provinz derart Intimes erfuhr.

»Sie brauchen nicht weiterzulesen, das genügt. Verstehen Sie jetzt? Das Wettrennen ist der Grund, warum die Dame mich hereingelegt hat.«

»Wär schon möglich«, sagte der Hilfssheriff gedehnt. Sein Stuhl knallte wieder auf den Boden und ließ Joe vor Schreck zusammenzucken. »Die Dame ist aber mächtig wütend auf Sie, faucht wie eine nasse Katze. Warum eigentlich?«

»Das ist eine lange Geschichte. Sehr lang. Und nicht sonderlich interessant.« Joe wollte sich nicht ablenken lassen – nicht so kurz vorm Ziel. »Die Dame und ich sind bereits seit unserer Kindheit miteinander befreundet.«

»Befreundet? Wohl eher verfeindet, wenn Sie mich fragen. Aber bei Frauen weiß man nie – gut möglich, dass sie eine Schwäche für Sie hat. Man wird einfach nicht schlau aus ihnen.«

»Und verlogen sind sie auch. Vergessen Sie nicht, was für eine Geschichte sie Ihnen aufgetischt hat. Dabei ist sie diejenige, die hinter Schloss und Riegel gehört.«

Der Hilfssheriff nahm den Hut ab, strich sein dichtes

schwarzes Haar zurück und setzte ihn wieder auf. »Mmmh. Da hab ich mir wohl einen gewaltigen Bären aufbinden lassen. Das hübsche kleine Ding hat mich ganz schön zum Narren gehalten. Teufel auch.« Er schlenderte in Richtung von Joes Zelle und holte seine Schlüssel heraus. »Ist nicht richtig, Sie hier festzuhalten.«
Joe hätten vor Erleichterung fast die Beine versagt. »Gott sei Dank.«
»Aber Sie können sie auf keinen Fall noch einholen. Der nächste Zug Richtung Westen geht erst morgen.«
»Aber ich muss sie einholen! Nach all dem, was sie mir angetan hat … Sie hat uns beide belogen … Das ist Ihre Gegend, Officer, vielleicht haben Sie ja eine Idee. Ich wäre Ihnen wirklich sehr dankbar.«
Der Hilfssheriff steckte den Schlüssel ins Schloss und hielt dann inne. »Naja, es kommt schon mal vor, dass ein Zug angehalten werden muss«, sagte er langsam. »Es gäbe da ein paar Möglichkeiten …«
»Sie meinen so etwas wie einen Überfall?«
Der Hilfssheriff sah Joe scharf an. »Daran hatte ich weniger gedacht.«
Das Drehen des Schlüssels verursachte ein quietschendes Geräusch. Joe trat aus der Zelle. Endlich war er frei! Er wäre dem Hilfssheriff vor Dankbarkeit am liebsten um den Hals gefallen.
Joe ging zum Schreibtisch und nahm das Tagebuch an sich. Er steckte es zurück in seine Aktentasche, dann wandte er sich dem Hilfssheriff zu. »Ich bin in einer verzweifelten Lage. Zeit habe ich keine – dafür aber Geld. Wenn es irgendetwas gibt, das Sie tun können …«
Der Deputy runzelte nachdenklich die Stirn und kratzte

sich am Kopf. Mit jeder Sekunde, die verstrich, schwand auch Joes Hoffnung.

»Irgendetwas«, wiederholte er. »Was auch immer.«

»Nun«, entgegnete der Hilfssheriff schließlich gedehnt. »Ich habe da einen Vetter, der Richtung Westen an der Bahnlinie wohnt. Er würde zu einer kleinen Finanzspritze nicht nein sagen. Ich könnte ihm telegrafieren …«

10. Kapitel

Ich werde in der Hölle schmoren.

Meryl starrte aus dem Zugfenster, während sie Meile für Meile durch die eintönige, schneebedeckte Prärie fuhren. Und jede Meile brachte sie weiter weg von Omaha und Joe.

Sie rutschte unruhig auf dem dünn gepolsterten Sitz hin und her. Seit Omaha musste sie deutliche Abstriche machen, was den Fahrkomfort betraf. Statt in einem luxuriösen Pullman-Schlafwagen reiste sie jetzt in einem ganz gewöhnlichen Zug mit abgenutzten Waggons und schmalen Sitzbänken. Quengelnde Kleinkinder und Farmer mit schmutzigen Stiefeln saßen dicht gedrängt neben Handelsreisenden in abgetragenen Übermänteln und Bäuerinnen mit Hauben auf dem Kopf. Sogar ein Pfarrer in Talar und weißem Kragen befand sich unter den Fahrgästen.

Meryl war nie zuvor so weit nach Westen gereist. Anfänglich hatte das weite, flache Land sie in Erstaunen versetzt, aber mittlerweile rief die eintönige Landschaft ein Gefühl von Einsamkeit und Schwermut in ihr hervor.

Was Joe wohl jetzt tat? Sie musste ständig an ihn denken. Meryl warf einen Blick auf ihre Uhr. Der Zug hatte den Bahnhof erst vor dreißig Minuten verlassen, aber ihr kam es vor wie Stunden. Natürlich würde sie Joe nicht ewig im Gefängnis schmoren lassen. In drei Tagen würde sie ihrem Vater telegrafieren und ihn bitten, Joe zu

helfen. Durch seinen Einfluss wäre Joe im Nu wieder frei – und sie könnte endlich aufhören, sich schuldig zu fühlen.
Zu diesem Zeitpunkt würde sie längst San Francisco erreicht haben, und Joe hätte das Nachsehen.
Meryl lehnte den Kopf gegen das Rückenpolster. Sie hatte das Richtige getan – genau genommen vielleicht nicht das Richtige, aber Joe hatte ihr kaum eine andere Wahl gelassen. Mit seinem gemeinen Trick hatte er dafür gesorgt, dass sie in Fort Wayne den Zug verpasste. Sie zahlte es ihm lediglich heim – mit dem kleinen Zusatz, dass sie ihn für länger als einen Tag festsetzte.
Doch sie konnte ihr Handeln noch so gut begründen – das schlechte Gewissen blieb.
Meryl bemerkte, dass der Zug an Geschwindigkeit verlor, was sie wunderte. Bisher war der Schaffner nicht vorübergekommen und hatte den Namen der nächsten Station ausgerufen. Und eigentlich sollten sie den nächsten Halt auch erst in etlichen Stunden erreichen.
Der Zug wurde immer langsamer und kam schließlich zum Stehen. Die Fahrgäste begannen erstaunt zu tuscheln. Meryl schaute aus dem Fenster, konnte jedoch nicht erkennen, warum sie gehalten hatten. So weit das Auge reichte, sah man trockenes Weideland, lediglich unterbrochen von der langen, gewundenen Reihe von Waggons. In der Ferne konnte man eine kleine Farm erkennen.
»Vieh«, sagte der Mann neben ihr.
»Wie bitte?« Seit der Abfahrt in Omaha hatte er keine zwei Worte mit ihr gewechselt.
»Rinder.«
»Ich weiß, was Vieh ist. Aber wieso hält der Zug? Die

Lok hat schließlich Gleisräumer, um Rinder gegebenenfalls von den Schienen zu drängen.«

»Nicht eine solche Herde.«

Der Mann verfiel wieder in Schweigen, aber Meryl gab sich noch nicht zufrieden. »Und wieso muss eine ganze Herde ausgerechnet auf den Schienen herumstehen?«

Er starrte sie an, als wäre sie der dümmste Mensch auf Erden. »Rinderherden müssen im Winter ständig weitergetrieben werden, sonst verhungern sie. Und manchmal überqueren sie dabei eben Bahnlinien.«

Meryl seufzte. »Wie lange werden wir warten müssen?«

Der Mann zuckte mit den Schultern. »Es könnte ein paar Stunden dauern.«

»Stunden! Das ist ja lächerlich. Über wie viele Rinder reden wir eigentlich?«

»Ein paar Hundert, vielleicht auch Tausende. Wer weiß das schon?«

Tausende von Rindern? Alle auf einem Fleck? So etwas hatte Meryl nie zuvor gesehen. Neugierig erhob sie sich und ging zum Ende des Waggons. Sie hoffte, von der Plattform zwischen den Wagen aus mehr sehen zu können.

Sie kam nur langsam voran. Etliche Fahrgäste waren aufgestanden, um sich zu strecken oder die Beine zu vertreten. Meryl manövrierte sich unter unablässigen Entschuldigungen an ihnen vorbei. Schließlich stieß sie die Tür des Waggons auf – und wurde von einem eiskalten Wind erfasst. Im Unterschied zu dem Luxuswagen, mit dem sie nach Omaha gereist war, stand sie hier im Freien. Lediglich ein schmales Geländer bewahrte die Fahrgäste davor, hinauszufallen. Meryl lehnte sich auf der linken Seite über

das Geländer und schaute die Waggons entlang nach vorn. Tatsächlich kreuzte eine Herde braunweißer Rinder die Bahngleise. Es schienen zwar nicht Tausende, sondern lediglich ein paar Hundert zu sein, aber sie trotteten fürchterlich langsam und wirbelten dabei Unmengen von Staub auf. Es konnte tatsächlich sein, dass der Zug erst in einer Stunde weiterfahren würde.
Meryl stützte sich auf das Geländer, beobachtete die Herde und hätte sie am liebsten laut angetrieben, doch schneller zu laufen. Zwei berittene Cowboys in dicken Mänteln und mit tief in die Stirn gezogenen Hüten umkreisten die Rinder. Meryl konnte einen kurzen Blick auf die Gesichter der Männer erhaschen, die von der Kälte rot und rissig wirkten. *Arme Burschen,* dachte sie. Solch eine schwere Arbeit bei dem fürchterlichen Wetter. Fröstelnd zog sie den Mantel am Hals enger zusammen.
Mit knallenden Bullenpeitschen und lauten Schreien hielten die beiden Cowboys die Herde zusammen. Seltsamerweise schienen sie durch ihre Bemühungen die Tiere manchmal geradewegs zurückzutreiben, was den Fortschritt des gesamten Unterfangens stark beeinträchtigte. Immer wieder ertönte die schrille Pfeife des Zuges, als glaubte der Zugführer, den Vorgang dadurch beschleunigen zu können.
Der Zug konnte noch nicht weiter als dreißig Meilen von Omaha entfernt sein. Der Wind frischte auf, und Meryls Gesicht fühlte sich von der Kälte schon ganz taub an. Allmählich wurde es langweilig, dabei zuzusehen, wie die Rinder umherirrten, daher kehrte sie an ihren Platz zurück.
Eine geschlagene Stunde später lösten sich quietschend

die Bremsen des Zuges, und die Räder fingen an, sich wieder zu drehen. Meryl lehnte den Kopf zurück und seufzte. Joe würde sie trotzdem nicht einholen können. Dennoch beruhigte es sie, dass der Zug endlich wieder Fahrt aufnahm.

Auf einmal wurden die Stimmen der anderen Reisenden lauter. Überall stürmten Fahrgäste an die Fenster der gegenüberliegende Seite. Der wortkarge Mann neben Meryl erhob sich ebenfalls und schloss sich den anderen an.

»Sie holen auf«, sagte eine Frau.

»Glaubst du, sie versuchen uns einzuholen?«, fragte ein kleiner Junge seine Mutter.

Der Mann neben ihm antwortete: »Dann sollten sie sich besser beeilen. Wir nehmen Fahrt auf.«

Meryl beschlich eine leise Ahnung. Sie drängte sich zwischen die anderen, stellte sich auf die Zehenspitzen und erhaschte einen Blick auf eine Postkutsche. Gezogen von vier Pferden raste sie die parallel zu den Schienen verlaufende Straße entlang. Meryl schluckte ängstlich. Ob Joe doch eine Möglichkeit gefunden hatte, aus dem Gefängnis herauszukommen? Sie schlüpfte an einem großen Mann vorbei, presste die Nase gegen die Scheibe, und ihre Augen klebten förmlich an der Postkutsche, die sich dem Zug unaufhörlich näherte. Während die anderen Fahrgäste den Kutscher anfeuerten, wünschte Meryl insgeheim, der immer schneller werdende Zug würde die Kutsche im kalten Schnee der Prärie hinter sich lassen.

Die Pferde legten sich noch mehr ins Geschirr, und schon bald fuhr die Kutsche auf gleicher Höhe mit dem Zug. Auf einmal machte sie einen Schlenker und kam den

Schienen gefährlich nahe. Einige der Passagiere rings um Meryl schrien entsetzt auf.

Die Fensterscheibe beschlug von Meryls Atem. Rasch rieb sie das Glas frei, aber die Kutsche war bereits wieder außer Sichtweite. Meryl öffnete die Fensterhaken, schob die Scheibe hinunter, steckte den Kopf hinaus und sah, dass in der offenen Kutschentür ein Mann stand, der sich mit beiden Händen an der Türöffnung festhielt. Aus dieser Entfernung konnte sie sein Gesicht nicht erkennen, doch er wirkte merkwürdig vertraut.

Andere Fahrgäste folgten ihrem Beispiel, und kurz darauf waren ein halbes Dutzend Fenster geöffnet. Aufgeregte Stimmen wurden laut. »Was macht er?«

»Will er etwa springen?«

»Ob er den Zug verpasst hat?«

»Vielleicht ein Zugräuber?«

»Die Kutsche fällt zurück. Er wird es nicht schaffen.«

»Bitte, bitte, bitte«, flüsterte Meryl und war nicht sicher, ob sie darum bat, dass der Mann es schaffte oder scheiterte. Sie wollte auf keinen Fall, dass er verletzt wurde – Gott bewahre, dass Joe bei diesem Wahnwitz Schaden nahm! »Sei kein Narr!«, rief sie plötzlich lauter als beabsichtigt.

»Zu spät«, warf ihr Sitznachbar lakonisch ein. »Wir haben sie abgehängt.«

Die Kutsche war bis an das Zugende zurückgefallen. Meryl atmete bereits erleichtert auf, da sah sie, wie der Mann versuchte, mit einem Satz von der Kutsche auf den Schlusswagen zu springen.

Meryl stockte der Atem. Der Mann geriet aus ihrem Blickfeld, und sie befürchtete das Schlimmste. Sie musste

einfach wissen, was mit ihm passiert war, und lehnte sich noch weiter hinaus, die Hüfte gegen den Fensterrahmen gepresst. Der Wind zerzauste ihr Haar und drohte ihr den Mantel von den Schultern zu reißen.
Aber das war ihr in diesem Moment gleichgültig. Dann entdeckte sie den Mann. Er klammerte sich an das Geländer des Schlusswagens – ein ziemlich wackeliger Halt. Der Fahrtwind hatte ihm den Hut vom Kopf gerissen und fegte durch sein hellblondes Haar. Sein Mantel flatterte wild um seinen Körper.
Meryls Hände krampften sich um den Fensterrahmen, ihre Augen starrten gebannt auf den Mann am Ende des Zuges. Eine gewisse Ähnlichkeit war nicht zu leugnen, und Joe hatte die Gefahr schon immer geliebt.
Meryl sah, wie er sich über das Geländer auf die Plattform schwang. Dann verschwand er aus ihrem Blickfeld. Sie trat vom Fenster zurück und verkündete: »Er hat es geschafft!«
Im ganzen Waggon brachen Begeisterungsrufe und Applaus aus.
»Warum klatschen Sie? Er könnte genauso gut ein Zugräuber sein!«, rief jemand.
»Dann kriegt er es mit mir zu tun.« Ein Mann mit Cowboyhut schlug eine Seite seines Ledermantels auf und enthüllte einen Revolver.
Die Kutsche war mittlerweile weit zurückgefallen, und der Zug fuhr mit Höchstgeschwindigkeit. Die Aufregung unter den Fahrgästen legte sich nur langsam. Die Leute diskutierten, wer der Bursche sein mochte und was ihn zu einem derart waghalsigen Bravourstück bewogen haben könnte.

Als ein Schaffner den Waggon betrat, wurde er sofort mit Fragen bestürmt. Beschwichtigend hob er die Hand. »Nein, Madam«, sagte er zu einer der besorgten Frauen, »das ist kein Räuber, sondern ein Fahrgast mit gültiger Fahrkarte, der in Omaha den Zug verpasst hat.«

»Das ist nicht Ihr Ernst«, meldete sich Meryls Sitznachbar zu Wort. »Riskiert seinen Hals, um einen Zug zu erwischen! Er sollte besser darauf achten, pünktlich auf dem Bahnsteig zu erscheinen.«

»Wild entschlossen, der Bursche«, warf der Mann mit dem Cowboyhut ein und schüttelte bewundernd den Kopf.

»Allerdings«, murmelte Meryl, die ein flaues Gefühl im Magen verspürte. Joe musste das Unmögliche geschafft haben. Der Irrsinn seiner Handlungsweise machte sie fassungslos, auch wenn er sie insgeheim beeindruckte. Und die Erleichterung, dass er das Abenteuer unbeschadet überstanden hatte, trieb ihr die Tränen in die Augen.

Die Tür am Ende des Waggons öffnete sich. Es war Joe. Sein Aussehen verschlug Meryl den Atem. Sein von der Kälte gerötetes Gesicht und sein windzerzaustes Haar verliehen ihm etwas ungemein Wildes. Sie wollte zu ihm laufen – doch dann sah sie seinen Gesichtsausdruck.

Sein Blick schweifte suchend über die Reihen der Fahrgäste. Sein Körper wirkte angespannt, sprungbereit. Er hatte die Hände zu Fäusten geballt und die Lippen zu einem schmalen Strich zusammengepresst. Seine grimmige Miene – voll leidenschaftlicher Entschlossenheit und unbändiger Wut – verursachte Meryl Herzklopfen. Ein heißes Prickeln durchfuhr ihren Körper – nicht aus Angst, sondern weil sie sich eingestehen musste, dass Joe ein umwerfend gut aussehender Mann war.

Gut aussehend und gefährlich.
Wie ein Falke, der seine Beute erspäht hat, heftete er seinen Blick auf Meryl. Dann machte er einen Schritt auf sie zu.
Meryl stand langsam auf. Sie fühlte sich wie ein in die Enge getriebenes Tier. Wie sollte sie ihm entkommen? Der Zug bot nicht gerade viele Möglichkeiten, sich zu verstecken. Aber ihr Selbsterhaltungstrieb drängte sie dazu, etwas zu unternehmen. Ohne Joe auch nur für eine Sekunde aus den Augen zu lassen, trat sie in den Mittelgang.
Er machte einen weiteren großen Schritt auf sie zu.
Meryl wich zurück.
Bei seinem dritten Schritt drehte sie sich auf dem Absatz um und flüchtete, so schnell sie konnte, in die andere Richtung. Er war nur wenige Meter hinter ihr.
Ihr Rock verfing sich an einer Rückenlehne. Meryl zerrte so heftig an ihm, dass ihr Reisekostüm dabei zerriss. Aber das war ihr vollkommen gleichgültig. Jetzt zählte nur, dass Joe ihr auf den Fersen war, mit ausgestreckten Händen, als wollte er ihr den Hals umdrehen.
Sie stürmte durch die Tür am Wagenende, dann durch die nächste Tür in den angrenzenden Waggon, stieß gegen überraschte Fahrgäste und kümmerte sich nicht um deren ärgerliche Blicke und Bemerkungen. Weiter, immer weiter, das war ihre einzige Möglichkeit. Sie warf einen Blick über ihre Schulter. Joe kam rasch näher.
Er würde sie bald eingeholt haben. Meryl hatte keine Ahnung, was er dann mit ihr anstellen würde. Er sah aus, als hätte er Mordgelüste. Jedenfalls würde sie nicht stehen bleiben, um es herauszufinden.

Sie musste ihn abschütteln. Als sie in den dritten Waggon hetzte, entdeckte sie den Waschraum für Damen. Sie schlüpfte hinein, verriegelte die Tür und lehnte sich keuchend dagegen. Das Mieder schnürte ihr die Luft ab.
Meryl hörte, wie Joe an der Tür vorbeilief, und hoffte inständig, dass ihm niemand verraten würde, wo sie war.
Sie wartete einige Minuten, bis er den nächsten Waggon erreicht haben musste. Dann entriegelte sie die Tür und öffnete sie einen Spalt weit. Doch Joes energische Schritte näherten sich wieder. Er kam zurück, wie ein Jagdhund, der ihre Fährte aufgenommen hatte. Sie drückte die Tür zu und ließ ihn vorbeilaufen.
Da ertönte plötzlich eine hohe Kinderstimme: »Sie ist da drin!«
Meryl stöhnte. Sie hatte verloren – es sei denn, sie handelte sofort. Sie betete, dass der Überraschungseffekt ihr einen Vorsprung verschaffen würde, riss die Tür mit einem Schwung auf und rannte in die Richtung, aus der Joe gerade gekommen war.
»Meryl!«
Joes dröhnende Stimme trieb sie nur noch an. Sie lief immer weiter durch den Zug, bis zum Gepäckwagen hinter der Lok. Sie wusste, dass Joe sie früher oder später einholen würde, aber vielleicht wäre durch die körperliche Anstrengung bis dahin wenigstens ein Teil seiner Wut verpufft. *Ich will nicht aus einem fahrenden Zug gestoßen werden!*, flehte sie im Stillen.
Zu ihrer Erleichterung war der Gepäckwagen nicht abgeschlossen. Meryl trat ein und drückte die Tür hinter sich zu. Sie befand sich in einem einfachen Waggon mit Seitenwänden aus unlackiertem Holz. Die Fahrgeräusche

klangen hier wesentlich lauter, und die ratternden Räder vibrierten unter ihren Füßen.
Hier war ihre Flucht zu Ende. Verloren betrachtete sie die Reihen von sorgfältig verstauten Gepäckstücken. Die Schrank- und Handkoffer waren so zugänglich wie möglich für die Gepäckträger gestapelt und entsprechend der Reihenfolge der Bahnhöfe gelagert.
Ganz am anderen Ende des Waggons entdeckte Meryl ihren blauen Schrankkoffer. Der Anblick des vertrauten Gepäckstückes zog sie an wie eine Oase in der Wüste.
Sie lief zu ihrem Koffer, lehnte sich dagegen und rang nach Luft. Eine Ewigkeit schien vergangen zu sein, seitdem sie ihn gepackt hatte. Sie war so überstürzt aufgebrochen, dass sie sich nicht einmal richtig verabschiedet hatte.
Einige Tage nach Thanksgiving würde ihre Familie in das Haus an der Fifth Avenue zurückkehren und mit den Vorbereitungen für das Weihnachtsfest beginnen. Clara liebte es, das Haus zu schmücken, und ihre Mutter plante jedes Jahr voller Eifer das Weihnachtsmenü.
Meryl beneidete die beiden um ihre ungetrübte Vorfreude. Auf einmal kamen ihr schlichte, häusliche Tätigkeiten äußerst verlockend vor. Sehr viel angenehmer jedenfalls, als inmitten der endlosen Prärie bis über beide Ohren in Schwierigkeiten zu stecken – verfolgt von einem Wahnsinnigen, der auf Rache sann.
Meryl hatte Weihnachten noch nie ohne ihre Familie verbracht. Dieses Jahr würde sie allein in San Francisco sein. Ihre engste Verbindung zur Familie bestand in dem Mann, der sie hasste und gerade durch den ganzen Zug verfolgte.

Sie sollte die Tür verriegeln, bevor er auf die Idee kam, hier nach ihr zu suchen. Aber warum das Unvermeidliche aufschieben? Davon abgesehen war sie zu erschöpft, um sich von der Stelle zu rühren. Das enge Mieder drückte schmerzhaft gegen ihre Rippen, und ihre Haut war feucht von Schweiß. Sie wollte nicht länger weglaufen.

Tränen traten ihr in die Augen. Sie hatte alles verdorben. Welche Gefühle Joe auch immer für sie gehegt haben mochte – sie hatte sie zerstört, aus reiner Selbstsucht und ohne auch nur eine Sekunde darüber nachzudenken.

Das Quietschen der Tür riss Meryl aus ihren Gedanken. Joe trat ein und schloss die Tür hinter sich. Bei seinem Anblick begann Meryls Herz zu rasen.

Er starrte sie an und sagte mit spöttischer Stimme: »Dachtest du, du könntest vor mir weglaufen? Wir sind in einem *Zug*, Meryl.«

Meryl straffte die Schultern und wappnete sich innerlich für den Sturm, der jetzt über sie hereinbrechen würde.

Joe kam langsam auf sie zu. »Zum Glück haben mir ein paar freundliche Fahrgäste verraten, wohin du gelaufen bist.«

»Wie … wie hast du es geschafft, so schnell freizukommen?«

»Meine Liebe, hast du allen Ernstes geglaubt, dass ich aufgeben würde?«

»Aber wenn der Zug nicht von einer Rinderherde aufgehalten worden wäre …«

Er zog die Augenbrauen hoch. »Was meinst du wohl, warum die Herde ausgerechnet zu diesem Zeitpunkt über die Schienen getrieben wurde?«

»Ich weiß nicht. Zufall. Du kannst unmöglich etwas damit

zu tun haben.« Und doch wusste sie im gleichen Moment, dass es so war.

Joe blieb stehen, schob die Seiten seines Mantels zurück und stemmte die Hände in die Hüften. »Ich habe Neuigkeiten für dich. Erinnerst du dich noch an den Hilfssheriff, mit dem du geschäkert hast? Zufällig hat er einen Vetter, der direkt an der Eisenbahnstrecke eine Viehranch besitzt. Stell dir vor! Der Deputy musste ihm lediglich telegrafieren und um einen Gefallen bitten – und schon blockierte eine Rinderherde die Schienen.«

»Das hat er für dich getan?« Das konnte nicht sein. Ganz unmöglich. Sie schüttelte den Kopf. »Du warst im Gefängnis. Warum sollte er …«

»Gefängnis. Richtig, ich war im *Gefängnis.* Verdammt, Meryl!«

Zorn loderte in seinen Augen. »Du hast nicht bloß Rizinusöl in meine Limonade geschüttet oder mein Bett angesägt. Du hast mich ins Gefängnis gebracht!«

»Ich hatte ja nicht vor, dich lange darin zu lassen«, verteidigte sie sich mit zaghafter Stimme.

Er starrte sie an, und sein Gesichtsausdruck verriet, dass er ihr kein Wort glaubte.

»Sobald Mr Philbottom die Papiere unterschrieben hätte, hätte ich dafür gesorgt, dass du freikommst«, versicherte sie ihm.

»Wann? In einem Monat? Vielleicht in zwei?« Er kam drohend näher und war nun keine drei Meter mehr von ihr entfernt.

Trotzig hob sie das Kinn. »Du traust mir wohl nicht zu, die Übernahmeverhandlungen schnell abzuschließen!«

»Du hast mich einfach dort *zurückgelassen.«* Wieder

machte er einen Schritt auf sie zu. »Du hast mich hereingelegt. Aber diesmal bist du zu weit gegangen, Meryl.«
Meryl wich vor ihm zurück, bis sie mit dem Rücken an der Wand stand. Die wütende Kampfansage in seinem Blick entfachte eine ungeahnte Leidenschaft in ihr. Noch nie hatte Joe so männlich gewirkt, so stark und unwiderstehlich.
Die Sekunden verstrichen, während sich unter ihren Füßen die Räder im immer gleichen Takt drehten und den ganzen Wagen zum Vibrieren brachten.
Plötzlich stürzte Joe nach vorn und versuchte, sie zu packen. Meryl verlor keine Zeit, sprang zur Seite und entwischte ihm.
Doch er gab nicht auf und verfolgte sie durch die Kofferreihen. Schließlich drängte sich Meryl in den schmalen Spalt zwischen einem Kofferstapel und der Wand – zu eng für Joe.
Sie schob sich zum anderen Ende des Spaltes und schaute zurück. Joe war in dem Gang stehen geblieben, und seine Haltung verriet äußerste Wachsamkeit. Meryl wandte sich um und kletterte auf den Kofferstapel. Zwei Meter über dem Boden legte sie sich flach auf die obersten Koffer. Direkt über ihr befand sich das Dach des Waggons.
Joe starrte zu ihr empor, musterte den Gepäckberg und schien zu überlegen, ob der Stapel stabil genug für ihn war.
»Bleib mir vom Leib, Joe!«, rief Meryl mit zitternder Stimme. »Lass mich zufrieden. Ich warne dich!«
»Damit du etwas Neues aushecken kannst, womöglich etwas noch Gefährlicheres? Du gehörst hinter Schloss und Riegel. Du bist eine Gefahr für die Gesellschaft, oder

zumindest für *mich.«* Er drückte die Hand mit gespreizten Fingern auf eine Kiste und funkelte Meryl wütend an. »Kommst mit deiner Unschuldsmiene einfach in mein Hotelzimmer und köderst mich.«

»Es ist nicht meine Schuld, dass du darauf hereingefallen bist«, feuerte sie zurück.

»Sich mir an den Hals zu werfen, um mir dieses Armband unterzuschieben …« In Windeseile kletterte Joe ein Stück nach oben und packte Meryl an den Handgelenken. Mit einem Ruck zog er sie auf sich zu. Und sie fiel – direkt in seine Arme.

Meryl ließ sich mit ihrem ganzen Gewicht auf Joe fallen, doch obwohl er gegen die Kisten in seinem Rücken taumelte, lockerte sich sein Griff nicht.

Die Arme um ihre Taille geschlungen stand er gegen die Kisten gelehnt und sah ihr in die Augen. Ihr Gesicht war nur wenige Zentimeter von seinem entfernt. »Und mich die ganze Zeit denken lassen …«

»Was?«, keuchte sie und schlug erfolglos gegen seine Brust. Sie balancierte nun auf Zehenspitzen, nur gehalten von Joes Armen.

»Dass du etwas für mich empfindest«, zischte er. »Dass du dich *danach* sehnst.« Dann verschloss er ihren Mund mit dem seinem.

Sein Kuss überraschte Meryl derartig, dass sie vergaß, sich zu wehren. Seine Lippen strichen über ihre, pressten sich auf sie und raubten ihr den Atem. Joe hielt sie gepackt und zog sie noch fester an sich. Ihre Brüste drückten gegen ihn, ihre Hüften gegen seine. Sie spürte etwas Hartes an ihrem Bauch, und ihr fiel ein, was Annabelle über erregte Männer gesagt hatte.

Das brachte Meryl wieder zur Besinnung. Erschrocken stieß sie Joe von sich, so weit seine Umarmung es zuließ.
»Was tust du da?!«
»Das weißt du verdammt gut.«
Sie kämpfte darum, freizukommen und wieder Boden unter den Füßen zu haben. Dieses Mal ließ er sie los.
Meryl trat einen Schritt zurück und sah ihn wütend an. Er wusste genau, dass sie im Gegensatz zu ihm völlig unerfahren war. »Du nutzt diese Situation tatsächlich aus … ich kann einfach nicht glauben, dass du versuchst, mich mit solchen Mitteln zu übervorteilen … Du Schuft!« Sie hob die Hand und schlug ihm ins Gesicht.
Die Ohrfeige hallte wie ein Schuss durch den Waggon. Joe fuhr sich mit der Hand an die Wange. »Das denkst du also? Dass *ich dir* etwas vorspiele?«
Meryl wurde unsicher. »Du … weißt ganz genau, was du tust …«
»Nicht, wenn ich mit dir zusammen bin, mein Schatz.« Er holte seufzend Luft. »Der Himmel weiß, dass ich nicht will, dass du solche Macht über mich hast. Nur ein Irrer oder ein Dummkopf könnte wollen, dass du ihm so unter die Haut gehst.«
Meryl hörte nur mit einem Ohr zu. Ihr Herz raste immer noch von dem Gefühl seiner warmen, festen Lippen auf ihren. *Er begehrt mich,* erkannte sie plötzlich. Sie war erschrocken, aber auch freudig erregt.
Joe redete immer noch. »Glaubst du etwa, es würde mir gefallen, dich zu begehren? Ausgerechnet dich, die starrköpfigste Frau auf diesem Erdboden, die Frau, die mich einsperren ließ, die verwöhnteste, unberechenbarste …«

Bevor er die Aufzählung ihrer vielen Attribute abschließen konnte, packte Meryl ihn an den Mantelaufschlägen und zog seinen Kopf zu sich herunter. Sie war noch nie ein Mädchen gewesen, das auf Nummer sicher ging. »Halt den Mund, Joe.«

Dieses Mal war sie es, die den Mund auf seinen presste.

11. Kapitel

Meryls kühne Geste brachte Joe endgültig um den Verstand. Sein Herz schlug wie verrückt, und er fühlte nichts mehr außer ihren Lippen auf seinen, warm, weich und leidenschaftlich. Er stolperte zurück, Meryl fest an sich gedrückt, bis er mit dem Rücken gegen einen Schrankkoffer stieß. Seine Beine gaben nach, und er sank gemeinsam mit Meryl zu Boden. Joe zog sie auf seinen Schoß. Meryl sträubte sich nicht. Sie schlang die Arme um seinen Nacken und presste ihren schlanken Körper gegen seinen. Ihre neugierige Unschuld jagte eine Welle des Verlangens durch ihn hindurch, er packte sie noch fester, presste seine Lippen auf ihre und kostete ihren süßen Mund.

Sie erwiderte sein Drängen. Ihre Lippen öffneten sich unter seinen, luden ihn ein, die warme Verlockung zu erforschen. Meryl stöhnte leise. Allein dieses Geräusch steigerte Joes Verlangen noch. Seine Erregung wurde so stark, dass er fürchtete, jeden Moment die Kontrolle zu verlieren.

Er löste sich von Meryls Lippen, fasste sie um die Taille und schob sie von seinem Schoß.

Aber davon wollte Meryl nichts wissen. Sie drückte sich nur noch heftiger an ihn. Ihre Leidenschaftlichkeit ließ ihn das Gleichgewicht verlieren. Er fiel nach hinten auf den Holzboden und Meryl lag plötzlich auf ihm.

»Oh Gott«, stöhnte er, als sie ihre Lippen erneut auf seine

presste. Ihr Kuss ließ seine Worte zu einem unverständlichen, kehligen Gemurmel werden. Joe fuhr mit den Händen ihren zierlichen Rücken entlang, dann tiefer zu ihrer schlanken Taille, ihren Hüften.

Mit sanftem Druck zog er ihre Hüften gegen seine. Das brennende Verlangen seines Körpers wurde zur Qual. Seine Finger fanden ihren Weg unter den Stoff ihrer Röcke, umfassten lustvoll die vollen Rundungen ihres Pos.

Du gehst zu weit, mahnte ihn sein Gewissen. Gleichzeitig bewegte Meryl – nicht im Geringsten gekränkt durch seine kühne Liebkosung – ihren geschmeidigen, schlanken Körper auf seinem, und ihre drängenden Bewegungen verrieten ihm, dass sie mehr wollte.

Er hatte jedoch nicht vor, sie das Kommando übernehmen zu lassen. Mit einer schnellen, entschiedenen Bewegung drehte er sich herum und ließ sie neben sich gleiten.

Meryl schrie leise auf. Er hielt inne und erwartete eine heftige Gegenreaktion, einen Schwall an Vorwürfen, der ihn zweifellos als den Angreifer und Schuldigen erscheinen lassen würde.

»Mein Haar«, hauchte sie und fasste sich in die zerzauste Mähne. Eine Locke hatte sich unter ihrer Schulter verfangen. Joe befreite sie vorsichtig. Dann blickte er auf Meryl hinab und umfasste ihre Schultern. Ihr hübsches Gesicht war leicht gerötet, die Lippen geschwollen und dunkelrot, sie atmete keuchend. Sie bot einen derartig erregenden Anblick, dass er vor Leidenschaft erschauerte.

»Du weißt, dass das ein ziemlich dummer Fehler ist?«, gelang es ihm schließlich zu sagen.

»Ich bin kein Dummkopf, Joseph Hammond«, fauchte sie, bevor sie mit den Händen in sein Haar fuhr und seinen Mund erneut auf den ihren herabzog.
Er stöhnte vor Lust laut auf. Sie wollte ihn – und dass er sie wollte stand außer Frage. Nichts würde das Unvermeidliche jetzt noch verhindern. Nichts …
Ein Knall hallte durch den Gepäckwagen, gefolgt von einer lauten Stimme. »Was denken Sie sich … das ist doch kein Platz für ein Schäferstündchen! Auf der Stelle raus hier!«
Joe kam sich vor wie ein dummer Schuljunge, der getadelt wurde. Schnell wie der Blitz war er auf den Beinen und half auch Meryl auf. Er stellte sich halb hinter sie, um seine körperliche Erregung zu verbergen und dadurch wenigstens ein Minimum an Würde zu wahren.
Der wütende Schaffner verharrte in der Tür, seine perfekt gebügelte Uniform im deutlichen Kontrast zu ihren zerknitterten Kleidungsstücken. Als der Schaffner sie genauer musterte, legte Joe beschützend die Hände auf Meryls Schultern.
»Nun, ja, es war nicht unsere Absicht …«, begann er, unsicher, was er sagen sollte, da Meryl und er eindeutig im Unrecht waren.
»Sie haben hier nichts verloren. Sie …« Der Schaffner kniff die Augen zusammen und musterte Joe eingehend. »Sie sind doch der Bursche, der von der Kutsche aus auf den Zug gesprungen ist.«
Joe nickte und schickte ein Stoßgebet gen Himmel, dass seine tollkühne Aktion ihm ein wenig Anerkennung von diesem wütenden Kerl einbrachte.
Aber da irrte er gewaltig. »Das reicht mir jetzt an Albern-

heiten.« Der Schaffner richtete den Blick auf Meryl. »Von Ihnen *beiden*. Durch meinen Zug zu stürmen wie schlecht erzogene Kinder und die anderen Fahrgäste zu stören! Sich an einem Ort zu verstecken, wo Sie nichts zu suchen haben, und dort Gott weiß was zu veranstalten! Das lasse ich nicht zu. Sie beide werden an der nächsten Station aussteigen.« Er warf einen Blick auf seine Taschenuhr. »In zwanzig Minuten erreichen wir North Platte. Da ist für Sie beide Endstation.«

»Sie können uns nicht aus dem Zug werfen«, empörte sich Meryl und trat einen Schritt nach vorn. »Wir haben für unsere Fahrkarten bezahlt!«

»Ich mache von dem Recht Gebrauch, Fahrgäste mit anstößigem Verhalten des Zuges zu verweisen. Und Sie beide gehören eindeutig dazu.«

»Wir weigern uns zu gehen!«, protestierte Meryl mit blitzenden Augen, das Kinn trotzig angehoben. Sie sprach wie eine Respektsperson – deren Frisur ein einziges Chaos war. Ein Teil des Haars war noch hochgesteckt, der andere hing ihr auf die Schultern herab.

»Meryl«, raunte Joe ihr besänftigend ins Ohr, denn er wusste, dass es eine verlorene Schlacht war.

Aber sie schien ihn gar nicht zu hören. »Welchen Schaden haben wir denn schon angerichtet? Mit dem Zug zu fahren ist entsetzlich langweilig. Die anderen Fahrgäste hatten ihren Spaß, als Joe auf den Zug gesprungen ist. Wir haben für die einzige Unterhaltung an diesem Tag gesorgt! Durch uns hatten die Leute wenigstens spannenden Gesprächsstoff.«

»Unsere Fahrgäste werden auf ihre abenteuerlichen Manöver gut und gern verzichten können, Miss. Sie beide

werden den Zug verlassen. Das ist mein letztes Wort.«
Der Schaffner wandte sich zum Gehen.
»Tatsächlich?« Meryl riss sich von Joe los, eilte dem Schaffner nach und baute sich vor ihm auf. »Wissen Sie eigentlich, wer mein Vater ist?«
Der Mann blickte sie stirnrunzelnd an. »Ich wüsste nicht, was …«
»*Wissen* Sie es? Richard Carrington! *Der* Richard Carrington. Ihm gehört die Hälfte aller Eisenbahngesellschaften in diesem Land.« Das war nur leicht übertrieben.
Der Schaffner zuckte mit den Schultern. »Die Pacific Union gehört ihm nicht.« Wieder wandte er sich ab, um zu gehen.
Und wieder hielt Meryl ihn zurück. »Noch nicht, aber er steht in Verhandlungen, sie zu kaufen.« Noch eine Lüge – jedenfalls soweit Joe informiert war. »Und wenn er das tut, und ich ihn wissen lasse, wie ich behandelt worden bin …«
»Und angenommen, *ich* lasse ihn wissen, was Sie hier tun wollten?« Der Schaffner musterte sie von Kopf bis Fuß. »Ich glaube kaum, dass Ihr *Daddy* erfreut wäre.«
Joe zuckte zusammen. Der Mann hatte ausgezeichnet pariert.
Aber Meryl ließ sich nicht so leicht einschüchtern. »Nur zu. Mein Vater weiß alles über mich und diesen Gentleman hier. Schließlich sind wir verheiratet.« Sie ging zu Joe zurück und schob ihre Hand in seine.
Schon wieder diese Geschichte! »Meryl«, setzte Joe noch einmal an und hoffte, sie würde sich beruhigen, bevor sie sich noch tiefer in irgendwelche Lügen verstrickte.

»Und warum ist Ihre Fahrkarte dann auf den Namen Carrington ausgestellt, während seine auf den Namen Hammond lautet?«, fragte der Schaffner misstrauisch. »Ich habe mir seine Karte nämlich noch einmal angesehen, direkt nachdem er an Bord kam.«

Meryl schnappte nach Luft und schluchzte inbrünstig. Dann presste sie die Hände auf den Mund. »Weil ... ich ihn verlassen wollte. Wir haben uns fürchterlich gestritten, und da bin ich weggelaufen. Aber als ich sah, wie er gekämpft hat, um mich einzuholen, da haben wir ... Nun, wie Sie selbst sahen, haben wir uns wieder versöhnt.« Meryl wandte sich Joe zu, legte die Hände auf seine Brust und sah zu ihm auf. Sie lieferte eine bemerkenswert gute Vorstellung der verliebten Ehefrau.

Joe blickte in ihre großen Augen, mit denen sie ihn förmlich anhimmelte. *Das ist nicht echt,* rief er sich in Erinnerung. In dem Hotelzimmer in Omaha hatte sie ihm die gleiche sentimentale Vorstellung geboten – und ihm dann das Armband untergeschoben. Aber schlagfertig und erfinderisch war sie – das musste man ihr lassen.

Bei der rührseligen Geschichte wurden die Gesichtszüge des Schaffners weich. »Also gut.« Er kaute nachdenklich auf seiner Unterlippe herum. »Sie können bleiben – aber keine weiteren Streiche mehr, oder ich werde Sie endgültig hinauswerfen.« Er wandte sich um und marschierte aus dem Waggon.

Meryl nahm die Hände von Joes Brust. Dann seufzte sie erleichtert und lächelte ihn triumphierend an. »Das war knapp.«

»Allerdings. Wenn er uns nur wenig später gestört hätte ...« Er schwieg und sah sie forschend an.

Meryl errötete und wandte den Blick ab. »Es war ein Fehler. Ein dummer, alberner Fehler.«
Ihre Worte versetzten ihm einen Stich. Allerdings war er nicht gänzlich überrascht, dass sie ihre leidenschaftliche Begegnung bereits bedauerte.
»Natürlich«, erwiderte Joe und gab sein Bestes, ungerührt zu klingen. Er schlenderte von ihr weg und tat gelassen. Er würde das Ganze im Nu vergessen haben, redete er sich ein. Dabei wusste er ganz genau, dass ihm das nicht möglich war. Diese Küsse würde er sein Leben lang nicht vergessen.
Er stützte sich lässig mit dem Ellbogen auf eine der Kisten und verschränkte die Füße. »Warum hast du dir eigentlich keine andere Lüge ausgedacht, nach der der Schaffner mich aus dem Zug geworfen hätte?«
Meryl zuckte mit den Schultern. »Mir ist keine eingefallen.«
»Das glaube ich dir nicht. Ich mag ja manchmal schwer von Begriff sein, aber langsam beginne ich dich zu durchschauen, Meryl.« In Joes Stimme schwang ein Hauch Bewunderung mit. »Wenn du etwas unbedingt willst, dann findest du auch einen Weg.«
Sie sah ihn nachdenklich an. »Wenn du damit Recht hättest, wäre es nie zu dieser Wette gekommen.«
Joe setzte sich auf den Boden und lehnte sich mit dem Rücken gegen die Kiste. »Mein Gefühl sagt mir, dass dein Vater am Ende nachgeben wird. Du hast ihn schon immer um den Finger gewickelt.«
Sie ging vor ihm auf und ab. »Ich will aber nicht, dass ich nur deshalb Erfolg habe. Ich bin geschäftstüchtig, wirklich! Auch wenn du anderer Meinung bist.«

Er hob die Hand. »Nicht schon wieder, Meryl, bitte. Ich bin erledigt.«
Meryl schürzte die Lippen. Dann atmete sie heftig aus und ließ die Schultern sinken. Sie ging hinüber zu der Kiste, setzte sich mit angezogenen Knien neben Joe auf den Boden und legte beide Arme um ihre Beine. »Etwas verstehe ich nicht. Als ich Omaha verließ, war der Sheriff …«
»Der Hilfssheriff.«
Sie verdrehte die Augen. »Von mir aus auch der *Hilfssheriff.* Jedenfalls war er von deiner Schuld überzeugt. Wie hast du ihn dazu gebracht, dich gehen zu lassen und dir sogar zu helfen?«
Aha, jetzt sollte er seine Taktik preisgeben. Wieder bewunderte er ihre Schläue. Dieses Mädchen gab einfach nicht auf. Diese *Frau,* korrigierte er sich im Stillen. »Ohne deine Hilfe hätte ich das nicht geschafft.«
Meryl runzelte die Stirn. »Wie meinst du das?«
»Dein Tagebuch. Deine eigenen Worte waren der Beweis für meine Unschuld.«
Ihr fiel buchstäblich das Kinn herunter. »Du hast mein Tagebuch?«, fragte sie entrüstet. »Wie …«
Joe sprach unbeirrt weiter. »Er wollte mir nicht glauben. Und dann fiel mir ein, dass du alles aufschreibst.«
»Du hast mein Tagebuch?«, stieß sie erneut hervor. »Hast du es etwa *gelesen?«*
»Ich schlug dem Hilfssheriff vor, deinen Eintrag zu Thanksgiving zu lesen, dem Tag, an dem wir diese seltsame Wette abgeschlossen haben. Ich nahm an, dass du alles bis ins letzte Detail beschrieben hattest.«
»Du musst es gelesen haben«, fuhr sie fort. »Natürlich!

Wie sonst könntest du wissen, was ich geschrieben habe?«
Ungeachtet ihrer zunehmenden Entrüstung, fuhr Joe ruhig mit seinem Bericht fort. »Das hat ihn überzeugt, und er ließ mich gehen. Außerdem war er so wütend über deine Irreführung von Gesetzeshütern, dass er mir mit Freude behilflich war, dich einzuholen. Unglaublich schlau, wie er das angestellt hat, nicht wahr? Den Zug mit einer Rinderherde aufzuhalten!«
Meryl lehnte sich zurück und blitzte ihn zornig an. »Ich kann einfach nicht glauben, dass du mein Tagebuch gelesen hast. Du bist in meine Privatsphäre eingedrungen!«
»Nicht nur da«, erwiderte er trocken. »Und wenn wir nicht gestört worden wären …«
Als er sie daran erinnerte, war ihre Wut plötzlich wie weggewischt. Sie entspannte sich wieder, und ein paar Minuten lang saßen sie schweigend nebeneinander. Die Räder des Zuges ratterten unter ihnen, und sie bewegten sich Meile für Meile auf Wyoming zu.
»Hasst du mich eigentlich, Joe?«, fragte Meryl in das Schweigen hinein, und ihre Stimme klang ungewöhnlich zaghaft.
Joe seufzte. »Nein, obwohl es sicher verständlich wäre. Himmel, wenn ein Mann mich so reingelegt hätte … wenn überhaupt jemand anderes das gewagt hätte …«
»Es tut mir leid.«
Überrascht sah er sie an. Meryl biss sich auf die Unterlippe und wich seinem Blick aus. Sie wirkte tatsächlich verlegen! Ihre unerwartete Verletzlichkeit rührte ihn, und er sehnte sich danach, sie in den Arm zu nehmen. Aber wenn er das tat, wenn er sie berührte, dann würden sie wieder

da landen, wo sie gewesen waren, bevor der Schaffner sie unterbrach.
Besser gesagt, bevor der Schaffner sie *rettete*. Bevor sie einen furchtbaren Fehler begingen.
Schließlich liebte Meryl ihn nicht, und sein eigenes Gefühlschaos versuchte Joe erst gar nicht zu entwirren. Jedenfalls hatte er kein Recht, ihr die Unschuld zu rauben. Trotz ihres unkonventionellen Verhaltens war sie eine Dame und nicht zu vergessen die Tochter seines Chefs, eines Mannes, den er beeindrucken wollte. In einem Anfall von Leidenschaft dessen jüngste Tochter zu entjungfern würde wohl kaum dazu beitragen, dass er in der Achtung dieses Mannes stieg.
Und mit ihr noch länger in diesem Gepäckwagen allein zu bleiben bedeutete, das Schicksal herauszufordern. Joe zwang sich aufzustehen. »Wie wäre es, wenn wir eine neue Vereinbarung treffen? Waffenstillstand bis San Francisco. Keine Täuschungen, keine Lügen. Und sobald wir in der Stadt angekommen sind, möge der Bessere gewinnen.«
Meryl nickte. Sie stand ebenfalls auf und hielt ihm die Hand hin. »Einverstanden.«
Joe zögerte und starrte für eine Weile auf ihre zierliche Hand, bis er sie schließlich ergriff. »Dann ist es also abgemacht.«
»Ja, abgemacht.« Sie sah ihm tief in die Augen.
»Sehr gut.« Joe drückte ihre Hand ganz sanft, dann gab er sie frei.
Er machte unwillkürlich einen Schritt zurück und wollte den Gepäckwagen verlassen. Aber noch etwas musste zwischen ihnen geklärt werden, bevor alles endgültig

außer Kontrolle geriet. »Meryl, wir müssen damit aufhören.«
»Mit der Wette?« Angst schimmerte in ihren Augen. Er wusste, dass sie fürchtete, ohne die Wette jede Chance zu verlieren, Leiterin der neuen Abteilung zu werden. Und das war das Einzige, was ihr wirklich etwas bedeutete. Seltsamerweise war für ihn diese Position immer unwichtiger geworden, je länger die Reise dauerte. Seine Gedanken drehten sich nur noch um diese widersprüchliche Frau – Tochter der höheren Gesellschaft, leidenschaftliche Frau, unerschrockene Abenteurerin. Er brauchte Abstand, bis er sich über seine Gefühle klar geworden war.
»Nicht die Wette. Das mit *uns.* Nach dem, was hier fast geschehen wäre, halte ich es für das Beste, wenn wir uns während der restlichen Fahrt aus dem Weg gehen. Das wird nicht leicht, schließlich befinden wir uns im selben Zug. Aber wenn wir es nicht tun …«
»Oh.« Meryl rieb sich die Oberarme und sah Joe mit großen Augen an. »Ist das wirklich nötig? Wir sind zwar Konkurrenten, aber wir sind beide allein unterwegs, und es ist eine sehr lange Reise.«
»Ich halte es für das Beste.« Ihr aus dem Weg zu gehen würde ihm nicht leichtfallen, aber mit ihr zusammen zu sein bedeutete, weitere Probleme heraufzubeschwören.
»Du willst also nicht einmal mit mir sprechen? Ich sehe nichts Schlimmes daran.«
»Ich werde nicht weglaufen, wenn wir uns begegnen, Meryl. Das haben wir oft genug getan.« Er sah sich in dem Gepäckwagen um, der Endstation ihrer Verfolgungsjagd und dem Ort ihrer leidenschaftlichen Begegnung. »Wir

können durchaus zivilisiert miteinander umgehen. Aber ich werde deine Gesellschaft nicht suchen.«
Meryl wirkte bestürzt, und ihre Stimme war kaum mehr als ein Flüstern. »Es ist wegen dem, was ich mit dir gemacht habe, nicht wahr? Du hast keine Achtung mehr vor mir.«
»Himmel, nein!« Er fasste sie an den Armen und zog sie an sich. Leise sprach er auf sie ein, bemüht, ihr klarzumachen, dass sie nichts Falsches getan hatte. »Sag so etwas nie wieder. Es liegt an mir. Nur an *mir*, Meryl.« Er küsste sie zärtlich auf den Scheitel. Wie sehr er sich nach mehr sehnte! Sich danach sehnte, sie zu halten, zu trösten, sie wissen zu lassen, dass es richtig war, Leidenschaft zu empfinden! Aber das wagte er nicht. Er ließ sie los.
Meryl mied seinen Blick. »Also gut. Das klingt gerecht«, sagte sie, aber ihre Stimme hörte sich merkwürdig brüchig an. »Ich werde jetzt zu meinem Platz zurückgehen.« Sie raffte die Röcke, ging erhobenen Hauptes aus dem Gepäckwagen und ließ Joe allein zurück.

12. Kapitel

Die fröhlichen Klänge von gut einem Dutzend Stimmen, die das Weihnachtslied »Deck the Halls« schmetterten, konnten Meryls düstere Stimmung nicht vertreiben.

Die Fahrgäste in ihrem Waggon waren zunehmend leutseliger geworden, während sie Meile für Meile zurücklegten und sich langsam San Francisco näherten. Einer der Männer hatte Weihnachtslieder angestimmt und seine Nachbarn zum Mitsingen aufgefordert. Es dauerte nicht lange, und fast alle Fahrgäste stimmten mit ein. Reisende, die unterwegs zustiegen, verstauten eingepackte Geschenke unter ihrem Sitz oder hielten sie auf dem Schoß. Alle waren offenbar auf dem Weg zu Freunden oder der Familie, um Weihnachten mit ihnen zu feiern.

Das herzliche Miteinander im Zug verstärkte Meryls Gefühl der Einsamkeit. Sie vermisste ihr Zuhause mehr, als sie gedacht hatte. Jahrelang hatte sie sich darauf gefreut, die Akademie zu beenden, auf eigenen Füßen zu stehen und ihrem Vater zu beweisen, was sie konnte. Doch jetzt sehnte sie sich zurück in den trauten Kreis der Familie.

Durch das Fenster betrachtete sie die schneebedeckten Berge, die schließlich übergingen in die ausgedehnte Wüste Nevadas. Der Zug hatte während der Nacht die Rocky Mountains bis Salt Lake City durchquert und sich über und durch Steilhänge geschlängelt. Und jetzt erstreckten sich vor ihnen die Berge der Sierra Nevada.

Während der vergangenen zwei Tage hatte sie Joe nur flüchtig zu Gesicht bekommen. Er saß in einem anderen Waggon und ging ihr seit dem Vorfall im Gepäckwagen aus dem Weg. Oder hatte nicht vielmehr sie ihn gemieden? Meryl wusste nur, dass ihr Verhältnis plötzlich sehr angespannt war und sie in seiner Gegenwart zum ersten Mal Unbehagen und Fremdheit spürte.
Dennoch musste sie ständig an ihn denken. Während ihrer Zeit auf der Akademie war er jahrelang aus ihrem Leben verschwunden gewesen, aber jetzt fiel es ihr schon schwer, ihn nur einen Tag lang nicht zu sehen.
Wenn sie nicht bald etwas dagegen unternahm, würde sie noch den Verstand verlieren.
Aber sie konnte schlecht einfach zu ihm gehen. Er hatte es ihr praktisch verboten. Ob sie ihm auch ständig im Kopf herumspukte? Wie sie es hasste, das nicht zu wissen!
Sie musste dem ein Ende setzen, und zwar sofort. Meryl griff nach ihrer Handtasche und marschierte zur Tür am Ende des Waggons. Auf dem Weg zum Klubwagen würde sie an seinem Platz vorüberkommen und könnte ihn unter einem Vorwand in ein Gespräch verwickeln. Und wenn er nicht da war, würde sie ihn suchen, bis sie ihn gefunden hätte.
Und wenn sie ihn erst einmal gefunden hatte ... Meryl schüttelte den Kopf. Sie hatte nicht die geringste Vorstellung, was sie zu ihm sagen sollte.
Sie schob die Tür am Waggonende auf und betrat den nächsten Wagen. Joes Platz war leer, also ging sie weiter in Richtung Klubwagen.
Dort fand sie ihn. Er saß auf einem ledergepolsterten Stuhl und las Zeitung. An der überfüllten Bar am Ende des

Waggons servierte ein Barkeeper Getränke. Gentlemen diskutierten über Politik, während sich der Rauch ihrer Zigarren über ihren Köpfen kräuselte. Einige Fahrgäste spielten Karten.

Dies hier war die Welt der Männer, doch zum Glück waren auch ein paar Frauen anwesend. Niemand starrte Meryl erstaunt an. Sie steuerte auf einen Stuhl in Joes Nähe zu und tat so, als hätte sie ihn nicht bemerkt.

»Joe – du bist ja auch hier«, gab sie sich überrascht.

Sie strich ihren Rock glatt und setzte sich.

Er senkte die Zeitung. »Guten Morgen, Meryl. Hast du eine angenehme Reise?«

»Fabelhaft, danke der Nachfrage.« Ein Kellner kam herbeigeeilt, und sie bestellte einen Bourbon.

Joe runzelte die Stirn. »Ist der nicht ein bisschen zu stark für dich?«

»Natürlich nicht. *Du* trinkst doch auch einen.« In Wahrheit konnte sie den Geschmack von Whiskey nicht ausstehen, hatte aber gehofft, Joe damit schockieren zu können. Und das war ihr offenbar zumindest teilweise gelungen.

»Nimmst du mich bei allem, was du tust, als Maßstab?«, fragte er mit sanfter Stimme.

»Nein, denn ich denke so gut wie gar nicht an dich, Joe«, wies sie ihn zurecht. »Ist das da der Wirtschaftsteil?«

Meryl beugte sich vor, nahm den Teil der Zeitung, der auf seinem Schoß lag, und schlug die Seite mit den Börsenkursen auf.

»Keine Sorge, du bist immer noch eine reiche Erbin«, bemerkte er trocken. »Ich habe den Aktienkurs der Firma bereits geprüft.«

»Das ist aber nicht alles, was mich interessiert. Um unsere Situation richtig einschätzen zu können, muss ich mich auch darüber informieren, wie die anderen Unternehmen dastehen. Das solltest du eigentlich wissen.«

»Das hast du wohl auf der Akademie gelernt?«

»Das und viele andere nützliche Dinge, wie zum Beispiel: ›Verliere nie deine Freunde aus den Augen, und erst recht nicht deine Feinde‹.«

Seine smaragdgrünen Augen musterten sie. »Ist das der Grund, warum du mich heute Morgen besuchst?«, fragte er sanft. »Weil du mich für deinen Feind hältst?«

Sie lächelte säuerlich. »Du fängst ja schon wieder damit an … Du glaubst, in meinem Kopf würde sich alles nur um dich drehen. Aber das ist nicht der Fall.«

Er lächelte, und das unwiderstehliche Grübchen zeigte sich auf seiner Wange. »Verstehe.«

»Wir sind in Nevada«, sagte sie und dachte an die Geschichte über seinen Vater, die Joe ihr erzählt hatte, bevor er sie in Fort Wayne zurückließ.

»Stimmt.« Er wartete darauf, dass sie fortfuhr, denn offenbar wollte sie auf etwas Bestimmtes hinaus.

»War die Mine deines Vaters irgendwo hier in der Gegend?«

Joes Miene verfinsterte sich, und er schüttelte den Kopf. »Südnevada.« Er wandte sich wieder seiner Zeitung zu.

»Oh.«

Sie schwiegen, aber Meryl ließ diese Sache keine Ruhe. »Dann hast du also die Wahrheit gesagt, was deinen Vater angeht?«

Er ließ die Zeitung sinken und sah Meryl eindringlich an. »Du dachtest, ich würde lügen?«

»Nun, du hast eine eigenwillige Art, um mein Vertrauen zu werben.«
Er lächelte ironisch. »Stimmt. Aber alles, was ich dir erzählt habe, entspricht den Tatsachen – leider.«
Es tat ihr in der Seele weh. Joe schämte sich offenbar dafür, dass sein Vater ein schlechter Geschäftsmann gewesen war. Wie gern würde sie wieder die Nähe spüren, die an jenem Abend zwischen ihnen geherrscht hatte. Sie wollte mehr von Joes Gefühlen erfahren. Wenn er sie doch nur nicht gebeten hätte, sich von ihm fernzuhalten … Meryl beugte sich vor und legte die Hand auf seine. »Es tut mir leid, Joe.«
Als sie ihn berührte, verkrampfte er sich sofort. »Meryl …«
Der Zug wurde plötzlich langsamer. Joe entzog ihr seine Hand.
Meryl schaute auf ihre Uhr und runzelte die Stirn. Sie konnte sich nicht erinnern, dass um diese Uhrzeit ein Halt vorgesehen war.
»Ein Wasserhalt«, erklärte ein Gentleman auf der anderen Seite des Gangs und wies auf das Fenster in Meryls Rücken.
Sie drehte sich um. Ein Stück voraus stand ein Wassertank an den Bahngleisen. Sie befanden sich am Rande eines tiefen Flusstals, über das eine Holzbrücke führte.
Der Zug kam zum Stehen, und die Lokomotive stieß zischend Dampf aus.
»Wir halten hier nur wenige Minuten«, versicherte ihr der Mann.
Es knallte ein paar Mal sehr laut. Meryl blickte erneut aus dem Fenster und fragte sich, ob dieses Geräusch beim Wasserauftanken normal war.

Sie sah, wie drei Männer vor dem Fenster vorbeigingen, und packte Joe erschrocken am Arm. »Joe ... der Mann da draußen hat ein Gewehr. Sieh doch nur ...«
Joe folgte ihrem Blick. Ein wenig Vertrauen erweckend aussehender Kerl trieb zwei Männer in Uniformen der Pacific Union vor sich her. Der Mann hielt ein Gewehr nach oben gerichtet und gab zwei Schüsse ab. Dann warf er den Kopf zurück und stieß ein Furcht einflößendes Indianergeheul aus.
Die Männer rings um Meryl begannen erschrocken durcheinanderzureden. Aus den anderen Waggons waren die entsetzten Rufe von Fahrgästen zu hören, die ebenfalls bemerkt hatten, was vor sich ging. Der Zug wurde überfallen!
Joe sah Meryl an, und sein ernster Blick bestätigte sie in ihrer Angst. »Bleib dicht bei mir«, sagte er. Sein strenger Tonfall duldete keinen Widerspruch. »Ich passe auf dich auf.«
Es rührte sie, dass er sich um sie sorgte, aber warum tat er so, als könne sie nicht selbst auf sich Acht geben?
Ein Stück den Gang hinunter zog ein rundlicher Mann eine kleinkalibrige Pistole aus seinem Mantel. Er ging ans Fenster und schob es einen Spalt weit auf.
»Seien Sie kein Narr, sie werden uns alle töten«, rief ein weißhaariger Herr.
Der Dicke ignorierte die Warnung und gab einen Schuss ab. Die Antwort war eine Gewehrsalve direkt durch das Fenster. Der Mann stolperte rückwärts, ließ die Waffe fallen und stürzte zu Boden. Sein Gesicht war leichenblass. Überall auf seinem Anzug und auf dem Boden lagen Glassplitter.

Meryl lief zu ihm, half ihm auf und brachte ihn dazu, sich auf einen Stuhl zu setzen.

»Sie Dummkopf! Ich habe Sie doch gewarnt«, sagte der weißhaarige Mann.

»Schluss damit.« Meryl warf ihm einen mahnenden Blick zu. »Es gibt keinen Grund, beleidigend zu werden. Er wird es nicht wieder tun. Nicht wahr, Sir?«

Der rundliche Mann schüttelte stumm den Kopf.

»Wie viele sind es?«, fragte ein anderer Gentleman.

»Keine Ahnung«, erwiderte Joe, der aus dem Fenster spähte und versuchte, draußen etwas zu erkennen. Meryl gefiel es ganz und gar nicht, dass er sich so dicht am Fenster aufhielt. Schließlich hatten die Räuber ja bereits bewiesen, dass sie nicht davor zurückschreckten, von ihren Waffen Gebrauch zu machen.

Die folgenden Minuten kamen allen vor wie eine Ewigkeit. Niemand sagte ein Wort, und alle fragten sich, was gerade in den anderen Waggons geschehen mochte.

Meryl ging zu Joe. »Hör auf, aus dem Fenster zu starren. Du hast doch gesehen, was passiert«, flüsterte sie und zog ihn am Arm.

Er schaute sie überrascht an, verließ aber tatsächlich seinen Beobachtungsposten. »Ich kann sowieso nichts erkennen.«

»Was denkst du – was haben sie vor?«

»Wahrscheinlich sind sie hinter den Postsäcken und den Safes her«, erwiderte Joe.

»Dieser Zug befördert keine Post«, warf der Barkeeper ein und hob den Kopf langsam über den Rand der Theke, hinter die er sich bei der Gewehrsalve geflüchtet hatte. »Dann vielleicht Safes. Mit Wertgegenständen.«

»Auch davon wird es nicht viele geben. Das ist ein reiner Passagierzug.«
»Sie meinen, die Räuber haben sich geirrt?«, fragte Meryl.
Der Barkeeper zuckte mit den Schultern. »Schon möglich.«
»Aber dann ...« Meryls Gedanken überschlugen sich. »Wenn sie nichts finden, werden sie wütend sein und ...«
»... sich die Passagiere vornehmen«, spann Joe ihren Gedanken weiter.
Die Tür am Ende des Waggons wurde aufgerissen. Meryl schlang instinktiv die Arme um ihren Körper. Die beiden Schaffner, die Meryl vor dem Fenster gesehen hatte, kamen hereingestolpert, gefolgt von einem der Räuber.
»Hände hoch. Alle. Sofort.« Der Räuber schwenkte seine Waffe. Dunkle Augen funkelten in einem unrasierten, wettergegerbten Gesicht, das vom harten Leben im Freien gezeichnet war. Der Mann trug schwere, einfache Kleidung und eine abgewetzte Lederjacke. Unruhig trat er von einem Fuß auf den anderen.
Er ist unerfahren, dachte Meryl. Das konnte von Vorteil sein oder ausgesprochen gefährlich.
»Nun mach schon, Petey!« Der Räuber trat beiseite, und ein zweiter Mann tauchte hinter ihm auf – obwohl man diesen Burschen kaum als Mann bezeichnen konnte. Er war kleiner als Meryl und hatte ein jungenhaftes Gesicht. Er konnte kaum älter als sechzehn Jahre sein.
Petey hielt einen Sack auf und machte die Runde bei den Fahrgästen, während sein Komplize alle in Schach hielt. Keiner der anwesenden Herrn zögerte, sich seiner Ringe, Krawattennadel, Manschettenknöpfe und Brieftasche zu

entledigen und alles in den Sack zu werfen. Hektisch und nervös, die Augen ständig auf den Mann mit dem Gewehr gerichtet, befolgten alle die Anweisungen.
Schließlich blieb der Junge auch vor Joe und Meryl stehen. Meryl sträubte sich innerlich, und Zorn verdrängte ihre Furcht. Diese Männer hatten kein Recht, so viele Menschen in Angst und Schrecken zu versetzen und Sachen an sich zu nehmen, die ihnen nicht gehörten. Kein Recht, den Zug nach San Francisco aufzuhalten.
Die Räuber hatten selbstsichere Geschäftsmänner in zitternde Nervenbündel verwandelt und aus Joe einen überfürsorglichen Beschützer gemacht. Er stand dicht neben ihr und sah abwechselnd sie und die Banditen an. Es war offensichtlich, dass er sich mehr um sie sorgte als um sich selbst – er hielt sie also tatsächlich für unfähig, auf sich selbst aufzupassen.
»Jetzt du«, sagte der Anführer und wies mit dem Gewehr auf Joe. Meryl hielt den Atem an, während der jüngere Räuber Joe den Sack entgegenstreckte.
Joe warf dem Anführer einen herausfordernden Blick zu – und gehorchte. Langsam zog er seine Brieftasche aus der Jacke und warf sie in den Sack.
»Die Uhr.«
Joe löste den Verschluss seiner Taschenuhr.
»Auch die Kette.«
Mit zusammengebissenen Zähnen nahm Joe die Uhrenkette aus seiner Weste und ließ sie durch seine Finger in den Sack gleiten. Seine angespannte Miene verriet Meryl, wie demütigend diese Situation für ihn war.
Das steigerte ihre Wut noch mehr. Als die Räuber sich ihr zuwandten, sah sie dem jüngeren der beiden fest in die

Augen. Der blickte nervös weg, und sie erkannte, dass er Angst hatte.

»Du musst das nicht tun«, sagte sie leise zu ihm.

»Halt den Mund. Her mit dem Armband.«

Der ältere Räuber wies mit seinem Gewehr auf das Schmuckstück an ihrem Handgelenk, das Joe ins Gefängnis gebracht hatte.

Meryl wollte es öffnen, hielt jedoch plötzlich inne. »Nein«, sagte sie ruhig.

Joe fasste sie am Ellbogen. »Meryl ...«

Der ältere Räuber runzelte die Stirn. »Was hast du gesagt?«

»Ich sagte *nein.*« Ihre Stimme war fest. »Sie wollen doch nicht allen Ernstes Damen ausrauben?«

Der jüngere Mann warf seinem Komplizen einen unsicheren Blick zu, und Meryl beschlich das dumpfe Gefühl, dass die beiden sich noch nie Gedanken über einen Moralkodex für ihr Leben als Verbrecher gemacht hatten. Der Anführer überlegte, während alle im Waggon den Atem anhielten.

Der Mann starrte auf das Armband, das im Licht der durch die Fenster scheinenden Sonne nur so funkelte. »Sieht aus wie Diamanten.« Sein harter Blick begegnete Meryls. »Her damit!«

Meryl versteckte die Arme hinter dem Rücken. »Mein Vater hat es mir geschenkt. Ich hänge sehr daran und lasse nicht zu, dass Sie es beim Trinken und Kartenspielen verschleudern.«

»Meryl!«, flüsterte Joe äußerst beunruhigt.

Der Anführer grinste sie schief an und schwenkte lässig das Gewehr. »Was du nicht sagst!«

»Gib ihm das Armband, Meryl!«, zischte Joe ihr ins Ohr.
»Ja, gib es mir, Meryl!« Der Räuber stieß mit der Gewehrmündung gegen ihren Arm.
Wütend darüber, dass er es wagte, sie zu berühren, schlug Meryl den Lauf weg. Erst danach wurde ihr klar, in welche Gefahr sie sich begeben hatte. Ein Angstschauer lief ihr über den Rücken. Doch sie war schon zu weit gegangen, um jetzt noch einen Rückzieher machen zu können.
Der Räuber warf ihr einen finsteren Blick zu und packte ihren Arm. »Schluss mit dem Unsinn und her mit dem Armband.«
Meryl riss sich los und spielte ihre Trumpfkarte aus. »Mein Vater ist ein mächtiger Mann. Wenn Sie auf Ihrem Vorgehen beharren und diesen netten Leuten hier ihr Hab und Gut wegnehmen, dann wird man Sie verfolgen und zur Verantwortung ziehen, das garantiere ich Ihnen.«
»Verdammt, Meryl«, zischte Joe, aber sie ignorierte ihn einfach.
Der Räuber fasste Meryls Handgelenk, hob es an und begutachtete das Armband ganz genau. Meryl schüttelte sich innerlich, als seine schwielige Hand mit den dreckverkrusteten Fingernägeln ihre Haut berührte.
Der Bursche stieß einen bewundernden Pfiff aus. »Wer ist denn dein Papi, kleines Fräulein?«
»Mr Richard Carrington.«
Aufgeregtes Gemurmel lief durch den Waggon. Die Augen des Räubers begannen zu leuchten. Er musterte Meryl von Kopf bis Fuß, und sie konnte förmlich hören, wie es in seinem Gehirn arbeitete. »Sieh mal einer an«, sagte er langsam, während um seine rissigen Lippen ein habgieriges Grinsen spielte. »Ich fass es nicht. Hast du

das gehört, Petey? Das Vögelchen stammt aus den besten Kreisen.«
»Wir sollten verschwinden, Cal«, murmelte der jüngere der beiden. »Wir sind schon lange genug hier.«
Cal beachtete ihn nicht. »Die Tochter eines Großindustriellen aus dem Osten. Ich wette, du hast noch viel mehr als dieses kleine Schmuckstück hier«, sagte er und ließ endlich ihr Handgelenk los. Meryl versuchte sofort, die Spuren seiner schmutzigen Finger wegzureiben.
»Wahrscheinlich hast du kistenweise Juwelen.«
»Aber doch nicht *hier«*, widersprach Meryl, die jetzt eine angstvolle Ahnung beschlich.
»Dein Papi liebt seine kleine Tochter sicher sehr ...«, sagte er und schaute Meryl verschlagen an. »Und er würde bestimmt einen guten Preis für sie zahlen.«
Meryl erkannte, dass sie einen verhängnisvollen Fehler begangen hatte. Sie hätte auf Joes Warnungen hören sollen. Ihr wurde ganz schwindelig, während vor ihrem geistigen Auge eine schreckliche Vorstellung nach der anderen ablief. Sie öffnete den Mund, brachte jedoch keinen Ton heraus.
Cal grinste triumphierend. »Petey, wir haben doch noch einen fetten Fang gemacht.«
»Nein, Cal, tu das nicht«, sagte der Junge mit angsterfüllten Augen.
Doch da packte Cal Meryl bereits mit eisernem Griff am Arm. »Du kommst mit uns.«

13. Kapitel

»*Nein.* Das wird sie nicht.«

Die Worte drangen wie von selbst über Joes Lippen. Er folgte seinem Beschützerinstinkt, griff Meryls anderen Arm und hielt sie fest.

Cal hob das Gewehr und drückte die Mündung gegen Joes Brust. »Lass sie los. Eine falsche Bewegung, und du bist tot.«

»Ich gehe mit Ihnen«, entfuhr es Meryl. Sie machte einen kleinen Schritt von Joe weg. »Aber bitte verletzen Sie niemanden.«

»Kluges Mädchen.« Der Räuber musterte Joe scharf. »Schicke Klamotten. Gehört die Kleine zu dir, Pomadenheini?«

»Ja. Nein. Ja, sie gehört zu mir«, stammelte Joe und ärgerte sich über seinen Mangel an Souveränität. Natürlich gehörten er und Meryl zusammen – und er würde alles tun, um sie zu beschützen. Die dumme Wette und sämtliche Abmachungen zwischen ihnen waren bedeutungslos angesichts der Gefahr, in der Meryl nun schwebte.

Dazu hätte es nicht kommen dürfen, schoss es Joe durch den Kopf, obwohl er gar keinen Einfluss darauf gehabt hatte. Aber er fühlte sich entsetzlich hilflos.

Der Räuber starrte ihn noch immer mit rotgeränderten Augen an. Sein übel riechender Atem schlug Joe entgegen, als er ihm zuzischte: »Du überbringst ihrem Papi eine Nachricht von uns, verstanden? Wenn er seine

Tochter lebend wiedersehen will, dann muss er 10.000 Dollar …«

»10.000!«, platzte Petey heraus, und seinem Gesicht war der Schrecken anzusehen.

»Sagen wir lieber 50.000. 50.000 Dollar – und sein kleines Mädchen wird nicht erschossen.« Cals Hand wanderte über Meryls Rücken und griff schließlich in ihr goldblondes Haar.

Als Joe sah, dass der Räuber Meryl anfasste, gingen die Pferde mit ihm durch. Er trat einen Schritt vor, unbeirrt von der auf ihn gerichteten Waffe.

»Zurück, Pomadenheini!«, warnte Cal und drückte die Mündung noch fester gegen Joes Brust.

Meryl warf Joe einen flehenden Blick zu, und er zwang sich, stillzuhalten.

Cal fuhr fort: »Hör genau zu: Das Geld soll im Red Dog Saloon in Virginia City hinterlegt werden. Ihr habt drei Tage Zeit. Wenn das Geld bis dahin da ist, kriegt ihr sie wieder.« Er zog Meryl am Arm. »Und zwar gesund und munter.«

»Wenn ihr auch nur ein Haar gekrümmt wird …«, stieß Joe hervor. Sein Herz raste vor Angst um Meryl.

»Aber nicht doch, Pomadenheini, keine Sorge«, erklärte Cal in herablassendem Tonfall. »Wir werden sie schon nicht *beschädigen.* Es sei denn, sie zwingt uns dazu.«

Diese vage Versicherung trug nicht gerade zu Joes Beruhigung bei. »Was soll das heißen?«

»Sie muss ein braves kleines Mädchen sein.« Der Räuber grinste selbstgefällig. »Und tun, was wir sagen.«

»Ihr bekommt keinen Cent, wenn ihr etwas zuleide getan wird. Habt ihr mich verstanden?«, sagte Joe gepresst und

ballte die Fäuste. »Und ich werde euch erbarmungslos verfolgen – bis ans Ende der Welt.«
Seine Drohung schien ihre Wirkung zu tun, denn Cal erklärte: »Wir wollen nur das Geld, sonst nichts. Vergnügen können wir uns auch in Virginia City.« Er zog einen Strick aus seinem Gürtel und reichte ihn seinem Komplizen. »Fessle ihr die Hände.«
Obwohl Meryl immer noch Entschlossenheit ausstrahlte, wirkten ihre Lippen bleich und ihre Augen vor Angst riesengroß. In Joe rumorte es. Wie hatte es nur so weit kommen können? Es verlangte ihn danach, sie an sich zu ziehen und wegzubringen, fort von dieser Gefahr und den unberechenbaren Banditen.
Meryl suchte Joes Blick. Ein Funke von Trotz blitzte in ihren Augen. Sie schüttelte kaum wahrnehmbar den Kopf, und ihre zitternden Lippen formten die Worte: »Sag Vater nichts.«
Das konnte unmöglich ihr Ernst sein! Joe runzelte die Stirn. »Dein Vater wird es überstehen«, beruhigte er sie. Trotzdem, besser *er* fand schon vorher eine Möglichkeit, sie zu retten.
»Nein«, flüsterte Meryl und schüttelte noch einmal den Kopf. Langsam dämmerte es Joe. Sie befürchtete, dass ihr Vater sie nach dieser Sache nie wieder einen Schritt allein tun lassen würde. Dann müsste sie ihre Hoffnung auf Unabhängigkeit ein für alle Mal begraben.
»Ich kann nicht«, stieß Joe gequält hervor. Er konnte ihr nicht versprechen, dass er sich nicht an ihren Vater wenden würde – schließlich stand ihr Leben auf dem Spiel.
Bevor Joe noch etwas sagen konnte, stieß Cal ihn zurück und zwang ihn, zu den anderen Fahrgästen an die Bar zu

gehen. Hilflos musste Joe mit ansehen, wie Petey Meryls Hände fesselte. *Und wenn ich mich mit einem Satz auf Cal stürze, während Petey beschäftigt ist …*

Anscheinend spürte Cal, dass Joe ihm gefährlich werden könnte, denn er richtete seine Waffe ganz gezielt auf ihn und sagte grimmig: »Denk nicht einmal drüber nach.«

»Fertig, Cal«, vermeldete Petey.

Cal zog sich zurück, das Gewehr immer noch auf Joe gerichtet und Meryl vor sich her schubsend. Meryl ging dermaßen schleppend, dass Cal sie sich schließlich wie einen Sack Mehl über die Schulter warf.

Joe nutzte die Gelegenheit und stürzte auf den Räuber zu. Doch es war zu spät. Cal wirbelte herum, ohne Meryl dabei fallen zu lassen, und feuerte. Joe warf sich zu Boden. Der Schuss pfiff haarscharf an seinem Ohr vorbei.

Als Joe wieder aufblickte, war Meryl verschwunden.

Am ganzen Körper zitternd rappelte er sich hoch. Ein paar der anderen Fahrgäste halfen ihm, wieder auf die Beine zu kommen.

»Sie verschwinden in einem Gebüsch«, sagte der rundliche Mann vom Fenster aus. »Wahrscheinlich haben sie da ihre Pferde versteckt. Üble Geschichte, wirklich übel.«

Der weißhaarige Mann geleitete Joe zu seinem Platz. Starr vor Schock saß Joe einfach nur da, während die anderen Passagiere ihn umringten und über den Vorfall sprachen. Schließlich kehrte das Zugpersonal auf seine Posten zurück. Es dauerte nicht lange, und die Lokomotive nahm Fahrt auf.

Wieder und wieder musste Joe an den letzten Blick denken, den Meryl ihm zugeworfen hatte. Er hatte den stummen Vorwurf darin gesehen, und Wut über seinen Verrat. Offenbar glaubte sie, dass er sie immer noch ausbooten wollte. Sie glaubte tatsächlich, ihm wäre die Wette wichtiger als ihre Sicherheit. In hilflosem Zorn ballte Joe die Fäuste.

Meryl klammerte sich an Peteys Jacke, während der sein Pferd ein steiniges Gefälle hinab in ein ausgetrocknetes Flussbett führte. Der holperige Ritt erschöpfte Meryl, außerdem war sie von der beißenden Kälte völlig durchgefroren. Die Räuber hatten ihr nicht einmal Gelegenheit gegeben, ihren Mantel anzuziehen, bevor sie mit ihr den Zug verließen. Trotz des strahlenden Sonnenscheins betrug die Temperatur höchstens sieben Grad.

Nach etwa einer halben Stunde hatte Petey Mitleid mit Meryl bekommen und ihr eine verschlissene Indianerdecke um die Schultern gelegt. Die Decke roch nach Pferd, aber Meryl beklagte sich nicht.

Wenn sie nicht wie ein Truthahnbraten verschnürt gewesen wäre, hätte sie vielleicht darüber nachgedacht, wie sie fliehen könnte. Aber sie war nicht nur an den Handgelenken gefesselt – dieser Cal hatte zudem noch einen Strick um ihre Taille und Peteys Bauch geschlungen. Nun, wenigstens hatten die beiden sie nicht bäuchlings auf das Pferd gebunden.

Hier draußen würde sie wahrscheinlich ohnehin erfrieren, bevor sie jemand fand, der ihr helfen könnte – trotz der Decke. Nie zuvor hatte Meryl ein so dünn besiedeltes Fleckchen Erde gesehen. Sie war zwar oft mit ihrer Familie nach Europa gereist, nach Südflorida und in andere Großstädte an der Ostküste. Die ausgedorrten, trostlosen

Wüstengebiete im Westen waren für sie jedoch eine gänzlich neue Erfahrung.
Als die Räuber endlich vor einer heruntergekommenen, an einem Hang gelegenen Hütte hielten, stand die Sonne hoch am Himmel. Es musste schon fast Mittag sein. Vor der Tür befand sich eine rostige Pumpe, aus der Wasser in einen Blecheimer tropfte. Neben der Hütte war ein Bretterverschlag mit einem Heuballen für die Pferde.
Petey blieb im Sattel sitzen, während Cal absaß und zu ihnen kam, um die Fesseln zu lösen. Meryl zuckte zusammen, als Cal ihre Taille berührte. Sie betete im Stillen, dass sie in seinen Augen nichts anderes war als eine Ware, die er mit möglichst viel Profit verkaufen wollte. Vielleicht hatten Joes Worte ihn ja ein wenig eingeschüchtert.
Und wenn Cal plötzlich zu der Überzeugung gelänge, der ganze Aufwand sei nicht der Mühe wert? Er könnte sie erschießen und ihre Leiche in irgendeiner einsamen Schlucht verschwinden lassen. Man würde sie erst nach Monaten finden, vielleicht auch niemals.
Als Meryls Füße den Boden berührten, geriet sie ins Stolpern. Zum Glück fing sie sich rasch. In Anwesenheit dieser Kerle wollte sie sich kein Anzeichen von Schwäche geben. Dennoch fühlte sich Petey offenbar bemüßigt, sie am Ellbogen zu fassen und in die Hütte zu geleiten – eine Geste, die eher zu einem Gentleman passte als zu einem Entführer. Tatsächlich ging er beinahe respektvoll mit ihr um, und das brachte Meryl auf eine Idee. Vielleicht konnte sie sich seine Höflichkeit noch zunutze machen.
In der Hütte fesselte Cal sie erneut. Dieses Mal band er sie auf einem wackeligen Holzstuhl fest. Von Petey war wäh-

renddessen nichts zu sehen, er kümmerte sich wahrscheinlich um die Pferde. Nach einer Weile kehrte er mit dem Beutesack zurück.

Cal riss ihm den Sack aus der Hand, drehte ihn um und schüttete den Inhalt auf den Boden. Feiner Staub wurde aufgewirbelt, und Meryl musste niesen. Ein Dutzend Herrenbrieftaschen, einige Schmuckstücke, ein Sortiment an Manschettenknöpfen und mit Klammern zusammengehaltene Geldscheine lagen vor ihr.

Cal hockte sich hin und wühlte mit den Händen darin herum. »Kein schlechter Fang.«

»Das reicht uns doch, nicht wahr, Cal?«, fragte Petey besorgt. »Ich will das nicht noch einmal tun müssen.«

»Es sollte reichen.« Cal begann, die Geldscheine aus den Brieftaschen zu ziehen und zu zählen. »Zum Teufel mit der Comstock Lode! Das hier war ein Klacks. Hätten wir schon vor Jahren machen sollen, statt für einen Hungerlohn im Dreck zu buddeln.«

»Du hast gesagt *ein Mal.* Dass wir es danach nie ...«

»Es war so verdammt *leicht.«* Cal ignorierte den ängstlichen Einwurf seines Komplizen. Staunend betrachtete er die Beute. Dann wies er mit dem Daumen auf Meryl. »Und sie ist unser Hauptgewinn.«

»Wir hätten stattdessen die Leute in den anderen Waggons ausrauben können«, fuhr Petey mit besorgtem Gesichtsausdruck fort. »Das wäre sicherer gewesen, und dann würden sie nicht nach uns suchen. Aber jetzt haben wir *sie* ...«

»Sie ist mehr wert als die paar Dollar, die wir bei den anderen erbeutet hätten«, erklärte Cal.

»Ja, schon, aber jetzt werden sie hinter uns her sein.« Petey

warf Meryl einen beunruhigten Blick zu. Offenbar hatte er Angst, der Sheriff würde jeden Moment die Tür der Hütte eintreten. »Sie werden uns suchen und …«
»Und vor Gericht stellen und hängen«, ergänzte Meryl. Ihre nüchterne Bemerkung erschreckte die beiden Männer. Das Blut wich aus Peteys Gesicht, während Cal vor Wut rot anlief.
»Halt den Mund.« Cal sprang auf die Füße und baute sich mit finsterem Blick vor Meryl auf. »Du sagst kein Wort mehr, kapiert? Du hast hier nichts zu melden.« Er wandte sich Petey zu. »Das gilt auch für dich. Halt die Klappe und tu, was ich dir sage. Ich weiß genau, was ich mache. Sieh zu, dass du ein Feuer in Gang kriegst. Ich frier mir hier die Eier ab.«
Petey legte die goldene Uhrkette weg, die er in der Hand gehalten hatte, und ging zu dem bauchigen Ofen an der Rückwand der Hütte. Anscheinend war er für die Hausarbeit zuständig.
Meryl beobachtete die beiden Männer genau und überlegte, wie sehr sie Cal wohl reizen konnte, ohne zu weit zu gehen. Ihr eigentliches Ziel war Petey, der Schwächere von beiden, der nur die Befehle ausführte. Vielleicht, wenn Cal sie mit Petey allein ließe …
Leider schien es Cal zu gefallen, auf dem Boden zu hocken und die Beute zu begutachten. Meryl sah sich ratlos um und versuchte, darüber nachzudenken, was mit ihr passiert war – und was sie unternehmen konnte.
Die Bedingungen, unter denen Cal und Petey lebten, führten ihr vor Augen, wie privilegiert ihr eigenes Leben war. Aus dem, was die Männer gesagt hatten, schloss sie, dass die beiden Minenarbeiter in der Comstock Lode

gewesen waren. Vielleicht waren sie entlassen worden, weil die Silber- und Goldadern der Mine langsam versiegten.

Die Hütte aus groben Holzbrettern war eine armselige Behausung. Meryl hatte noch nie zuvor etwas derart Primitives gesehen. Durch die gesprungene Scheibe des einzigen Fensters sah man hinaus in die Ödnis. Außer dem Stuhl, auf dem sie festgebunden war, gab es nur noch einen weiteren. Eine unbearbeitete Holzplatte auf zwei Böcken diente als Tisch. Die Betten bestanden aus Decken, die auf dem Boden lagen. In einer Ecke waren ein paar Konservendosen sowie Beutel aus Sackleinen aufgestapelt, wahrscheinlich die einzigen Vorräte.

Diese Männer hatten Hunger, sie froren und fristeten ein erbärmliches Dasein. Sie hatten wenig Hoffnung, Arbeit zu finden, und noch weniger Geduld. Kurz gesagt: Sie waren verzweifelt. Und verzweifelte Menschen sind zu schrecklichen Dingen fähig.

Meryl wickelte sich fester in die mottenzerfressene Decke und unterdrückte ein Zittern. Diesmal zitterte sie nicht vor Kälte, sondern aus Angst.

»Ich muss dringend ein Telegramm nach New York City schicken.« Joe stand am Fahrkartenschalter im Bahnhof von Reno, die Fäuste auf die Theke gestützt.

Auf der anderen Seite des Gitters holte der Angestellte ein Formular heraus, nahm eine Feder und tauchte sie in das Tintenfass. »An wen bitte?«

»Mr Richard Carrington, 675 Fifth Avenue.«

»Von?«

Joe nannte dem Mann alle nötigen Informationen. Dann

wartete der Angestellte darauf, dass Joe ihm den Text diktierte.
Joe zögerte. Wie sollte er eine derart erschütternde Nachricht formulieren? Aber ihm fiel nichts ein, womit er den Schrecken mildern könnte. Der Gedanke, dass er seinem Mentor das Herz brechen würde, war unerträglich. Und erst Mrs Carrington – sie würde den Verstand verlieren, weil sie so weit weg war und nichts unternehmen konnte. Als jüngstes Kind war Meryl stets verhätschelt worden, beschützt von einer großen, fürsorglichen Familie – einschließlich ihm.
Bis jetzt.
Wie auch immer er die entsetzliche Nachricht formulierte, sie würde die Welt dieser Menschen aus den Angeln heben. Aber ihm blieb keine Wahl. Sobald der Zug Reno erreicht hatte, war natürlich als Erstes der Sheriff alarmiert worden. Aber ohne jegliche Anhaltspunkte würde es länger als drei Tage dauern, Meryl zu finden. Joe musste sicherheitshalber die Geldmittel beschaffen, um Meryl freikaufen zu können. Mr Carrington konnte das Geld ohne Probleme sofort anweisen – selbst eine so große Summe.
»Sir? Da sind noch andere Kunden …« Der Angestellte blickte über Joes Schulter hinweg auf die Schlange, die sich hinter ihm gebildet hatte. Mindestens sechs Leute standen mittlerweile dort, um Fahrkarten zu kaufen, Pakete zu verschicken oder ebenfalls ein Telegramm aufzugeben.
Joe räusperte sich und wappnete sich innerlich dafür, die schreckliche Mitteilung in Worte zu fassen. »Schreiben Sie wie folgt: Meryl von Zugräubern entführt. Stopp.

Schicken Sie bis Mittwoch 50.000 Dollar an das Büro der Western Union, Virginia City, Nevada. Stopp. Ernste Gefahr, müssen Folge leisten. Stopp.«

Der Beamte blickte von seinem Blatt auf und starrte Joe mit großen Augen an. »Ich habe davon gehört«, murmelte er. »Eine Frau am helllichten Tag aus einem Zug zu entführen … Die Damen in dieser Gegend haben jetzt Angst zu reisen.«

Joes Magen zog sich zusammen, und ihm wurde ganz übel vor Angst. Meryl, die kleine Meryl, war nicht mehr da. »Bitte verzeihen Sie mir«, fügte er flüsternd hinzu.

Der Schalterbeamte zögerte. »Soll ich das noch ergänzen?«, fragte er, und sein Tonfall war jetzt wesentlich verständnisvoller.

Joe rieb sich über die Augen. »Ja, bitte.«

»Der Sheriff hat bereits die Verfolgung aufgenommen«, sagte der Angestellte. »Ich habe heute Morgen einen Suchtrupp wegreiten sehen.«

»Aber wenn man sie nicht rechtzeitig findet, brauche ich …« Joe versagte die Stimme. Sobald Mr Carrington von der Sache erfuhr, wäre nichts mehr wie zuvor. Selbst wenn Meryl unbeschadet zurückkehrte, würde sie Joe niemals verzeihen, dass er ihren Vater alarmiert hatte. Ihr Vater würde sofort herkommen, Meryl mit nach New York nehmen und sie nie wieder aus den Augen lassen. Vorausgesetzt, Meryl kehrte lebend zurück. Vorausgesetzt, er, Joe Hammond, hatte gegenüber ihr und ihrer Familie nicht völlig versagt.

Der Gedanke schnürte ihm die Kehle zu und trieb ihm die Tränen in die Augen. Rasch blinzelte er sie fort. Er musste einen klaren Kopf behalten und schnell und überlegt handeln. Das Wettrennen, das er und Meryl veranstaltet hatten, war nichts im Vergleich zu dem Zeitdruck, unter dem er nun stand.

Der Schalterbeamte nickte. »Ich schicke das Telegramm sofort los.« Er nahm das Formular und wollte sich dem Telegrafen zuwenden.

»Nein.« Joe riss ihm das Blatt aus der Hand. Mit etwas Glück würde er ihren Vater aus der Sache raushalten können und Meryls Familie nicht derartigen Höllenqualen aussetzen müssen. Es gab noch eine Möglichkeit, auch wenn diese ihn praktisch mittellos machte. »Ich möchte ein Telegramm an meine Bank in New York schicken.«

14. Kapitel

Meryl betrachtete den bauchigen Ofen, den ein rötlicher Schein umgab. In den stillen, eisig kalten frühen Morgenstunden war er die einzige Lichtquelle in der Hütte.

Mit gefesselten Händen zog sie die Indianerdecke fester um sich. Ihre beiden Entführer schliefen auf dem Boden. Cals Pistole lag griffbereit neben ihm. Er hatte gedroht zu schießen, falls Meryl zu fliehen versuchte.

Die Rückenlehne des Stuhls drückte schmerzhaft gegen ihre Schulterblätter. Zu Meryls Bestürzung hatten die Männer beschlossen, sie auch über Nacht auf dem Stuhl festzubinden, damit beide schlafen konnten. Nun war ihre Taille mit einem Strick an die Lehne gefesselt, und ihre Hände lagen gefesselt auf ihrem Schoß. Immer wieder hatte sie an den Fesseln gezerrt und erfolglos versucht, sie zu lockern.

Als sich die Nacht über die ärmliche Behausung gesenkt hatte, war Meryl zunehmend ängstlich geworden. Mitten in der Wildnis Nevadas war sie allein mit zwei fremden, unberechenbaren Männern. Sie versuchte möglichst wenig über ihre Situation nachzudenken, damit sie der Mut nicht ganz verließ.

Stattdessen starrte sie auf die glimmenden Reste des Feuers und dachte an Joe.

Was tat er wohl gerade? Bestimmt schlief er irgendwo in Virginia City in einem Hotelzimmer. Sie zweifelte nicht daran, dass er dort auf sie wartete. Gewiss hatte er ihr Flehen ignoriert und ihrem Vater wegen des Lösegeldes telegrafiert.

Sie war nicht so dumm, seine Sorgen irgendwelchen romantischen Gefühlen für sie zuzuschreiben. Joe besaß einfach zu viel Anstand, um sie im Stich zu lassen. *Außerdem bin ich ihm nicht völlig gleichgültig, auch wenn er mich nicht liebt.* Das hatte sie in seinen Augen gesehen. Als die beiden Räuber sie wegschleppten, hatte er sich nur mit Mühe beherrschen können.

Und seine Küsse … Wie hatte sie seine Küsse genossen! Allein bei dem Gedanken bekam Meryl Herzklopfen.

Sie rief sich den Tag ins Gedächtnis, an dem sie sich zum ersten Mal vorgestellt hatte, Joe zu küssen. Das schien unglaublich lange her zu sein. Es war am ersten Weihnachtstag gewesen, und Joe hatte einen Gast mit ins Haus der Carringtons gebracht.

Miss Angelina Beaudace. Eine rothaarige Debütantin aus Boston, die in New York Freunde – und Joe – besuchte. Miss Beaudace war in Radcliffe eingeschrieben, während Joe im ersten Jahr am Massachusetts Institute of Technology studierte. Meryl war damals fünfzehn Jahre alt, und man hatte ihr erlaubt, sich zum ersten Mal wie eine Erwachsene zu kleiden.

Leider füllte ihr mädchenhafter Körper das Kleid überhaupt nicht aus. Sie sei eben ein Spätentwickler, hatte ihre Mutter ihr tröstend versichert. Allerdings konnte selbst sie den Unterschied zwischen Meryl und Miss Beaudace nicht übersehen.

Miss Beaudace war kultiviert, weltgewandt und von der Natur äußerst üppig ausgestattet worden. Joe platzte fast

vor Stolz, als er sie ihnen vorstellte. Während die Carringtons als neureich zu bezeichnen waren – und reich waren sie in der Tat –, gehörte Miss Beaudace zum alten Geldadel. Ihr Familienname verschaffte ihr Zutritt zu den höchsten Kreisen der New Yorker und Bostoner Gesellschaft.
Warum das Joe wichtig sein sollte, wusste Meryl jedoch nicht. Er hatte schon immer zu *ihren* Kreisen gehört, und die waren gewiss nicht zu verachten. Zu ihren Gästen gehörten schließlich die Astors und die Vanderbilts! Aber vielleicht war es ja Miss Beaudace selbst, die ihn anzog.
Sie hatten Joe und Miss Beaudace in den Salon gebeten. Während ihr Vater mit Joe über dessen Studium und Zukunftspläne sprach, hatte Joe nicht ein einziges Mal in Meryls Richtung gesehen. Meryl traf das tiefer, als sie jemals zugegeben hätte. Sie konnte sich ihre Gefühle nicht erklären – und willkommen waren sie ihr erst recht nicht.
All die Beleidigungen, die sie Joe gern entgegengeschleudert hätte, saßen ihr wie ein Kloß im Hals. Trotz seiner schlaksigen Jungenhaftigkeit verhielt sich Joe auf einmal wie ein Erwachsener. Er trug einen dreiteiligen Anzug, schüttelte ihrem Vater zur Begrüßung die Hand und fragte seine hübsche Begleiterin, ob sie Zucker in den Tee nahm. Meryl saß still in einer Ecke des Raumes und kam sich ungeachtet ihrer damenhaften Kleidung vor wie ein kleines Mädchen. Und zum ersten Mal in ihrem Leben schien sie sogar ihre Schlagfertigkeit verloren zu haben. Ihr fiel einfach überhaupt nichts ein, was sie zu der unglaublich langweiligen Konversation hätte beitragen können.
Nach einer Weile zog sie sich in das Musikzimmer im

zweiten Stock zurück. Ohne auf ihr elegantes Kleid zu achten, kauerte sie sich dort auf die Fensterbank, zog die Knie an und kämpfte gegen die sonderbare Unruhe in ihrem Innern.

»He da, Plagegeist!«

Joe hatte sie völlig überrascht. Meryl sprang mit einem Satz von der Fensterbank, während ein merkwürdiges Kribbeln durch ihren Körper lief. »Joe! Was … ich dachte, du wärst längst gegangen.«

»Falls das eine Art Rauswurf ist – keine Sorge. Wir wollen gerade gehen. Miss Beaudace möchte noch eine ihrer Cousinen besuchen.«

Miss Beaudaces Cousine war Meryl herzlich egal. »Na dann – auf Wiedersehen«, sagte sie und wandte sich wieder dem Fenster zu.

»Musst du immer so kratzbürstig sein?«

Sie zeigte ihm weiterhin den Rücken und zuckte mit den Schultern. »Ich denke nicht, dass ich kratzbürstig bin. Ich bin einfach nur ehrlich.«

»Ehrlich bezüglich der Tatsache, dass du mich nicht hier haben willst? Ich sagte dir bereits, dass wir uns jeden Moment verabschieden. Aber ich habe etwas für dich, das dir vielleicht gefällt.«

Vorsichtig drehte sich Meryl um. »Was denn?«

Joe hielt eine kleine weiße Schachtel mit einer Schleife darum in der Hand. »Ein Geschenk. Zu Weihnachten.« Er ging auf sie zu und streckte ihr die Schachtel entgegen.

Entzückt und gleichzeitig erschrocken starrte Meryl auf das Päckchen. Joe und sie hatten einander noch nie Geschenke gemacht. »Du … das ist für mich?« Zaghaft griff sie nach der Schachtel.

»Sagte ich doch.«
Sie blickte verwirrt zu ihm hoch. »Ist das dein Ernst? Ich kann mir gar nicht vorstellen, warum …«
Ein Ausdruck von Verärgerung erschien in Joes Gesicht. »Ich kann es ja wieder mitnehmen.« Er griff nach der Schachtel, doch Meryl presste sie rasch an ihre flache Brust.
Joe ließ die Hand sinken, während Meryl die Schachtel misstrauisch in Augenschein nahm. Sie schüttelte sie, konnte jedoch nichts hören.
»Willst du es nicht aufmachen?«, fragte Joe ungeduldig. »Ich habe nicht den ganzen Tag Zeit.«
»Es ist ein Stück Kohle, oder? Eingewickelt in ein Taschentuch, damit es nicht klappert. Oder eine tote Spinne. Oder vielleicht …«
Joe nahm ihre Hände und drückte sie fest um das Päckchen. »Meryl, sieh mich an.«
Zögernd hob sie den Kopf und sah zu ihm auf.
»Dieses Mal ist es kein Streich. Öffne es einfach.«
Vorsichtig löste Meryl die Schleife, während sie nervös von einem Fuß auf den anderen trat. Sie ließ das Band zu Boden gleiten und hob langsam – sehr langsam, für den Fall, dass ihr eine Schlange entgegenspringen würde – den Deckel.
Im Innern der Schachtel glänzte etwas. Meryl starrte überrascht auf einen zierlichen, goldenen Anhänger. »Ich verstehe immer noch nicht, warum …«
Joe zuckte mit den Schultern und wirkte leicht verlegen. »Es hat mich irgendwie an dich erinnert. Oder an dein Haar, oder was auch immer.« Er zog die Halskette aus der Schachtel und hielt sie hoch. »Wenn du magst, lege ich sie dir an.«

Meryl brachte keinen Ton heraus. Sie drehte Joe den Rücken zu und sah, wie der Anhänger vor ihr in der Luft baumelte. Dann spürte sie Joes warme Hände in ihrem Nacken, und ein wohliger Schauer lief ihr über den Rücken.

Begeistert betastete sie den Anhänger, eine kleine, in Gold gefasste Perle. Es war das Geschenk eines Erwachsenen und ihr erstes Geschenk von einem Mann. Dass ausgerechnet Joe ihr ein derart kostbares Geschenk machte! Meryl wusste nicht recht, was sie davon halten sollte. Ihr war bekannt, dass ein Herr einer Dame Geschenke machte, wenn er um sie warb. Warb Joe etwa gerade um sie? Liebte er sie heimlich? Wie sollte sie sich jetzt ihm gegenüber benehmen? Was, wenn er versuchte, sie zu küssen?

»Vielen Dank«, murmelte sie und genoss es, dass seine Hände für den Bruchteil einer Sekunde auf ihren Schultern lagen.

»Joseph, ich habe dich schon überall gesucht! Ich habe keine Lust mehr, deine Freunde allein zu unterhalten.«

Eine aufdringliche Frauenstimme brach den Bann. Meryl fuhr herum und sah Miss Angelina Beaudace im Türrahmen stehen.

»Ich hoffe, ich *störe* nicht«, sagte Miss Beaudace mit einer gehörigen Portion Ironie und verzog den Mund, als sei die ganze Situation ausgesprochen lächerlich.

»Nein, wir können gehen«, erwiderte Joe leichthin. Er gab Meryl einen brüderlichen Klaps auf die Schulter. »Warum zeigst du den Anhänger nicht deiner Mutter und deinen Schwestern? Ich wette, sie werden beeindruckt sein.«

Er zwinkerte ihr noch einmal zu, bevor er seiner Begleite-

rin zur Tür hinaus folgte. Meryl hörte noch, wie sich Miss Beaudace beschwerte: »Warum verschwendest du deine Zeit mit ihr? Sie ist doch nur ein kleines Mädchen.«
»Dann gibt es ja auch keinen Grund, eifersüchtig zu sein, oder?«, konterte Joe.
Meryl wurde schwer ums Herz. *Kein Grund, eifersüchtig zu sein.* Nicht auf sie. Sie war schließlich erst fünfzehn, und Joe hatte ihr das Geschenk wahrscheinlich nur aus einer Laune heraus gemacht. Vielleicht wollte er auch ihre Familie damit beeindrucken.
Meryl ließ sich wieder auf die Fensterbank sinken. Sie kam sich auf einmal klein und bedeutungslos vor. Joes Geschenk lag kalt um ihren Hals. Warum hatte er sich überhaupt die Mühe gemacht? Für ihn war sie doch nur ein törichtes kleines Mädchen. Joe Hammond würde nie etwas anderes in ihr sehen als einen Plagegeist.

Es war Abend geworden in Virginia City. Den ganzen Tag lang hatte sich Joe in Saloons und Spielhöllen herumgetrieben, um jemanden zu finden, der einen Cal oder einen Petey kannte, auf den die Beschreibung eines der beiden Männer aus dem Zug passte. Joe hatte lediglich in Erfahrung gebracht, dass die zwei Entführer ehemalige Minenarbeiter der Comstock Lode waren.
Und dann hatte ein Barkeeper ihm erzählt, er habe Cal gesehen – vor der Tür eines Bordells.
Joes erster Besuch nach seiner Ankunft in der Stadt hatte dem Sheriff gegolten. Dieser war bereits durch den Sheriff von Reno informiert worden und erklärte sich bereit, einen Hilfssheriff loszuschicken, der sich in der Gegend umsah – aber erst nach Tagesanbruch. Außerdem hielt er

eine Suchaktion für sinnlos, solange keine genaueren Angaben über den Aufenthaltsort der Banditen vorlagen. Das Gebiet sei einfach zu groß und das Wetter zu schlecht.

Joe ließ nicht locker. Der Sheriff versprach, seine Hilfssheriffs in Alarmbereitschaft zu versetzen. Sie sollten auf alles achten, was auch nur im Geringsten verdächtig war. Er versicherte Joe, dass die Banditen spätestens dann geschnappt werden würden, wenn sie in die Stadt kamen, um sich das Lösegeld zu holen.

Aber dieser Plan konnte Joe nicht überzeugen. Was, wenn die Entführer Meryl dabeihätten und sich nicht ergeben wollten? Es würde zu einer Schießerei kommen, bei der Meryl womöglich getroffen wurde.

Außerdem bedeutete das, Meryl drei volle Tage lang in der Gewalt dieser skrupellosen Schurken zu lassen. Das war schlichtweg inakzeptabel.

Wenn er doch bloß mehr über die beiden Entführer in Erfahrung bringen könnte! Aber das Bordell war immerhin ein Anfang.

Joe stieß die Tür des Etablissements auf und hatte das Gefühl, in eine andere Welt einzutauchen. Eine grelle, rotgoldene Tapete zierte die Wände der Empfangshalle, von der aus er in den Salon sehen konnte. Dort stand ein halbes Dutzend Sofas und Chaiselonguen mit den unterschiedlichsten Farben und Bezügen – von tiefrotem Leder bis hin zu meergrünem Samt. Auf ihnen räkelten sich einige Damen, die auf Kundschaft warteten.

Joe klopfte sich den Schnee vom Mantel und trat die schlammigen Stiefel auf der Fußmatte direkt am Eingang ab.

»Du meine Güte – ein Mann, der weiß, wozu eine Fußmatte da ist! Sie sehen aber mächtig durchgefroren aus. Keine Sorge, wir werden Sie schon wieder aufwärmen!«
Joe löste seinen Blick von dem ausgeblichenen Muster des Teppichs und sah auf. Er hatte eine nicht mehr ganz junge Liebesdienerin vor sich, deren üppige Brüste aus dem Dekolletee ihres silberfarbenen Kleides quollen. Sie hakte sich bei ihm ein und zog ihn mit sich in den Salon.
»Ich weiß das zu würdigen, Madam«, entgegnete Joe. Er vermutete, dass sie die Bordellwirtin war. Ihr von grauen Strähnen durchzogenes Haar, die korpulente Figur und das verhärmte Gesicht zeugten von einem harten Leben.
»Sie sind nicht von hier, das höre ich am Akzent«, sagte sie im Plauderton.
»Ja, das stimmt.«
»Ich kann Ihnen Abby anbieten. Oder Georgina, meine Negerin, wenn Sie etwas Exotischeres bevorzugen.« Sie wies erst auf eine spindeldürre Brünette und dann auf eine Frau mit schwarzer Hautfarbe. Beide rauchten gelangweilt Zigarillos.
»Ich möchte mit dem Eigentümer sprechen.«
Die Wirtin ließ seinen Arm los und trat einen Schritt zurück, die Augen misstrauisch zusammengekniffen. »Sind Sie von der Polizei? Wir haben hier nie Ärger mit dem Gesetz. Man lässt uns in Ruhe.«
Joe schüttelte den Kopf. »Nein. Es geht um eine persönliche Angelegenheit.«
Die Wirtin entspannte sich ein wenig. Nachdem sie einen Moment lang überlegt hatte, nickte sie. »Gut, kommen

Sie mit.« Sie führte Joe in ein kleines Büro, schloss die Tür und nahm hinter einem Schreibtisch Platz. »Schießen Sie los, ich habe nicht die ganze Nacht Zeit.«

Joe setzte sich auf den Stuhl ihr gegenüber. »Ich benötige Informationen über einen Ihrer Kunden. Er hat heute Morgen einen Zug überfallen, zusammen mit einem anderen Mann.«

Die Frau runzelte die Stirn. »Wenn ich anfange, über meine Kunden zu reden, kann ich meinen Laden gleich dichtmachen.«

»Das dachte ich mir schon.« Enttäuschung schnürte Joe die Kehle zu. Das Letzte, was er in diesem Moment brauchte, war eine Bordellwirtin, die ihm mit Moral kam. Aber es ließ sich leicht feststellen, wie ernst es ihr damit war.

Joe zog ein Bündel Banknoten aus der Jackentasche. Wie gehofft leuchteten die Augen der Frau habgierig auf.

Joe blätterte durch die Scheine wie durch ein Kartenspiel. »Sein Name lautet Cal. Er hat in der Comstock Lode gearbeitet. Ein gemeiner Mistkerl mit braunem Haar und Silberblick. Sieht aus wie dreißig, ist aber wahrscheinlich nicht älter als fünfundzwanzig. Er hat einen Bruder oder Freund – rundliches Gesicht, ungefähr sechzehn oder siebzehn. Der Junge spricht nicht viel und heißt Petey.« Joe legte eine Zwanzigdollarnote auf den Schreibtisch.

Die Bordellwirtin griff danach, aber Joe zog den Schein weg, bevor sie ihn fassen konnte.

Sie musterte Joe mit einer Spur von Respekt. »Ich meine, mich an einen Burschen zu erinnern, der Ihr Cal sein könnte.« Ihr Blick huschte zu der Geldnote, dann zurück

zu Joe, während sich ihr Mund zu einem listigen Grinsen verzog. »Andererseits haben wir eine Menge Kunden. Virginia City ist eine geschäftige Stadt.«
Joe zog einen zweiten Schein aus dem Bündel und legte ihn zu dem ersten. »Erzählen Sie mir alles, was Sie über diesen Burschen wissen. Ich muss ihn finden, ihn und seinen Bruder.«
»Er ist nicht sein Bruder. Aber es stimmt, dass die zwei in der Comstock Lode-Mine arbeiten – oder vielmehr gearbeitet haben, bevor die Ader erschöpft war. Haben sie sich jetzt auf Raub verlegt?«
»Und auf Entführung. Und ich halte sie auf beiden Gebieten nicht gerade für Fachmänner.« Was von Vorteil sein konnte. Möglicherweise hatten Cal und Petey noch nicht einmal ihre Spuren verwischt und waren leicht zu finden. Mit ein bisschen Glück – und der Hilfe dieser Frau.
»Entführung?« Ehrliches Interesse verdrängte die Habgier aus ihrem Gesicht. »Wen haben sie denn entführt?«
Joe zögerte. Er fühlte sich so verantwortlich für Meryl, als wäre er ihr Ehemann. Auch wenn sie es hasste, dass jemand auf sie aufpasste – vor allem, wenn er es war. Und daher brachte nichts seine Gefühle besser zum Ausdruck als eine kleine Lüge.
»Meine Frau.«

15. Kapitel

»Er ist mein Mann. Ich bin von zu Hause weggelaufen, um ihn zu heiraten. Daraufhin hat sich mein Vater von mir losgesagt. Es ist also völlig zwecklos, ihn erpressen zu wollen. Sie können mich genauso gut gehen lassen.« Meryl hoffte, dass ihre Geschichte überzeugend klang.

Aber Cal fiel nicht darauf herein. »Im Zug hat es sich aber ganz anders angehört«, meinte er grinsend.

Trotz seines Befehls am Vortag, sie solle den Mund halten, hatte sich Meryl zunehmend an den Gesprächen ihrer beiden Entführer beteiligt. Je besser die beiden sie kannten, desto größer war die Chance, dass sie ihr nichts antun würden. Und vielleicht waren die Männer am Ende sogar froh über die Abwechslung. Außerdem würde ihre Wachsamkeit nachlassen, wenn sie Meryls Anwesenheit als selbstverständlich empfanden. Vielleicht ergab sich dadurch eine Möglichkeit zur Flucht.

Das flackernde Licht der Petroleumlampe auf dem klapprigen Tisch warf unruhige Schatten an die Wände.

Zwei Tage war sie nun schon hier. Die Sonne ging bald unter, und Cal war gerade damit beschäftigt, seine Waffe zu reinigen. Petey – der das Kochen und Putzen übernommen hatte – war für ein paar Minuten hinausgegangen, während auf dem Ofen ein wässriger Eintopf köchelte.

»Ich habe Ihnen nicht die Wahrheit gesagt, weil ich Angst hatte«, erklärte Meryl.

»Und jetzt hast du keine Angst mehr?« Cal spähte durch den Lauf seiner Waffe. »Solltest du aber!«
Und ob sie Angst hatte. Aber das wollte sich Meryl nicht anmerken lassen. Immer wieder beruhigte sie sich damit, dass ihre Lage durchaus schlimmer sein könnte – viel schlimmer. »Mein Vater wird nicht zahlen«, sagte sie noch einmal. »Sie können mich also laufen lassen. Ich verspreche auch, Sie nicht zu verraten.«
»Was ist mit deinem Mann?«
»Der Ärmste besitzt keinen Penny. Was glauben Sie wohl, warum meine Eltern mich verstoßen haben?«
»Vielleicht, weil du zu viel redest?« Cal schüttelte den Kopf. »Du verdammtes Weibsbild kannst einem aber auch auf die Nerven gehen.« Er legte die Waffe außerhalb von Meryls Reichweite auf den Tisch und schritt fahrig auf und ab. »Wo zum Teufel steckt Petey? Ich muss in die Stadt.«
In dem Moment polterte etwas gegen die Tür. Dann wurde sie aufgestoßen und Petey stolperte rückwärts herein. Er zog eine verkrüppelte Tanne hinter sich her. Aus dem Stamm tropfte Harz auf den Boden.
»Was zur Hölle ist *das?*«
Petey wich Cals verächtlichem Blick aus und murmelte: »Ein Weihnachtsbaum.«
»Ein Weihnachtsbaum! Das darf nicht wahr sein!« Cal ging langsam auf Petey zu, beugte sich zu ihm hinunter und zischte ihm direkt ins Gesicht. »Na, wenn das nicht niedlich ist! Ob Jesse und Frank James wohl auch einen Weihnachtsbaum haben? Ob die sich überhaupt einen Dreck um Weihnachten scheren?«
»Ich mag Weihnachten«, mischte sich Meryl ein, um Cals Redeschwall zu unterbrechen.

Cal schnaubte. »Siehst du, Petey? Du bist eine Memme, nicht besser als die Weiber.« Er schnappte sich seinen Mantel vom Haken an der Wand. »Ich reite in die Stadt. Ich habe die Nase voll davon, in dieser Bruchbude zu hocken.«

Angst machte sich auf Peteys Gesicht breit. »Und was ist mit mir? Können wir sie nicht einfach hier festbinden und allein lassen?«

»Und riskieren, dass 50.000 Dollar durch die Tür auf und davon marschieren? Bist du *übergeschnappt?«* Cal ging zu seinem Komplizen und versetzte ihm einen Schlag auf den Hinterkopf. »Sei doch kein Trottel! Pass gut auf die Dame auf, dann bringe ich dir vielleicht auch eine Pfefferminzstange vom Krämer mit.«

Meryl bezweifelte, dass der Laden des Krämers Cals Ziel war. Wohl eher die Saloons und Bordelle.

Cal stapfte aus der Hütte. Die Tür fiel klappernd hinter ihm zu. Meryl lauschte angestrengt. Sie wollte hören, in welche Richtung Cal ritt, um zu erfahren, wo die Stadt lag. Aber der Schnee draußen dämpfte die Huftritte, und das kratzende Geräusch, als Petey den Baum in eine Ecke der Hütte schleifte, übertönte alles andere.

Außerdem – solange sie diese verdammten Fesseln nicht loswurde, nutzte es ihr auch nichts, zu wissen, in welcher Richtung die Stadt lag. Unter der Indianerdecke fuhrwerkte sie ständig daran herum, aber je mehr sie an den Fesseln zerrte, desto wunder wurden ihre Handgelenke. Meryl war jetzt schon so lange gefesselt, dass sie ein ständiges Kribbeln in den Händen spürte. Ihr Rücken und Hals waren völlig steif, und jedes Mal, wenn sie ihre Haltung veränderte, zuckte sie vor Schmerz zusammen.

Petey nagelte zwei Bretter an die Schnittfläche des Baumstamms und richtete ihn dann auf. Die etwa einen Meter hohe Tanne – wohl eher ein Tännchen – war dürr und krumm. Trotzdem trat Petey einen Schritt zurück und bewunderte mit sichtlichem Stolz seinen Weihnachtsbaum.

Meryl musste schlucken. Wie sehr sich Petey über etwas derart Banales freuen konnte. Und sonderbar, dass die Weihnachtsstimmung sogar Gesetzlose befiel. »Das mit dem Baum war ein wunderbarer Einfall von dir. Womit willst du ihn schmücken?«

Petey wandte sich zu ihr und zuckte mit den Schultern. »Ich weiß nicht recht, Madam. Vielleicht mit Popcorn.«

»Ich kann dir beim Schmücken helfen. Wenn du mich losbindest, kann ich …«

Er schüttelte den Kopf. »Das darf ich nicht, Madam. Cal würde mir das Fell über die Ohren ziehen.« Der Junge mied ihren Blick und machte sich daran, in einer Pfanne ein Stück Fett heiß werden zu lassen. Die Entführung bereitete ihm eindeutig Unbehagen, aber mehr noch fürchtete er den Zorn seines Komplizen.

»Du scheinst ein netter Junge zu sein, Peter«, sagte Meryl. »Warum lässt du dir von Cal vorschreiben, was du zu tun hast?«

Er zog den Kopf ein und wurde rot. »Alle nennen mich Petey.«

»Petey ist ein Name für einen kleinen Jungen, und du bist kein Junge mehr. Deshalb verstehe ich auch nicht, warum du dich von Cal herumkommandieren lässt.«

»Er ist schlauer als ich.«

»Dazu kann ich nichts sagen. Aber du siehst auf jeden Fall besser aus.«

Petey wurde noch röter, was Meryl verriet, wie jung und unerfahren er war. Es war ihr nie schwergefallen, mit den unterschiedlichsten Menschen zu reden, junge Männer eingeschlossen. Und sie musste all ihre Fähigkeiten einsetzen, um sich aus dieser Lage zu befreien. Cal war fort – solch eine Gelegenheit ergab sich vielleicht nicht noch einmal.

Petey schwieg. Er öffnete einen kleinen Beutel aus Sackleinen, holte eine Hand voll Mais heraus und streute ihn in die Pfanne.

»Ich liebe Weihnachten«, sagte Meryl zu seinem Rücken. Sie war entschlossen, das Gespräch nicht versiegen zu lassen und eine gewisse Vertraulichkeit herzustellen. Vielleicht würde Petey dann weniger wachsam sein. »Meine Mutter achtet immer darauf, dass das ganze Haus geschmückt ist, mit Tannenzweigen, Girlanden aus Stechpalmen … und natürlich dem Baum«, sagte sie mit träumerischer Stimme. »Einfach wunderschön. Mütter haben eine Gabe, Weihnachten zu etwas Besonderem zu machen. Meine jedenfalls.«

»Meine hatte das auch«, erwiderte Petey, immer noch auf die Bratpfanne konzentriert, in der die Maiskörner anfingen, zu knusprigem Popcorn aufzuspringen.

»Hat deine Mutter Kerzen an den Baum gesteckt? Meine ja. Ich habe vier Schwestern, und jedes Jahr basteln wir etwas, um den Baum zu schmücken. Letztes Jahr habe ich ein Stoffherz mit Spitze umsäumt und einen kleinen Zweig Schleierkraut daran befestigt. Dieses Jahr … tja, dieses Jahr …« Meryl lachte wehmütig. »Dieses Jahr werde ich wohl kaum zu Hause sein …« Traurig ließ sie ihren Blick durch das Zimmer schweifen.

Petey drehte sich zu ihr um. »So lange halten wir Sie nicht fest. Wir lassen Sie frei, das schwöre ich. Cal hat es gesagt.«

Meryl seufzte leise. »Dann hoffe ich, er sagt die Wahrheit. Ich habe nur solche Angst …« Sie ließ ihre Stimme ganz bewusst zittern.

Petey sah verlegen weg. »Bitte nicht, Madam. Hat Ihre Mutter immer … Kocht sie ein richtiges Weihnachtsessen?«

»O ja.« Genau genommen beaufsichtigte Mrs Carrington die Dienstboten bei dieser Arbeit. »Mit allem, was dazugehört: Truthahn und Plumpudding und Apfelwein … Was ist mit deiner Mutter, Peter? Wirst du Weihnachten mit ihr verbringen?«

»Meine Mutter lebt nicht mehr, Madam.«

Meryls Stimme wurde weicher. »Das tut mir leid. Es war unhöflich von mir, zu fragen.«

»Schon gut. Ich mag es, an sie zu denken.« Er nahm die Pfanne vom Herd und kippte das frisch zubereitete Popcorn auf den Tisch. Dann holte er Nadel und Faden aus einer Holzkiste, setzte sich und begann, das Popcorn zu einer Girlande aufzuziehen.

»Das macht bestimmt Spaß«, sagte Meryl. »Ich wünschte, ich könnte dir helfen, aber …« Sie zog ihre gefesselten Hände unter der Decke vor und hielt sie hoch.

»Also …« Petey sah sie stirnrunzelnd an. »Solange Sie an den Stuhl gefesselt bleiben, müsste es gehen.« Er kniete sich vor sie und löste die Handfesseln.

Meryl rieb sich die schmerzenden Stellen, überrascht, wie schnell sie ans Ziel gekommen war. Am liebsten hätte sie sich auf der Stelle den Strick von der Taille gerissen und wäre durch die Tür davongelaufen. Aber sie ermahnte sich, Geduld zu haben. Es wäre dumm, die Sache zu überstürzen.

Also benahm sie sich wie ein richtiger Gast. In dem ausschließlich von der Petroleumlampe erleuchteten Raum entwickelte sich eine eigenartige Vertrautheit zwischen Entführer und Geisel. Meryl und Petey verbrachten die Abendstunden damit, Popcorn aufzuziehen und in Erinnerungen an vergangene Weihnachtsfeste zu schwelgen.

Peteys Wachsamkeit begann durch die freundliche Plauderei tatsächlich nachzulassen, doch auch Meryl blieb nicht ungerührt. Ihre Augen wurden feucht, als sie Petey dabei zusah, wie er ihr gemeinsames Werk um die bescheidene kleine Tanne schlang. Der Baum war nicht gerade sehr festlich, und doch weckte er in Meryl Erinnerungen an glückliche Weihnachtstage mit ihrer Familie – und mit Joe.

Ihre Gedanken wanderten Jahre zurück. Sie erinnerte sich an ein Weihnachtsfest, an dem sie gerade erst fünf gewesen war. Joe war da, um beim Dekorieren des Baumes zu helfen. Weil ihr Vater arbeiten musste, hatte sich der achtjährige Joe freiwillig gemeldet, um die Rolle des Hausherrn zu übernehmen und den Stern auf die Baumspitze zu setzen. Natürlich protestierte Meryl dagegen. Schließlich war Joe nur Gast. *Sie* wollte den Stern anbringen.

Sie stritten miteinander, bis ihre Mutter eingriff und entschied, dass sie auf ihren Vater warten würden.

Da nahm Joe Meryl plötzlich an die Hand, ging mit ihr zu dem Baum und überreichte ihr den Stern. Dann stieg er auf eine Fußbank und hob Meryl hoch. Sie reckte sich und erreichte mit Mühe die Baumspitze. Gerade als sie

den Stern aufsteckte, verlor Joe das Gleichgewicht. Sie fielen beide gegen den Baum, der stürzte um, und Dutzende von Glaskugeln gingen zu Bruch.
Meryl lächelte bei der Erinnerung daran. Zum Glück hatte ihre Mutter es mit Humor genommen. Und Meryl hatte niemals vergessen, dass Joe wahrhaft nett sein konnte, selbst zu einem Plagegeist wie ihr.
Sie blinzelte, um die aufsteigenden Tränen zurückzudrängen. Niemals hatte sie sich vorstellen können, dass sie einen Menschen einmal so sehr vermissen würde wie nun Joe. Sein jungenhaftes Lächeln, das freche Grübchen und diese smaragdgrünen Augen, die manchmal so wild wirkten wie ein Sturm und dann wieder ruhig und geheimnisvoll wie ein Bergsee. Und seine Geduld mit ihr – einem Mädchen, das jahrelang sein Bestes gegeben hatte, ihm ein Dorn im Auge zu sein.
Peteys Stimme riss Meryl aus ihren Gedanken. Er stand vor dem Baum und bewunderte ihn. »Das war's. Wird Zeit, ins Bett zu gehen. Müssen Sie … ähm … noch raus?«
Die gelegentlichen Gänge zum Abort waren für Meryl die einzige Möglichkeit, sich die Beine zu vertreten. Petey begleitete sie immer nach draußen und wartete vor der Tür – für sie beide eine peinliche Situation. Meryl schüttelte den Kopf.
Schon bald hatte sich Petey in seiner Decke auf dem Boden zusammengerollt. Stille senkte sich über die dunkle Hütte. Meryl wagte kaum zu atmen, um keine Aufmerksamkeit auf sich zu ziehen.
Sie rieb mit den Händen über ihre schmerzenden Arme. Petey hatte es tatsächlich vergessen – ihre Hände waren immer noch frei!

Meryl wartete, bis ein leises Schnarchen zu hören war. Dann löste sie mit zitternden Händen den Strick um ihre Taille.
Plötzlich wieherte draußen ein Pferd. Meryl zuckte zusammen und verharrte regungslos. Cal musste zurückgekehrt sein!
Die Enttäuschung überkam sie mit solcher Macht, dass ihr Tränen in die Augen schossen. So schnell sie konnte, befestigte sie den Strick wieder, zog die Indianerdecke möglichst weit hoch und verbarg ihre ungefesselten Hände darunter. Dann schloss sie die Augen, gab vor zu schlafen und begann zu beten.

***

Auf dem Kamm des Hügels zügelte Joe sein Pferd. Er blieb neben Hilfssheriff Yarnell stehen und ließ den Blick über das ruhige Tal schweifen.
Die ersten Strahlen der Morgensonne fielen auf den kleinen Berg, der sich hinter der klapprigen Hütte erhob.
»Das ist die Hütte«, sagte der Hilfssheriff, und sein Atem war in der kühlen Morgenluft als feiner Nebel sichtbar. »Wenn sich diese Prostituierte nicht geirrt hat, dann verstecken sich Petey und Cal hier.«
Joe legte die Hand auf den Griff des Revolvers, den er sich am Tag zuvor gekauft hatte. Er hatte noch nie auf einen Menschen geschossen, aber er würde nicht zögern, es zu tun. Da er nicht wusste, wie lang sich die Suche hinziehen würde, hatte er sich außerdem feste Stiefel und einen Lammfellmantel besorgt. Zu seiner Überraschung lag die Hütte wesentlich näher an der Stadt, als er gedacht hatte.

»Da ist Rauch«, sagte Yarnell.
Joe blinzelte zur Hütte hinüber. Eine dünne Rauchsäule stieg über dem Wellblechdach auf. »Dann müssen sie da sein«, sagte Joe hoffnungsvoll.
»Zumindest ist irgendjemand da. Sehen wir nach, wer.« Mit leichtem Schenkeldruck trieb Yarnell sein Pferd an und ritt durch niedriges Gestrüpp hinunter ins Tal. Joe folgte ihm.
Sie hatten ungefähr die Hälfte des Weges zurückgelegt, da wurde die Tür der Hütte aufgestoßen. Ein Mann kam herausgestürzt und brüllte wie ein Besessener in der Gegend herum. Dann hob er eine Pistole und feuerte nach Norden. Joe und Yarnell kamen jedoch aus der entgegengesetzten Richtung.
»Wo zur Hölle steckst du? Ich krieg dich schon, du verdammtes Miststück!«, schrie der Mann und rannte um die Hütte herum zu einem Verschlag.
»Das ist er«, sagte Joe, dem das Herz bis zum Hals schlug. Sie hatten die Entführer gefunden. Aufgeregt wollte er losreiten, aber Yarnell packte Joes Zügel und hielt ihn zurück. »Warten wir ab, was er macht.«
Joe war so ungeduldig, dass er am liebsten widersprochen hätte. Es juckte ihn in den Fingern, den Hügel hinunterzugaloppieren und sich diesen Mistkerl vorzuknöpfen.
Der Hilfssheriff zog sein Gewehr aus der Sattelhalterung, legte an und spannte den Hahn.
Keine Minute später tauchte Cal auf dem Rücken eines Pferdes auf und galoppierte in die Richtung davon, in die er gefeuert hatte.
»Jetzt.« Yarnell gab seinem Pferd die Sporen, um dem Banditen den Weg abzuschneiden.

Joe zog seinen Revolver und folgte Yarnell. Es fiel ihm allerdings schwer, seinen Blick von der Hütte loszureißen. Wenn Meryl da drin war ... Er wollte nur noch hineinstürmen, sie herausholen und in Sicherheit bringen – so weit weg wie möglich.

Etwa neun Meter vor Joe schnitt der Hilfssheriff Cal den Weg ab. Yarnell zügelte sein Pferd und hob das Gewehr. »Lass die Waffe fallen.« Joe kam neben ihm zum Stehen, den Revolver schussbereit.

Cal zog so heftig an den Zügeln, dass sein Pferd ein paar Schritte zurücktänzelte. Joe ging davon aus, dass er dem Befehl des Hilfssheriffs Folge leisten würde. Nur ein Narr würde es mit zwei bewaffneten Männern gleichzeitig aufnehmen.

Doch offenbar war Cal ein Narr. Er riss seine Pistole hoch und feuerte. Der Schuss traf den Hilfssheriff. Der schrie auf und krümmte sich. Jetzt richtete Cal die Waffe auf Joe. Der zögerte nicht. Das war keine Moorhuhnjagd. Das Ziel war näher, größer und bewaffnet. Er spürte den Rückschlag der Waffe in seiner Hand, während der Schuss von den umliegenden Bergen widerhallte.

Alles ging so schnell, dass Joe einen Moment brauchte, um zu begreifen, was überhaupt passiert war. Ein sonderbarer Ausdruck trat in Cals Gesicht. Dann kippte er ganz langsam nach vorn, bis er schließlich kopfüber vom Pferd stürzte.

Joe sprang aus dem Sattel und eilte zu Yarnell. Der saß behutsam ab, die Hand auf die Schulter gepresst. »Er hat mich erwischt«, sagte er und klang erstaunlich gefasst in Anbetracht der Tatsache, dass er hätte sterben können.

Vorsichtig näherte sich der Hilfssheriff dem Banditen, das

Gewehr trotz der verletzten Schulter schussbereit. Er stieß Cal mit dem Fuß an, dann kniete er sich nieder und drehte ihn um. Cals leere Augen waren starr auf den strahlend blauen Himmel gerichtet.
»Sie haben ihn erledigt«, erklärte Yarnell ruhig und blickte zu Joe auf. »Danke.«
Der leblose Körper befremdete Joe. Während der Stunden seit Meryls Entführung hatte er im Kopf mehr als eine blutige Rachefantasie durchgespielt. Obwohl er beim Bau der Eisenbahnlinie in Mexiko bewaffnete Wachmänner befehligt hatte, die zum Schutz angeheuert worden waren, hatte er doch niemals selbst einen Menschen getötet – bis jetzt.
Wahrscheinlich sollte er sich schlechter fühlen … Aber alles, woran er denken konnte, war Meryl, und dass dieser Mann ihr niemals wieder wehtun konnte. Bald würde sie frei sein. Joe wandte Cal den Rücken zu und lief zu der Hütte.
»Hammond, warten Sie!«, rief Yarnell ihm nach.
Joe ignorierte ihn. Mit diesem Petey würde er schon fertig werden, falls der Junge dumm genug war, Widerstand zu leisten. Joe würde nicht zögern, auch ihn zu erschießen. Überrascht fragte er sich, wann er eigentlich so blutrünstig geworden war.
Joe stürmte in die Hütte. Petey hockte auf dem Boden und nahm sofort die Hände hoch. »Bitte nicht schießen! Bitte, erschießen Sie mich nicht.«
Joe starrte auf ihn hinab. Was für ein jämmerlicher Wicht. »Wo ist sie?«
»Weggelaufen … Sie hat ein Pferd genommen und ist damit weg.«

»Wann? In welche Richtung?«
Petey streckte zitternd seine Hand aus und wies in die Richtung, in die sein Komplize hatte reiten wollen. Nach Norden, weg von Virginia City, hin zu der Bahnstrecke, wo sie entführt worden war.
»Wann?«
Petey starrte Joe mit großen, angsterfüllten Augen an. »Erschießen Sie mich nicht.«
Joe packte ihn am Hemd und zerrte ihn auf die Füße. »Wann ist sie weg?«
»Ich weiß es nicht. Irgendwann vor Morgengrauen. Cal …« Sein Blick ging zur Tür. »Ist Cal …«
»Er ist tot«, sagte Joe. »Und das wirst du auch sein, wenn du mir nicht die Wahrheit sagst.«
Peteys Augen füllten sich mit Tränen. »Es ist die Wahrheit, das schwöre ich!«
Joe ballte wütend die Fäuste. Diese Kerle hatten es gewagt, Meryl zu verschleppen und zu bedrohen. »Habt ihr sie verletzt? Habt ihr irgendetwas getan …«
Petey schüttelte heftig den Kopf. »Nein! Nichts! Bitte … Sie hat mir geholfen, den Weihnachtsbaum zu schmücken.«
Joe warf einen Blick auf das armselige Bäumchen in der Ecke, das mit einer Girlande aus Popcorn und Christbaumschmuck aus Konservendosen behangen war.
»Sie hat mir geholfen. Sie hat mir geholfen.« Peteys Stimme wurde zu einem leisen Murmeln. Joe ließ ihn los, trat einen Schritt zurück und stand neben Yarnell.
Joe steckte seinen Revolver in das Halfter. »Sie ist weggelaufen. Ich werde sie suchen.«
Er rechnete damit, dass Yarnell Einspruch erheben und

ihm sagen würde, er solle warten, oder irgendeinen anderen Unsinn. Doch der Hilfssheriff nickte nur. »Ich kümmere mich um den hier.« Er deutete mit dem Kopf auf Petey. »Und um den anderen.«
Joe wartete keine Sekunde länger. Nun stand nichts mehr zwischen ihm und Meryl – vorausgesetzt, er fand sie.

16. Kapitel

Meryl zog die verschlissene Decke fester um ihre Schultern. Ihre Hände waren eiskalt. Sie ritt seit mehr als einer Stunde – was mit der passenden Kleidung, auf einem englischen Sattel und an einem warmen Sommertag der reine Spaziergang gewesen wäre.
Aber jetzt fühlte sie sich so hilflos und elend wie nie zuvor in ihrem Leben. Zwei Tage lang war sie an jenen Stuhl gefesselt gewesen. Alle Knochen taten ihr weh, und ihre Muskeln schmerzten bei jedem Schritt, den das Pferd machte.
Dazu kam die ständige Angst, Cals Pferd hinter sich schnauben zu hören. Bestimmt hatte er längst die Verfolgung aufgenommen. Ihre Mähre – besser gesagt Peteys – hatte ihre Schritte verlangsamt und suchte sich vorsichtig einen Weg über den felsigen, teilweise vereisten Boden. Meryl wusste nicht einmal, ob sie in die richtige Richtung ritt – was auch immer »richtig« bedeuten mochte.
Nach ihrer Flucht hatte sie den Weg eingeschlagen, auf dem ihre Entführer sie zu der Hütte gebracht hatten. Zuerst war ihr die Gegend auch bekannt vorgekommen. Doch jetzt, im Licht des beginnenden Tages, war sie nicht mehr sicher, ob sie sich nicht geirrt hatte. Und selbst wenn sie zu den Bahngleisen zurückfand – bis Reno würde es ein weiter Weg sein.
Vielleicht stieß sie ja auf eine Farm oder irgendeine andere Behausung in dieser eisigen Öde.

Bleierne Müdigkeit überkam Meryl. Sie schloss kurz die Augen. Es war so verlockend einzuschlafen. Sie merkte nicht, dass ihr Pferd noch langsamer wurde.
Aufgeschreckt von einem Geräusch riss Meryl die Augen auf. Sie war doch tatsächlich eingeschlafen! Rasch nahm sie die Zügel fester in die Hand und trieb ihr Pferd an. Nach dem Stand der Sonne zu urteilen musste sie mindestens zwanzig Minuten geschlafen haben.
Erneut hörte sie ein Geräusch – kleine Steine kullerten einen Abhang hinunter. Sie drehte sich um und erkannte auf dem Hügel hinter ihr die Silhouette eines Reiters. Panik ergriff sie, und sie war schlagartig hellwach. Wie konnte sie nur so dumm sein, einzuschlafen!
Sie gab dem Pferd die Sporen, aber die stampfenden Hufe hinter ihr kamen immer näher. Entsetzen schnürte Meryl die Kehle zu.
»Halt! Meryl, bleib stehen!«
Sie verlangsamte das Tempo nicht. Der Wind pfiff ihr in den Ohren, und sie konnte an nichts anderes denken als an Flucht.
Der Mann hinter ihr rief noch einmal. Diesmal war er ein ganzes Stück näher gekommen. Nah genug, dass sie seine Worte verstehen konnte.
»Meryl! Meryl, ich bin's! Joe!«
»Joe?«, stieß sie ungläubig hervor. Sie warf einen Blick über ihre Schulter und machte sich auf eine Enttäuschung gefasst.
Der Reiter war nur noch dreißig Meter hinter ihr, und sie konnte die Konturen seines Gesichts und das in der Sonne schimmernde hellblonde Haar erkennen.
Meryl blieb vor Freude fast das Herz stehen. Sie zog mit

aller Kraft an den Zügeln und riss das Pferd auf der Hinterhand herum.
»Du reitest in die falsche Richtung«, rief Joe, als er fast bei ihr angekommen war. Beim Anblick seines vertrauten Lächelns wurde Meryl warm ums Herz.
»Du hast mich gefunden«, flüsterte sie. »Du hast mich gefunden …«
Er stieg ab, ging zu ihr und streckte ihr die Hände entgegen. Meryl glitt aus dem Sattel, und Joe fing sie auf. »Ja, ich habe dich gefunden«, sagte er und lächelte sie an.
Sie warf die Arme um seinen Hals und presste sich an ihn. Die Tränen, gegen die sie die ganze Zeit angekämpft hatte, brachen sich Bahn. Sie wollte immer stark sein, aber jetzt barg sie ihr Gesicht in seinem Lammfellmantel und schluchzte ungehemmt. Erst allmählich wurde ihr bewusst, was alles geschehen war.
Joe streichelte ihr über den Rücken und die Schultern. Er versuchte, sie zu trösten und das Schluchzen zu mildern, das ihren ganzen Körper erschütterte. »Alles wird gut. Alles wird wieder gut«, murmelte er. Seine beruhigenden Worte waren Balsam für ihre Seele.
Meryl rang nach Luft, klammerte sich an seine Mantelaufschläge und weigerte sich, ihn loszulassen. Der dicke Stoff fühlte sich fremd an. »Dieser Mantel … den habe ich noch nie an dir gesehen«, sagte sie und fand es leichter, sich auf eine solche Banalität zu konzentrieren als auf ihre Gefühle.
»Ich habe ihn extra gekauft für … Mein Gott, deine Handgelenke!« Joe nahm ihre Hände und betrachtete die wundgeriebenen Stellen. »Diese Verbrecher!«
Meryl ballte die Hände zu Fäusten. »Petey ist kein Ver-

brecher. Er ist nur ein Junge, ein verwirrter Junge. Ich hoffe, er ist nicht ...«

»Nein. Aber der andere ist tot.«

»Hast du ihn getötet?«

Sein Schweigen und der Ausdruck in seinem Gesicht sagten ihr alles. Ihr Joe, ihr Freund aus Kindertagen, ihr kultivierter Gentleman war gezwungen worden zu töten ... wegen ihr.

Meryl wollte ihm etwas sagen, etwas, das tief aus ihrem Herzen kam und endlich ausgesprochen werden musste. Sie öffnete den Mund – und schwieg, unfähig, all die Gefühle in Worte zu fassen, die in diesem Moment auf sie einstürzten. Sie war so entsetzlich müde und wusste nur eines mit Gewissheit: dass sie weg wollte, weit weg von diesem Ort.

»Können wir ... Können wir jetzt gehen?«, fragte sie und hörte sich an wie ein kleines Mädchen.

Joe beugte sich zu ihr und küsste sie zärtlich auf die Stirn. »Ja, lass uns gehen.«

Während sie nach Virginia City ritten, konnte Joe nicht den Blick von Meryl lassen. Sie sah furchtbar erschöpft aus, die Kleider zerknittert, das Gesicht blass und müde. Dunkle Schatten unter ihren himmelblauen Augen ließen diese noch größer und verletzlicher wirken. Ihr goldblondes Haar hing ihr als loser Zopf über den Rücken. In diesem Moment sah sie überhaupt nicht aus wie eine herausgeputzte höhere Tochter von der Ostküste.

Die Wunden an ihren Handgelenken machten Joe unglaublich wütend. *Wenn ich diesen Cal nicht schon er-*

wischt hätte …, dachte er und wunderte sich über seinen Rachedurst.

Nachdem sie die Pferde im öffentlichen Stall abgegeben hatten, begleitete Joe Meryl zum International Hotel und hinauf in die Suite, die er für sie reserviert hatte. Meryl hatte bisher kaum ein Wort gesagt. Sie wirkte ganz anders als das lebendige, entschlossene Mädchen, mit dem er das Wettrennen begonnen hatte. Er betete innerlich, dass ihre Verschlossenheit auf die Erschöpfung zurückzuführen war und ihr das schreckliche Erlebnis nicht lebenslange Wunden zugefügt hatte.

Meryl schlich mit müden Schritten in das Zimmer. Ihr Blick fiel auf das große Himmelbett, auf dem eine dicke Daunendecke lag. Meryl ließ die Indianerdecke von ihren Schultern gleiten. »Ein Bett! Wie wundervoll.«

»Du musst dich erst einmal ausschlafen. Oder hast du Hunger?«

»Letzte Nacht bin ich wach geblieben, um fliehen zu können. Aber was ich wirklich brauche, ist ein Bad. Gibt es …« Sie schaute sich suchend um.

Joe ging hinüber zur Badezimmertür und öffnete sie. »Selbstverständlich. Ich lasse es für dich ein.«

Joe kniete neben der viktorianischen Klauenfuß-Badewanne nieder und drehte die Wasserhähne auf. Er genoss es, diese einfache, aber intime Aufgabe für sie zu übernehmen. Wie er sich jetzt eingestehen musste, hatte es nur deshalb so viel Spaß gemacht, Meryl aufzuziehen, weil sie es ihm stets mit gleicher Münze zurückzahlte. Doch nach dieser entsetzlichen Erfahrung war ihre Widerspenstigkeit einer Zartheit gewichen, die ihn überraschte. Zum ersten Mal, seit sie einander kannten, zeigte Meryl ihm die

verletzliche Frau, die sich hinter ihrer draufgängerischen Art verbarg.
Joe rechnete fast damit, sie schlafend auf dem Bett vorzufinden, als die Badewanne gefüllt war. Stattdessen saß sie auf der Bettkante und starrte mit leerem Blick vor sich hin. Ihm wurde schwer ums Herz. Sie wirkte so zerbrechlich und verloren.
Er blieb vor ihr stehen und streckte die Hand aus.
»Ihr Bad ist bereit, Madam«, sagte er leichthin und hoffte, sein neckender Tonfall könnte sie aus ihrer Niedergeschlagenheit reißen.
Meryl schob ihre zartgliedrige Hand in seine und gestattete ihm, ihr aufzuhelfen. Joe war derart besorgt um sie, dass er ihr beinahe in das Badezimmer folgte. Im letzten Moment beherrschte er sich und sah zu, wie sie die Tür hinter sich schloss.
Sein eigenes Zimmer befand sich hinter einer Verbindungstür. Er drückte sie auf und trat ein. Das International war auf betuchte Gäste zugeschnitten und Virginia Citys bestes Hotel. Doch die Stadt, die sich in den Gebirgsausläufern der Sierra Nevada an einen Berghang schmiegte, zog nur wenige Besucher an. Das hatte seinen Grund: Die ganze Gegend galt als nicht besonders sicher, und die Stadt lag direkt an der größten und ergiebigsten Mine zwischen Denver und San Francisco.
Joe hatte eine U-förmige Route von Reno nach Virginia City nehmen müssen. Die Comstock Lode-Mine, in der Silber vermengt mit Gold gefördert wurde, hatte aus der ehemals kleinen Bergarbeiterstadt die führende Industriestadt des Westens gemacht. Der plötzliche Reichtum ließ nicht nur die Stadt mit 30.000 Einwohnern förmlich über

Nacht aus dem Boden schießen, er finanzierte auch den Bürgerkrieg und verhalf Nevada zu seinem Status als Bundesstaat.

Der Boom führte Goldsucher, Spekulanten, Prostituierte, Geschäftsleute und all jene in den Ort, die in deren Kielwasser schwammen. Daher konnte Virginia City sich zwar respektabler Hotels, Restaurants und Zeitungen rühmen, verfügte jedoch zugleich über verrufene Saloons, Bordelle und Opiumhöhlen. Goldsucher, die durch die Comstock Lode plötzlich zu Millionären geworden waren, hatten sich prunkvolle Villen errichten lassen. Extravagante Geschäfte, in denen aus Europa importierte Waren wie Möbel und Kleidung verkauft wurden, standen neben einfachen Krämerläden. Schlichte Gasthäuser wetteiferten mit eleganten Hotels um Kundschaft.

Joe hatte auch nicht eine Sekunde lang gezögert, ein Zimmer im besten Hotel der Stadt zu mieten. Nachdem er sein Bankkonto geplündert hatte, um das Lösegeld für Meryl aufzubringen, hatte er genug Geld zur Hand und konnte ihr jeden Komfort bieten, den sie sich wünschte. Er wollte sie für all das entschädigen, was sie durchgemacht hatte.

Meryls Bedürfnisse und ihr Glück waren ihm nun wichtiger als alles andere. Schon als Junge hatte er niemals zugelassen, dass seine Streiche sie wirklich in Gefahr brachten. Es war immer Teil seines Lebens gewesen, sich um Meryl zu kümmern. Seit seiner Kindheit hatten seine Gefühle für sie nur darauf gewartet, dass er erkannte, wie viel ihm dieses Mädchen – diese Frau – bedeutete. Jetzt gab es kein Zurück mehr.

Joe drehte sich um und blickte durch die offen stehende

Verbindungstür quer durch Meryls Zimmer zu deren Badezimmertür. Dahinter war das plätschernde Geräusch von Wasser zu hören. Machte das, was er für sie empfand, einen Narren aus ihm? Würde sie seine Gefühle erwidern? Oder würde sie ihn abweisen?

Im Augenblick spielte das alles keine Rolle. Nach dieser Tortur würde er so lange an ihrer Seite bleiben, wie sie ihn ließ.

17. Kapitel

In ein Handtuch gewickelt kam Meryl aus dem Bad und hoffte, saubere Kleidung vorzufinden. Zu ihrer Erleichterung sah sie, dass ihr Gepäck in das Hotelzimmer gebracht worden war – Joe hatte sich darum gekümmert. Das graue Reisekostüm, das sie seit Omaha und bei ihrer Entführung getragen hatte, wollte sie nie wieder anziehen.

Sie öffnete den Koffer, zog ein mit Spitze besetztes Nachthemd heraus und streifte es über. Dann schlüpfte sie in ihren kornblumenblauen, seidenen Morgenmantel. Sie strich über den glatten Stoff. Nie zuvor war ihr bewusst gewesen, wie himmlisch sich edle Stoffe anfühlten. Sie hatte sie als selbstverständlich hingenommen, wie fast alles in ihrer privilegierten Welt.

Meryl nahm die Haarbürste mit dem Silbergriff und den Kamm aus ihrer Reisetasche und ging hinüber zu der Frisierkommode aus Nussbaum. Ihr Spiegelbild kam ihr völlig fremd vor. Wer war diese Frau, die sie mit traurigen, dunkel geränderten Augen anstarrte? Warum konnte sie nicht einfach hinter sich lassen, was passiert war, und wieder das selbstsichere, zuversichtliche Mädchen sein, das sie immer gewesen war?

»Wer bist du?«, flüsterte sie. Warum war sie sich plötzlich so fremd? Sie ahnte, dass sie sich nicht nur durch die Entführung verändert hatte. Es war noch etwas anderes mit ihr geschehen, etwas, das sie sich nicht erklären konnte.

Ein leises Klopfen lenkte ihre Aufmerksamkeit auf die Verbindungstür zu Joes Zimmer. »Meryl, bist du fertig?« Ohne auch nur eine Sekunde lang darüber nachzudenken, wie leicht sie bekleidet war, eilte Meryl zur Tür und öffnete sie. Als sie Joe liebevoll lächelnd vor sich stehen sah, verspürte sie Erleichterung und Freude. »Wie schön, dass du direkt nebenan bist.« Es war ihr wichtiger als alles andere, nicht allein zu sein.

»Praktisch, nicht wahr?« Joe schloss die Tür hinter sich und sah Meryl besorgt an. »Fühlst du dich etwas besser?«

»Ein wenig.« Sie gab sich Mühe, nonchalant zu wirken und sich ganz normal zu verhalten. Und in Joes Gegenwart hieß »normal«, dass sie einander neckten und Streiche spielten. »Ich habe noch nie so lange mein Haar nicht gewaschen. Es fühlte sich schon beinahe so an wie damals, als du Kleister in mein Shampoo gemischt hattest.«

Ihr Versuch, einen Scherz zu machen, scheiterte kläglich. Joe lachte nicht, sondern blickte sie prüfend an. Meryl seufzte und gab es auf, so zu tun, als wäre sie unverwundbar. Sie konnte sich nicht mehr verstellen.

Sie wandte sich dem Spiegel zu und versuchte, ihr Haar zu entwirren.

Joe stellte sich neben sie und nahm ihr energisch Kamm und Bürste aus den Händen. »Komm, lass mich dein Haar kämmen. Das ist kein alberner Streich, Meryl, sondern mein Ernst. Setz dich hierher.« Er geleitete Meryl an der Hand zum Bett und hieß sie sich auf die Bettkante setzen.

Sie leistete keinen Widerstand, trotz des leisen Gefühls, dass die Situation eine gewisse Gefahr barg. Man hatte sie stets ermahnt, mit Männern nicht zu vertraut umzugehen, aber sie fühlte sich Joe so nah, dass sie sich nicht vorstellen konnte, sich bei ihm verschämt oder reserviert zu geben. Außerdem war sie zu erschöpft, um sich seiner Fürsorge zu widersetzen.

Auch Joe schien sich nicht sonderlich viele Gedanken um gesellschaftliche Konventionen zu machen und ließ sich kurzerhand hinter Meryl auf dem Bett nieder. Er nahm ihr Haar zusammen und strich es auf ihrem Rücken mit den Händen glatt.

Meryl saß ganz still. Ihre zarte Ahnung wurde zu der Gewissheit, wie empfänglich sie für Joes Berührungen geworden war. Er brauchte sie nur flüchtig zu streifen, schon schmolz sie förmlich dahin. Sie dachte daran, wie sie die Stunden in der Hütte mit Tagträumereien verbracht hatte, wie sie sich an seine leidenschaftlichen Küsse erinnert und sich nach ihnen gesehnt hatte. Falls es jemals wieder dazu kam, würde sie diese Küsse noch viel intensiver genießen.

Joe arbeitete sich vorsichtig durch ihre hüftlangen Locken hindurch und bemühte sich, die Knoten zu entwirren. »Sag mir, wenn es zu sehr zieht«, murmelte er dicht neben ihrem Ohr.

Meryl antwortete mit einem leichten Nicken. Sie wagte es nicht, etwas zu sagen, aus Angst, ihre Gefühle zu verraten.

Joes Finger jagten prickelnde Schauer durch ihren Körper, sodass sie kaum zu atmen wagte. Sie wünschte, er würde nie wieder aufhören, sie zu berühren.

»Du wirkst so verkrampft – hast du Schmerzen?« Joe legte den Kamm weg und begann, ihr die Schultern zu massieren.

Meryl zuckte zusammen, als seine Daumen besonders schmerzende Stellen berührten. Dann schluckte sie und zwang sich zu antworten. »Die harte Bank im Zug und dann der Stuhl in der Hütte …«
»Welcher Stuhl?«
»Der Holzstuhl, auf den sie mich gefesselt haben. Die Rückenlehne hat fürchterlich gedrückt.«
Joe fasste Meryl an den Schultern und drehte sie sanft zu sich um. Seine Miene war grimmig. »Sie haben dich an einen *Stuhl* gefesselt?«
Joes Wut und Empörung machten ihr erschreckend deutlich, wie hilflos sie gewesen war. Unter großem Kraftaufwand drängte sie das Verlangen zurück, ihren Gefühlen freien Lauf zu lassen und in Tränen auszubrechen. »Was hast du denn erwartet?«, entgegnete sie mit zitternder Stimme. »Dass sie mich in eine Suite wie diese hier bringen?«
Joe schüttelte seufzend den Kopf. »Natürlich nicht.« Zu Meryls großer Erleichterung fuhr er mit der Massage fort.
»Es hätte einfach nicht so weit kommen dürfen«, sagte er.
»Das ist mir völlig klar«, erwiderte sie leicht verärgert. »Wenn ich gewusst hätte, wozu die beiden fähig sind, hätte ich sie niemals herausgefordert. Ich könnte es dir nicht verdenken, wenn du mir mein mangelndes Urteilsvermögen vorwirfst.«
»Sei nicht so hart zu dir, Meryl. Woher solltest du wissen, was Männer dieses Kalibers für ein paar Dollar zu tun bereit sind?«
»Und jetzt habe ich meinem Vater bewiesen, wie unfähig

ich bin. Ich kann ja nicht einmal allein durchs Land reisen, ohne mich in Gefahr zu bringen!«

»Du hast deine Sache gut gemacht.«

»Eine barmherzige Lüge.«

»Außerdem warst du nicht allein.«

»Glaubst du etwa, das macht für meinen Vater einen Unterschied? Er wird mir nie wieder eine wichtige Aufgabe übertragen – nicht einmal eine unwichtige. Meine törichte Kühnheit hat meine Zukunftsaussichten in der Firma zunichte gemacht. Darüber müsstest du dich doch freuen ...«

Joe hörte nicht auf, ihr die Schultern zu massieren, und seine großen Hände jagten ihr lustvolle Schauer über den Rücken. »Er weiß es nicht.«

»Wie bitte?« Meryl sah Joe über ihre Schulter hinweg fragend an. Sie musste sich verhört haben.

Doch als sich ihre Blicke trafen, wusste Meryl, dass Joe die Wahrheit sagte. »Ich habe es ihm nicht erzählt.« Er klang, als sei daran überhaupt nichts Ungewöhnliches.

»Du hast es ihm nicht gesagt?« Joe Hammond war normalerweise kein leichtsinniger Mann. Sollte er sich tatsächlich darauf verlassen haben, dass er sie finden würde, bevor die drei Tage um waren? Meryl bekam eine Gänsehaut bei dem Gedanken, welches Risiko er eingegangen war. »Aber wenn du mich nicht gefunden hättest, dann ...«

Joe hielt seinen Blick starr auf ihren Rücken gerichtet. »Ich sagte nicht, dass ich kein Lösegeld besorgt hätte, sondern nur, dass dein Vater nicht informiert war.«

»Wie soll das gehen?« Meryl drehte sich um, fasste ihn am Kinn und zwang ihn, sie anzusehen. Sie konnte die Antwort in seinen Augen lesen. »Nein, Joe, das hast du nicht

getan!«, rief sie erschrocken. »Du wolltest dein eigenes Geld nehmen? Ich weiß, dass dein Vater dir ein kleines Treuhandvermögen hinterlassen hat, aber 50.000 Dollar? Für meinen Vater wäre das ein Klacks, aber für dich …«
Sie verstummte, denn plötzlich erkannte sie die einzig logische Erklärung für sein Verhalten. Mit einem Schlag erlosch ihre Freude. »Du hast Vater versprochen, auf mich aufzupassen. Er sollte nicht erfahren, dass du versagt hast. Du hattest Angst um deine Zukunft.«
»Nein, das war nicht der Grund.«
»Du hast dabei nur an dich gedacht«, sagte Meryl und fühlte sich plötzlich sehr allein. Geschwächt und müde hatte sie sich einem Hirngespinst hingegeben, hatte nicht mehr unterscheiden können zwischen ihren Wünschen und der Wirklichkeit. »Alle deine Handlungen gereichen dir letzten Endes zum Vorteil – du hast nur aus Eigennutz nach mir gesucht.«
»Ja, ich bin eiskalt und berechnend«, erwiderte Joe trocken und stieg vom Bett. Sein Gesicht verriet nicht, was er dachte. »Ich lasse dich jetzt allein, damit du dich ausruhen kannst.«
»Warte.« Meryl griff nach seiner Hand. Sie wollte unbedingt, dass er blieb. Auch wenn er sie manchmal ärgerte und sie seinen Beweggründen misstraute – sie brauchte ihn jetzt.
Joe sah ihr in die Augen, gespannt, was noch kommen würde.
Meryl nahm all ihren Mut zusammen. »Würdest du für eine Weile bei mir bleiben? Und mich festhalten, so wie du es in der Nacht im Zug getan hast?« Sie atmete tief durch. Jetzt war es heraus.

Eine halbe Ewigkeit lang sah er sie einfach nur an. Dann hob er langsam die Hand, legte sie auf Meryls Wange und strich mit dem Daumen über ihren Wangenknochen. »Meryl, ich glaube nicht …«

Sie hielt seine Hand fest. »Zwing mich nicht, darum zu betteln, Joe.«

»Das würde auch nicht zu dir passen. Also gut. Ich könnte auch ein bisschen Schlaf gebrauchen.« Auf einmal wurde Meryl klar, dass auch er nicht geschlafen hatte – vielleicht sogar seit dem Moment ihrer Entführung.

In seiner Antwort schwangen unausgesprochene Gedanken mit, die Meryl förmlich hören konnte. Solange sie tatsächlich schliefen, war nichts Schlimmes dabei. Joe half ihr ins Bett, deckte sie sorgfältig zu und schloss die schweren Vorhänge zum Schutz gegen die Morgensonne. Schweigend zog er sich aus. Meryl kämpfte gegen ihre bleierne Müdigkeit an und beobachtete, wie er Hemd und Hose ablegte. Nur mit Unterwäsche bekleidet kam er um das Bett herum und schlüpfte zu ihr unter die Decke.

Einen Moment lang lagen sie nebeneinander, als wäre eine Wand zwischen ihnen. Dann drehte sich Meryl auf die Seite, wandte Joe den Rücken zu und rutschte an ihn heran, bis ihr Po ihn berührte. Joe rollte sich zu ihr und legte die Arme um sie, als sei diese innige Berührung das Natürlichste auf der Welt.

Als Meryl spürte, wie seine Wärme sie durchflutete, begann sie sich zu entspannen. Sie schmiegte sich an ihn, kuschelte sich bereitwillig in seine starken, schützenden Arme und fühlte sich zum ersten Mal seit langer Zeit geborgen und zufrieden.

Joe erwachte mit einer brennenden Begierde. Meryls Po drückte gegen seine Lenden. Er presste sich ein wenig fester an sie. Wie sehr es ihn danach verlangte, sich Erleichterung von der süßen Qual zu verschaffen, die Meryl ihm bereitete!

Er stellte sich vor, sie zu verführen, und brachte sein Blut damit nur noch mehr in Wallung. Sie war so warm und weich und lag so verführerisch in seinen Armen … Sie gehörte einfach dorthin. Ihre zarten Rundungen … Joe beugte sich vor und sog ihren Duft ein. Ihre Haut roch nach französischer Seife, ihr Haar nach Flieder. In ihren zerzausten Locken fing sich ein Strahl der Nachmittagssonne, tauchte sie in goldenes Licht und ließ Meryls zarte Ohrmuschel beinahe durchscheinend wirken.

Was Meryl wohl denken würde, wenn sie wüsste, wie sehr es ihn erregte, sie zu berühren? Joe war versucht, es herauszufinden. Sie zu verführen. Wenn er mit den Händen nach oben glitt, könnte er ihre runden, festen Brüste umfassen. Er stellte sich vor, wie sie lustvoll stöhnte, wenn er sie liebkoste und mit den fleischlichen Lüsten vertraut machte, die Mann und Frau miteinander teilen konnten.

Sie zu massieren war eine köstliche Pein gewesen, doch hier neben ihr zu liegen war die reinste Folter. Meryl schien tief und fest zu schlafen, aber die Erregung seiner Lenden war so stark, dass er sich von ihr lösen musste. Sie konnte jeden Moment erwachen und seinen kompromittierenden Zustand entdecken. Wahrscheinlich würde sie dann wütend werden.

Wütend … Joe dachte an das Gespräch, das sie vor wenigen Stunden miteinander geführt hatten. Er ließ Meryl endgültig los, drehte sich auf den Rücken und starrte den Satinhimmel des Bettes an.

Sie traut mir nicht, dachte er niedergeschlagen. Die Wahrheit schmerzte, aber er konnte sie nicht verleugnen. Meryl war davon überzeugt, dass er sie nur zu seinem persönlichen Vorteil gerettet hatte. Wie konnte sie nur so etwas von ihm denken? Warum?

Die Antwort lag auf der Hand: weil sie nichts anderes von ihm gewohnt war. Jahrelang hatte er sie gepiesackt – Tintenflecke auf ihrem Rücken oder Frösche in ihrem Picknickkorb waren nur zwei Beispiele von vielen Gemeinheiten, die er sich ausgedacht hatte. Meryl konnte gar nicht anders, als schlecht von ihm zu denken.

Aber die Dinge hatten sich geändert. Sie waren beide erwachsen geworden. Joe fühlte sich ihr so nah und entdeckte mit zunehmender Begeisterung die mutige, temperamentvolle Frau, zu der sie geworden war.

Und Meryl brauchte ihn. Sie verließ sich auf ihn, wollte ihn bei sich haben, an ihrer Seite. Joe schwelgte in dieser Erkenntnis, die so unerwartet wie aufregend war.

Ich bin dabei, mich in sie zu verlieben. Es verlangte ihn danach, sie an sich zu ziehen, zu küssen und zärtlich zu ihr zu sein.

Sie zu der meinen zu machen. Er wollte, dass sie bei ihm blieb, dass ihre gemeinsame Vergangenheit eine Zukunft hatte.

Joe seufzte angesichts dieser romantischen Idee und versuchte, realistisch zu bleiben. Er musste seinen Verstand einsetzen, der ihm in geschäftlichen Dingen schon immer nützlich gewesen war. Wenn er eine Affäre mit Meryl begann – die ihrem Ruf in jedem Fall schaden würde, ganz

gleich, wie sie zueinander standen –, würde dies kaum dazu beitragen, dass er ihr Vertrauen gewann.
Nein, mit Meryl Carrington ging man nicht einfach so ins Bett wie mit einem Flittchen von der Straße. Schließlich war sie die Tochter seines Chefs und er ein alter Freund ihrer Familie. Es gab nur eine Möglichkeit, mit ihr das Bett zu teilen – ungeachtet ihrer Bereitschaft, neben ihm zu liegen und Trost in seiner Umarmung zu finden.
Ganz zu schweigen von den anderen Hindernissen. Meryl und er waren noch immer Rivalen, was die Westgate-Übernahme betraf. Es bedeutete ihr so viel, ihre Fähigkeiten unter Beweis zu stellen. Wie sollte er es also bewerkstelligen, sie zu erobern und gleichzeitig als Sieger aus dem Wettkampf hervorzugehen? Sein Erfolg würde unweigerlich einen Keil zwischen sie treiben.
Auf all diese Fragen gab es nur eine Antwort. Joe wunderte sich, dass er nicht schon früher darauf gekommen war. Seine Probleme wären auf einen Schlag gelöst.
Die Idee barg zwar ein gewisses Risiko, aber kein größeres, als er bereits eingegangen war. Und er war es gewohnt, um das zu kämpfen, was er haben wollte. Wenn er jetzt zauderte, wäre er ein Dummkopf.
Meryl schlief tief und fest und rührte sich noch nicht einmal, als Joe aus dem Bett stieg und leise aus dem Zimmer schlich.

18. Kapitel

Meryl erwachte, weil etwas sie an der Wange kitzelte. Sie spähte schläfrig durch halb geöffnete Lider und sah die Umrisse eines Männergesichts. Erschrocken riss sie die Augen weit auf.

»Schsch. Ich bin es, mein Liebling.«

Sie seufzte erleichtert beim Anblick von Joes liebevollem Lächeln. Langsam kehrte die Erinnerung zurück: Joe hatte sie ins Bett gebracht und sich neben sie gelegt. Und jetzt kniete er vor ihr und kitzelte sie mit seinem Taschentuch an der Wange. Sie lag in einem Hotelzimmer in Virginia City, weit weg von ihren Entführern.

Liebling. Warum hatte er sie bei diesem Kosenamen genannt? Meryl fand keine plausible Erklärung. In ihrem Kopf ging alles durcheinander, und die fremde Umgebung verwirrte sie ebenso sehr wie der nächtliche Himmel, den sie draußen erkennen konnte.

»Wird aber auch Zeit, dass du wach wirst«, sagte Joe. »Du hast sehr lange geschlafen.«

»Wie lange?«, murmelte sie.

»Fast zwölf Stunden. Du hättest noch länger geschlafen, aber ich konnte nicht mehr warten.«

Meryl wusste nicht, was er damit meinte. Ihr Verstand schien nur langsam wach zu werden, aber ein Gedanke schoss ihr immer wieder durch den Kopf. »Ich habe geträumt, du wärst weg. Abgereist nach San Francisco.«

Joes Blick verdüsterte sich, und sein Lächeln erstarb. »Das ist nicht dein Ernst! *Das* traust du mir zu?«
»Mmmm«, bestätigte sie. Natürlich war es ihr Ernst. Nun, da sie außer Gefahr war, würde er alles tun, um die Wette zu gewinnen.
»Glaubst du wirklich, ich würde dich hier zurücklassen? Nach allem, was du durchgemacht hast?«, fragte Joe fassungslos.
»Unsere Wette gilt noch«, sagte Meryl und setzte sich auf. Sie bemerkte, dass ihre Brüste nur von dem dünnen Nachthemd bedeckt wurden, und zog rasch die Knie an den Körper. »Wo ist mein Morgenmantel?«
»Hier, bitte.« Joe nahm ihn vom Armlehnstuhl und reichte ihn ihr. In diesem Moment wurde ihr bewusst, dass er sich wieder in einen untadelig gekleideten Gentleman verwandelt hatte. Stoppelbart und Schaffellmantel waren verschwunden. Joe trug einen faltenfreien Tweedanzug mit einer grau-beige gestreiften Weste. Sein frisch geschnittenes Haar wurde durch einen akkuraten Seitenscheitel gebändigt und war mit einem Hauch Pomade nach hinten gekämmt.
Meryl stutzte. Wofür hatte er sich so fein angezogen? Er sagte, er hätte nicht die Absicht, nach San Francisco zu fahren. Vielleicht hatte er eine geschäftliche Verabredung oder wollte in einem Restaurant zu Abend essen. Was auch immer er im Schilde führte, sie war fest entschlossen, es herauszufinden.
Sie warf sich ihren Morgenmantel über und eilte ins Bad. Wenn Joe bereit war, würde sie erst recht bereit sein – für was auch immer. Dummerweise befand sich ihre gesamte Kleidung im Schlafzimmer.

Als Meryl aus dem Bad kam, stand Joe mitten im Raum und fühlte sich offensichtlich unwohl. Vielleicht hätte sie ihn bitten sollen, zu gehen, bevor sie mit ihrer Toilette begann. Eigenartig, aber es störte sie nicht im Geringsten, dass er geblieben war. Auf diese Weise konnte sie ihn wenigstens im Auge behalten.

Warum hatte sie ihn nur dazu aufgefordert, in ihrem Bett zu schlafen? Was hatte sie sich dabei gedacht? Er war schließlich ihr Rivale. Ihr Feind! Und was machte sie? Führte sich auf wie ein törichtes, einfältiges Frauenzimmer. Bat ihn, bei ihr zu bleiben. Erlaubte ihm, ihre Verletzlichkeit, ihre Schwäche und ihre Tränen zu sehen.

Natürlich war sie Joe dankbar, dass er sie gerettet hatte. Aber sie ärgerte sich darüber, dass sie überhaupt einen Mann gebraucht hatte, der sie rettete. Schlimmer noch, dass dieser Mann ausgerechnet Joe war. In ihrer Kindheit hatte er nicht den geringsten Respekt vor ihr gehabt, und nun betrachtete er sie gewiss als schwache, hilfsbedürftige Frau.

Und sie hatte alles nur noch schlimmer gemacht. Erschöpft und ängstlich hatte sie sich an ihn geklammert, ihn angefleht zu bleiben und ihm Vertraulichkeiten gestattet, die eine Dame nur ihrem Ehemann gewähren durfte. Zugegeben, sie hatte ihn im Zug geküsst. Aber auch das war ein dummer Fehler gewesen. Sie durfte sich nicht länger von ihren Gefühlen verwirren lassen. Sie musste sich darauf besinnen, warum sie unterwegs nach Westen war. Und sie durfte nicht vergessen, aus welchem Grund Joe wirklich mit ihr reiste.

Das Einzige, was sie jetzt noch tun konnte, war, den Schaden so gering wie möglich zu halten. Vielleicht war es noch nicht zu spät, um Missverständnisse aus dem Weg zu räumen, sich als geschäftstüchtig zu erweisen und Joe deutlich zu machen, dass sie ein Ziel vor Augen hatte, von dem sie sich keinesfalls abbringen lassen würde. Sie hatte so lange an dem Kaufangebot für Westgate gearbeitet. Und sie war San Francisco so nah. Zu nah, um aufzugeben.

Nein, sie würde nicht aufgeben, schon gar nicht wegen Joe, auch wenn er bisher ungekannte Sehnsüchte in ihr weckte und eine Saite in ihr zum Klingen brachte, die sie zutiefst verwirrte.

Meryl würde nicht zulassen, dass er sie übertrumpfte. Sie erklärte mit fester, entschlossener Stimme: »Es ist nicht nötig, dass du mich auf Schritt und Tritt begleitest. Ich bin sehr wohl in der Lage, auf mich selbst aufzupassen.«

Joes tiefes, nachsichtiges Lachen klang in ihren Ohren gönnerhaft. »Ich bin mir dessen vollauf bewusst, Meryl. Ich werde dich gleich allein lassen, aber vorher …« Er zögerte. »Vorher gibt es etwas, über das ich mit dir sprechen muss.«

Joes ernster Tonfall gefiel Meryl ganz und gar nicht. Als er auf sie zukam und ihre Hand ergriff, musterte sie ihn misstrauisch. Er führte sie zu den beiden Ohrensesseln vor dem Kamin. Er musste das Feuer entfacht haben, während sie schlief. »Setz dich bitte«, sagte er und wies auf einen der Sessel.

Meryl nahm Platz. Joe setzte sich ihr gegenüber. Plötzlich glaubte sie zu wissen, worum es ging. »Du hast Mr Philbottom telegrafiert, und er will nicht mehr verkaufen!«

»Nein«, erwiderte Joe mit einem Anflug von Verzweiflung. »Das ist es nicht.«

Also etwas anderes. Aber es musste mit ihrer Vereinbarung zu tun haben, sonst wäre sein Gesichtsausdruck nicht so ernst. »Er hat bereits an Vanderbilt, Forbes oder Harriman verkauft!«, rief sie voller Schrecken. »Ich hab's geahnt! Harriman hatte schon die ganze Zeit ein Auge auf Westgate geworfen!«

Wieder schüttelte Joe den Kopf. »Es hat nichts mit dem Kauf der Eisenbahngesellschaft zu tun, Meryl. Aber zu deiner Beruhigung: Ich habe Mr Philbottom telegrafiert, dass wir bald ankommen werden und …«

»Bald? Warum nicht heute?« Meryl sprang auf. Da saßen sie tatenlos in Virginia City, während wichtige Geschäfte warteten …

»Setz dich, Meryl. Heute ist Samstag. Er erwartet uns nicht vor Montag.«

»Oh.« Sie ließ sich zurück in den Sessel fallen, alles andere als erfreut darüber, dass Joe die Dinge in die Hand genommen hatte. Aber immerhin hatte er von »wir« und »uns« gesprochen. »Was meinst du mit *uns*?«, fragte sie dennoch misstrauisch. »Hast du ihm gesagt, wir würden uns *beide* mit ihm treffen? Wir haben nie ausgemacht …«

Joe hob die Hand und unterbrach ihren Redeschwall. »Ich habe ihm lediglich gesagt, dass ein Vertreter der Atlantic-Southern unterwegs sei, um mit ihm über den Kauf zu sprechen. Ich habe nicht erwähnt, um wen es sich handelt.«

Meryl stand auf. Erneut überraschte es sie, wie anständig sich Joe verhielt. Selbst bei einer Angelegenheit, die ihm so viel bedeutete. Immer dann, wenn sie ihm fragwürdige Motive unterstellte, bewies er Charakter – und sie fühlte sich schuldig. »Ich verstehe. Das war nett von dir, wenn man bedenkt …«

Joe zog die Augenbrauen hoch. »Wenn man bedenkt, dass ich ein Schuft bin, dem man nicht trauen kann?«

Meryl seufzte. »Nein, wenn man bedenkt, dass du und ich Rivalen sind. Oder hast du das etwa vergessen?«

»Natürlich nicht. Aber darum geht es jetzt nicht, sondern um etwas sehr viel Wichtigeres.«

Nervös verschränkte Meryl die Arme. »Ich höre.«

»Meryl, ich habe nachgedacht«, begann er ernst. »Mehr noch – ich habe eine Entscheidung getroffen, und zwar eine äußerst bedeutende.«

Joe hielt kurz inne, blickte aus dem Fenster und holte tief Luft. Dann sah er Meryl an und fuhr fort. »Ich habe den Eindruck, dass wir ganz gut miteinander auskommen – wenn wir nicht gerade versuchen, die Pläne des jeweils anderen zu durchkreuzen. All unsere Schwierigkeiten resultieren ausschließlich aus unserer geschäftlichen Rivalität.«

Er beugte sich vor und faltete die Hände zwischen den Knien. »Mir ist eine Lösung eingefallen, eine vernünftige, sinnvolle Lösung. Ich würde sogar sagen, es ist eine der besten Ideen, die ich je hatte.« Joe lächelte sie an. Meryl konnte das Grübchen in seiner Wange sehen und musste sich zusammenreißen, um nicht dahinzuschmelzen. Er führte irgendetwas im Schilde, und sie durfte nicht zulassen, dass er die Oberhand gewann.

»Mir ist klar geworden, wie viel wir schon miteinander erlebt haben und was uns alles verbindet. Unsere Familien, die gemeinsame Kindheit, und jetzt sogar unsere Ziele.«

Worauf wollte er hinaus? Meryl musterte ihn wachsam, hielt es jedoch für besser, seine Rede nicht zu unterbrechen. Offenbar rang er noch um die richtigen Worte – und würde ihr vielleicht gerade dadurch etwas verraten, das ihr später von Nutzen sein konnte.

»Ich weiß, dass du mich immer für einen Flegel, groben Klotz und überhaupt für einen Mistkerl gehalten hast. Aber ich hoffe, dass ich dir inzwischen bewiesen habe, dass ich kein Kind mehr bin. Ich bin erwachsen geworden, Meryl – genau wie du. Ich bin ein Mann ...«

»Das ist mir nicht entgangen«, sagte sie und kämpfte gegen ihre Verlegenheit. Und ob er ein Mann war – stark, gut aussehend und mit der Gabe, ihre Leidenschaft zu entfachen. Sie konnte ihn gar nicht anders wahrnehmen.

»Und wenn ich dich ansehe, Meryl, dann nicht als Kind, sondern als *Frau*.« Beim letzten Wort wurde seine Stimme rau, und Meryl jagte ein Schauer über den Rücken. Sie schaute tief in seine smaragdgrünen Augen.

Das unverhohlene Verlangen darin überwältigte und erregte sie. Joe wollte sie und zeigte ihr das auch. »Als eine wunderschöne, begehrenswerte Frau«, fügte er leise und in einem Tonfall hinzu, der ihr Herz zum Rasen brachte. Unglaublich, wie gut er sie ablenken konnte! Sie musste sich auf die anstehenden Verhandlungen konzentrieren und aufhören, dummen Jungmädchenfantasien nachzuhängen. Meryl straffte die Schultern und versuchte, dem Gespräch wieder eine sachlichere Note zu verleihen.

»Was versuchst du mir zu sagen, Joe? Du redest ständig um den heißen Brei herum. Hast du denn immer noch nicht gelernt, dass man auf dem Bahnhof ankommen sollte, bevor der Zug abfährt?«

»Verdammt noch mal, Meryl.« Joe schlug sich mit der flachen Hand auf das Knie. »Musst du denn immer so feindselig sein?«
Sie winkte ab. »Ich bin nicht feindselig, ich versuche lediglich, zum Punkt zu kommen – wo auch immer der liegen mag!«
»Na schön, dann sage ich dir, was der Punkt ist.« Er griff in seine Jackentasche und zog ein kleines Etui heraus. »Das hier ist der Punkt.«
Joe klappte den Deckel auf, und Meryl sah einen Edelstein im Licht des Kaminfeuers funkeln. Das musste ein Traum sein …
Dann fiel Joe zu ihrem größten Entsetzen vor ihr auf die Knie. Meryl konnte einfach nicht glauben, dass er es tatsächlich ernst meinte – bis die Worte über seine Lippen kamen:
»Heirate mich.«

19. Kapitel

»Wie bitte?« Meryl war wie erstarrt. In dem Etui steckte ein kostbarer, vollendet geschliffener Diamantring.

Joe nahm ihre Hand. »Ich möchte, dass du meine Frau wirst.«

Unbändige Freude durchflutete Meryl, als ihr die Bedeutung seiner Worte bewusst wurde. Joe wollte sie heiraten. Sie heiraten!

Ihre plötzliche Aufgeregtheit verwirrte sie fast genauso wie Joes unerwarteter Antrag. Das war doch gar nicht das, was sie eigentlich wollte, oder? Aber warum gingen ihr seine Worte dann durch und durch? Und Joe – was mochte er dabei fühlen?

»Warum?«, fragte sie schließlich.

»Die Gründe habe ich doch genannt, Meryl«, entgegnete Joe mit unerträglicher Gelassenheit. »Weil es für uns beide das Sinnvollste ist.«

»Seit wann ... Wie lange weißt du schon, dass du mich ... heiraten willst?« Liebte er sie vielleicht bereits seit Jahren? Hatte er sie immer nur geneckt, weil er zu viel Angst hatte, seine wahren Gefühle zu zeigen?

»Es ist mir heute Morgen klar geworden.« Sein Blick wanderte zu dem zerwühlten Bett, in dem er neben ihr gelegen hatte, als gehöre er genau dorthin.

Natürlich – er dachte, sie hätten die Grenzen des Anstands so weit überschritten, dass ihm jetzt nichts anderes übrig blieb, als sich »ehrenhaft« zu verhalten. Meryl versuchte, ihre Enttäuschung zu verbergen. »Du hast mich nicht entehrt, falls es das ist, was du fürchtest. Auch wenn wir … besser gesagt, wenn du … mit *mir* … Du bist für mich wie ein Bruder.«

Joe presste die Lippen zusammen. »Tatsächlich?« Er umfasste mit der Hand ihren Nacken und zog Meryl an sich. Dann küsste er sie zärtlich und erforschte einfühlsam die sanfte Wölbung ihres Mundes. Mit der Zungenspitze umspielte er ihre Lippen – mit solcher Hingabe, als könne er dies für den Rest seines Lebens tun. Seine Sinnlichkeit entfachte in ihr ein geradezu schmerzliches Verlangen. Meryl gab sich seinen Liebkosungen hin und schwelgte in der süßen Lust, die sie durchflutete.

Sie fuhr mit den Fingern durch seine Nackenhaare. Der männlich herbe Duft seines Haarwassers umschmeichelte ihre Nase. Joe roch so unglaublich gut, dass sie gar nicht mehr aufhören wollte, ihn zu küssen.

Aber plötzlich löste er sich von ihren Lippen und lächelte sie verschwörerisch an. »Verstehst du jetzt? Es ist sogar sehr sinnvoll.«

Meryl versank in seinen Augen und gestattete sich zu träumen.

Bis ihr klar wurde, dass er kein Wort von Liebe gesagt hatte. Abrupt lehnte sie sich in ihrem Sessel nach hinten. »Du tust es schon wieder. Du nutzt es aus, dass ich eine Schwäche für dich habe. Aber ich habe nicht vor, deinem zweifelhaften Charme zu erliegen. Gib es auf, Joe. Dazu wird es nicht kommen.«

»Und warum fühle ich mich dann, als wäre ich derjenige, der hier jemandem erliegt?«, fragte er trocken.

»Ich gebe zu, dich zu küssen ist ...« Meryl suchte verzweifelt nach dem passenden Wort.
»Angenehm«, schlug er vor.
»Angenehm«, stimmte sie zu und spürte, dass sie errötete. »Aber das ist noch lange kein Grund zu heiraten.«
Joe zuckte mit den Schultern. »Doch, das ist es – wenn man eine solche Leidenschaft ausleben möchte.«
»*Deshalb* willst du mich heiraten?« Meryl stieß ihn gegen die Brust und sprang auf. »Ich glaube kaum, dass dies ein ausreichender Grund ist ...«
Joe erhob sich ebenfalls. »Ich habe dir die Gründe genannt. Wir beiden kennen uns schon ein Leben lang. Wir kommen miteinander zurecht – zumindest im Großen und Ganzen. Überleg doch nur ... Wenn wir unsere Rivalität beenden, könnten wir gemeinsam viel stärker sein.«
»Schön und gut, aber das reicht nicht als Grundlage für eine Ehe.« Sie sah ihn durchdringend an und suchte nach Anzeichen von Liebe, nach irgendetwas, das ihre wachsenden Zweifel vertreiben könnte.
»Ich glaube, ich weiß, um was es hier geht«, sagte sie schließlich. Ihr Verstand löste allmählich den Gefühlsnebel auf, der sie eingehüllt hatte, und ließ sie die Wahrheit erkennen. »Du hast Angst, ich könnte unsere Wette gewinnen, und willst mich vom Kurs abbringen. Ich soll über Hochzeitskleider, den Empfang und diesen ganzen Zinnober nachdenken, anstatt zu beweisen, dass ich dir geschäftlich ebenbürtig bin.«
Joe streckte die Hand nach ihr aus, aber sie wich zurück. »Meryl, ich habe keineswegs vor, dich zu manipulieren. Aber du musst zugeben, dass die Dinge leichter wären, wenn wir ...«

»Leichter für dich, meinst du wohl! Und zwar in vielerlei Hinsicht …« Sie empfand nur noch grenzenlose Enttäuschung.
Sein Lächeln erstarb, seine Miene wurde finster. »Ja, Meryl, ich würde davon profitieren, dich an meiner Seite zu haben.«
Meryl wurde immer klarer, worin dieser Profit bestand und dass es richtig gewesen war, Joes Beweggründen nicht zu trauen. »Wenn du mich heiratest, wirst du Vaters Schwiegersohn! Er würde wollen, dass du einmal die Leitung der Firma übernimmst. Es gäbe für dich keinen leichteren Weg, deine Ziele zu erreichen!«
»Das darf nicht wahr sein!«, rief Joe ungläubig. »Nach all dem, was wir miteinander durchgestanden haben, traust du mir immer noch nur Schlechtes zu. Verdammt, Meryl, ich will dich heiraten, weil du mir etwas bedeutest, kannst du das nicht begreifen?«
Meryl zog ihren Morgenmantel fest über der Brust zusammen. »Ich bin sicher, das vereinfacht die Sache für dich. Zumindest bist du dann nicht für den Rest deines Lebens an jemanden gekettet, der dir zuwider ist.«
Er ging auf sie zu und packte sie an den Schultern. »Und ich dachte, mein Antrag würde dir endlich beweisen, dass du mir trauen kannst.«
Sein Tonfall und die Art, wie er sie ansah, berührten Meryl bis ins Innerste. Ihr Blick wurde weich.
Leise fuhr Joe fort: »Vertrau auf unsere Gefühle.«
Sie kämpfte dagegen an, wollte ihm zumindest mit Worten Widerstand leisten. »Und was, bitte schön, sollen das für Gefühle sein?«
»Diese hier.« Er zog sie fest an sich. Meryls Herz begann

zu rasen. Jetzt würde er sie gleich wieder küssen, auf diese Art, die ihr den Boden unter den Füßen wegzog. Aber stattdessen berührte er mit den Lippen ihren Hals und wanderte dann langsam tiefer. Ein lustvoller Schauer nach dem anderen jagte durch Meryls Körper. Zwischen den sanften Küssen, mit denen er ihren Hals erkundete, flüsterte er: »Du fühlst es, genauso wie ich.«

Sein Mund liebkoste die empfindliche Stelle über ihrem Schlüsselbein. Meryl schloss die Augen und legte ihren Kopf in den Nacken.

»Ich will dich, Meryl, ich will dich so sehr.« In seiner Stimme schwang quälendes Verlangen. »Meine Lust bringt mich noch um den Verstand.«

»Lust«, hauchte sie und spürte sein Tweedjackett an ihrer Wange. Im Licht des Kaminfeuers schimmerte Joes Haar wie Gold.

Sie fühlte seine Hände durch den Stoff ihres seidenen Morgenmantels. Joe streichelte ihre Arme, umfasste dann ihr Gesicht und hielt es so, dass ihre Blicke sich trafen. Ein zufriedenes Lächeln spielte um seine Lippen. »Ich bin so froh, dass du dich mir geöffnet hast. Dass du mich die wahre Meryl hast sehen lassen, die verletzliche Frau, die einen Mann an ihrer Seite braucht …«

»Braucht?« Das Wort kühlte ihre Leidenschaft schneller ab, als eiskaltes Wasser es vermocht hätte. Sie befreite sich aus Joes Umarmung, verschränkte die Arme und starrte ihn mit erhobenem Kinn trotzig an. »Ich brauche dich nicht, Joe. Du hast mich aus einer schlimmen Lage befreit, mir vielleicht sogar das Leben gerettet. Aber das ist etwas anderes, als tagtäglich auf einen Ehemann angewiesen zu sein.«

Sein Blick verdüsterte sich. »Du spürst es also nicht, dieses Verlangen, wenn ich dich küsse? Diesen Hunger, der dich förmlich in den Wahnsinn treibt?«

Und ob sie ihn spürte. »Darum geht es nicht. Leidenschaft muss nicht in eine Ehe münden. Es steht mir frei, einen Mann zu begehren, ohne mein Herz an ihn zu verlieren.«

Joe starrte sie skeptisch an. »Tatsächlich?«

Meryl entfernte sich einige Schritte von ihm. »Ja.«

»Na gut. Wenn es dich nicht berührt und du deine Gefühle derartig unter Kontrolle hast, dann komm her und beweise es.«

Meryl holte tief Luft. Er wirkte so selbstsicher. Lässig lehnte er mit seinen breiten Schultern an der Wand neben dem Kamin. Ein Teil von ihr verlangte danach, sich in seine Arme zu stürzen, den Kampf endlich aufzugeben und sich nicht mehr zu wehren. Aber sie erkannte auch, dass der Einsatz dieses Mal sehr viel größer war – es ging um ihr ganzes Leben.

Wenn sie jetzt und zu seinen Bedingungen nachgab, würde sie niemals glücklich werden, auch nicht als seine Frau.

Etwas in ihr drängte sie dazu, sich selbst und ihm zu beweisen, dass sie auch ohne Ehering zu Leidenschaft fähig war. Natürlich war sie das! Sie musste lediglich ihren geheimen, verbotenen Sehnsüchten nachgeben.

Zögernd machte sie einen Schritt auf Joe zu. Er sah sie schweigend an – offenbar wartete er nur darauf, dass sie zugab, den Mund zu voll genommen zu haben. Meryl hielt verunsichert inne. Sie war völlig unerfahren, was fleischliche Gelüste betraf. Was würde ein Mädchen in

einem Tanzlokal in Mexiko jetzt wohl tun? Oder Mrs Yves-Kendall – wie würde sie es anfangen, einen Mann zu verführen?
Vielleicht musste sie ja gar nichts tun. Die Männer waren von Natur aus die Aktiven. Ihre Rolle als Frau bestand darin, ihn dazu einzuladen, ihm zu zeigen, dass sie bereit und willens war. Wenn sie das erst einmal getan hatte, würde ihn wahrscheinlich sein Anstand bremsen, und die Angelegenheit wäre erledigt.
Obwohl sich Meryl sagte, dass sie völlig verrückt war, öffnete sie mit zitternden Händen den Gürtel ihres Morgenmantels. Sie ließ den Seidenstoff von ihren Schultern zu Boden gleiten. Nun trug sie nur noch ihr Nachthemd. Es war zwar hochgeschlossen, aber ihre nackten Brüste zeichneten sich deutlich darunter ab.
Joes Blick wurde geradezu magisch von der Stelle angezogen. Er machte keine Anstalten, ihr Einhalt zu gebieten. Stattdessen verschränkte er die Arme und hob erwartungsvoll das Kinn.
Seine Haltung machte Meryl wütend. Er schien überzeugt, dass sie jeden Moment das Handtuch werfen würde.
Nun, sie würde ihm schon zeigen, mit wem er es zu tun hatte. Ihre Finger bebten, als sie den obersten Knopf des Nachthemdes öffnete.
Diesmal zuckte Joe sichtlich zusammen. Doch dann grinste er sie dreist an, zog sein Tweedjackett aus und legte es über die Armlehne des Sessels.
Trotzig starrte Meryl ihm in die Augen und löste den zweiten Knopf. Als Antwort öffnete er alle vier Knöpfe seiner Weste, streifte sie ab und warf sie über sein Jackett.
Aber mit Hemd und Hose ist er immer noch vollständig

bekleidet, dachte Meryl empört. Bisher hatte er nicht das Geringste riskiert.
Rasch öffnete sie sämtliche Knöpfe bis zu den Brüsten. Joe streifte die Hosenträger von seinen Schultern und hatte im Nu sein Hemd ausgezogen. Jetzt stand er im Unterhemd vor Meryl.
Für einen kurzen Moment lenkte der Anblick seines Körpers sie ab. Sie betrachtete seine Arme, die harten Muskeln, die im Schein des Kaminfeuers schimmerten. Joe legte auch sein Hemd über den Sessel und sah Meryl spöttisch an. Machte er sich etwa über sie lustig?
Sie kniff die Augen zu schmalen Schlitzen zusammen und riss die nächsten beiden Knöpfe auf. Ihr Brustansatz war zu sehen. Meryl schluckte. *Er sieht nicht mehr, als wenn ich ein Ballkleid tragen würde,* sagte sie sich. Allerdings war ein Nachthemd doch ein wesentlich intimeres Kleidungsstück.
Joe war ihre Nervosität offenbar nicht entgangen. »Meryl«, sagte er mit sanfter Stimme. »Du musst das nicht tun.«
Endlich brachte sie ihn aus der Fassung! Er würde jeden Augenblick einen Rückzieher machen. Jetzt durfte sie auf keinen Fall in ihrer Entschlossenheit nachlassen. Auch wenn sie ein wenig enttäuscht war, dass dieses Spiel bald zu Ende sein würde. Joes Körper faszinierte Meryl, und sie hätte gern mehr davon gesehen.
Wieder öffnete sie ein paar Knöpfe. »Ganz richtig, Joe. Ich muss nicht – aber ich *will.*« Das Nachthemd klaffte nun bis zu ihrem Bauchnabel auf, ohne ihre Brüste ganz zu enthüllen. Nie zuvor hatte sie einem Mann so viel von ihrem Körper gezeigt.

Das Funkeln in Joes Augen verriet ihr, dass er den Anblick durchaus genoss. Er fuhr sich mit der Zunge über die Lippen.
Meryl wagte nicht, sich zu rühren, denn das Nachthemd konnte bei der kleinsten Bewegung verrutschen. Sie hatte nicht im Traum vorgehabt, so weit zu gehen, aber nun würde sie sogar noch weiter gehen, wenn es nötig war. Sie wartete angespannt und musterte Joe dabei von Kopf bis Fuß.
Nach einer halben Ewigkeit rührte er sich. Doch anstatt das Zimmer zu verlassen, fasste er sein Unterhemd und zog es sich mit einem Ruck über den Kopf.
»Oh«, keuchte Meryl unwillkürlich. Joes Körper sah umwerfend aus. Schlank, fest und muskulös. Er erinnerte sie an die Gemälde alter Meister, die sie im Kunstunterricht betrachtet hatte. Einige der männlichen Akte hatten sie damals alles andere als kalt gelassen. Und dieser Mann hier war aus Fleisch und Blut.
Hellblondes Haar kräuselte sich auf seiner festen Brust, zog sich hinunter zu seinem flachen Bauch und verschwand in den Hosen.
»Du bist dran.«
Joes spöttische Bemerkung riss Meryl aus ihren Gedanken und verwandelte ihre Bewunderung in Ärger. Gewiss hatte er ihr am Gesicht angesehen, dass sie ihn begehrte – vielleicht konnte sie ihn nun in die gleiche Verlegenheit bringen. Langsam schob sie sich das Nachthemd von der Schulter und entblößte dadurch den größten Teil einer Brust.
Joe trat unruhig von einem Fuß auf den anderen und schluckte. »Meryl«, sagte er mit rauer Stimme. *Jetzt läuft er gleich fort,* dachte sie und wartete gespannt.
Aber er stand wie angewurzelt vor dem Kamin und be-

trachtete sie wie ein hungriger Mann ein Festessen. Sein unverhohlenes Verlangen entzückte und erregte sie. Wie weit konnte sie gehen, bevor er aufgab? Er war kurz davor, das spürte sie ganz deutlich. Sie hatte die Oberhand. Sein Körper faszinierte sie, aber der ihre schien ihn schlichtweg zu hypnotisieren.

Es war ein aufregendes, berauschendes Gefühl, Macht über Joe zu besitzen. Meryl holte tief Luft und ließ das Nachthemd zu Boden gleiten.

Ihr Höschen war alles, was sie jetzt noch trug, und es verhüllte so gut wie nichts. Sie tat das Unfassbare – ließ einen Mann ihre nackten Beine und Brüste betrachten.

Joe keuchte. »Verdammt noch mal, Meryl!« Es war so weit. Er gab auf. Auch wenn er selbst halbnackt war – sie hatte vor ihm entblößt, was eigentlich niemand außer ihrem Ehemann jemals sehen durfte. Jetzt würde er gewiss in sein Zimmer stürmen. Und er würde nie wieder behaupten, sie müsse erst heiraten, um sich körperliche Lust erlauben zu können. Er würde nie wieder behaupten, dass sie ihn *brauchte*.

Joe rührte sich. Doch zu Meryls Entsetzen ergriff er keineswegs die Flucht, sondern kam schnurstracks auf sie zu. Mit drei großen Schritten war er bei ihr und riss sie in seine Arme.

Dieses Mal hatte sein Kuss nichts Zögerndes oder Vorsichtiges. Er nahm ihre Lippen in Besitz, fordernd, heißblütig, fast rau, mit ungezügeltem Verlangen. Sein Oberkörper drückte gegen ihre nackten Brüste. Ihre Erregung brachte Meryl fast um den Verstand.

Sie könnte sich ihm widersetzen … Sie könnte flüchten und damit kapitulieren.

Und ihn gewinnen lassen? Niemals! Meryl kapitulierte, aber nicht vor Joe, sondern vor ihrer fleischlichen Begierde. Sie schlang die Arme um Joes Nacken und öffnete ihren Mund seiner drängenden Zunge.
Selbst diese kühne, schamlose Geste brachte ihn jedoch nicht dazu, das Handtuch zu werfen. Er erforschte jeden Winkel ihres Mundes und ihrer Lippen. Er umfasste ihre Brüste und streichelte und liebkoste sie. Seine Berührungen ließen Meryls Knie weich werden. Hätte Joe sie nicht in den Armen gehalten, sie wäre längst zu Boden geglitten. Er strich mit der Hand über ihren Rücken, umfasste ihren Po und zog sie fest gegen seine Hüften.
Meryl drängte sich ihm entgegen. Sie wollte ihm noch näher sein, *musste* ihm noch näher sein. *Aber ich* brauche *ihn nicht,* sagte sie sich, während sie einen Oberschenkel um seine Hüfte schlang.
Ihre Leidenschaftlichkeit ließ ihn das Gleichgewicht verlieren. Er stolperte, und es gelang ihm gerade noch, das Bett zu erreichen. Er stürzte rücklings darauf, und Meryl fiel auf ihn. Ihre Schenkel schienen unter seiner Berührung förmlich zu brennen. Als ihre harten Brustwarzen über seine nackte Haut strichen, erregte sie dies nur umso mehr.
Ihre Blicke trafen sich. Joe lächelte. »Ich wusste, dass wir so enden würden.«
»Tatsächlich?«, stieß sie atemlos hervor. »Wie kannst du das gewusst haben?«
»Du hast mich schon als kleines Mädchen geliebt – bist mir überallhin nachgelaufen und hast versucht, meine Aufmerksamkeit zu erregen. Nun, Liebling – jetzt hast du sie.«

Obwohl seine Behauptung nicht ganz falsch war, reizte seine Selbstgefälligkeit Meryl bis aufs Blut und brachte ihre Leidenschaft endgültig zum Kochen. Sie lag auf ihm, was ihr einen Vorteil verschaffte.

Sie zog die Knie an, presste sie fest gegen seine Hüften, packte seine Arme und drückte sie neben seinem Kopf auf das Bett. Genau so hatte er sie einmal festgehalten. Damals war sie elf gewesen und hatte ihm Spinnen in den Hemdkragen gesteckt. Nach einer Verfolgungsjagd durch den Park hatte er sie zu fassen bekommen und auf den Boden gedrückt.

Schon damals hatte sie etwas Eigenartiges gespürt, als ihre Körper sich berührten. Und sie hatte vermutet, dass es ihm nicht anders ging, denn er ließ sie nach einem kurzen Moment mit rotem Kopf wieder los.

Meryl betrachtete das Gesicht des erwachsenen Mannes, der aus dem Jungen von damals geworden war – und konnte nicht das kleinste bisschen Verlegenheit darin entdecken.

»Jetzt hast du mich eingeholt, Meryl. Und glaube mir, du hast meine volle Aufmerksamkeit.« Sein Blick wanderte zu ihren Brüsten, dann zurück zu ihrem Gesicht. Ein Lächeln spielte um seine Lippen, und seine Augen funkelten lustvoll. »Was genau hast du denn jetzt mit mir vor? Was auch immer es ist, ich verspreche dir, mich nicht zu wehren.«

20. Kapitel

Meryl saß rittlings auf Joe, blickte zu ihm hinab und nagte an ihrer Unterlippe. Obwohl er halbnackt und in dieser Position unter ihr gefangen war, strahlte er immer noch Selbstvertrauen und Stärke aus. Sie musste einfach die Oberhand gewinnen. Körperlich würde ihr das wohl kaum gelingen, also musste sie es mit Worten tun.

»Ich werde dich zu dem Eingeständnis zwingen, dass ich dich nicht brauche«, erklärte sie, entschlossen, ihn selbst dann nicht in ihr Herz zu lassen, wenn ihre Körper einander berührten. »Ich habe dich noch nie gebraucht und werde dich auch in Zukunft nicht brauchen.«

»Wirklich?« Er legte die Hände auf ihren Rücken und zog sie zu sich herab, sodass ihre Brüste dicht über seinem Mund schwebten. Sie spürte seinen heißen Atem an der Spitze ihrer linken Brust. »Ich werde dir zeigen, was es heißt, jemanden zu brauchen.«

Meryl sah fasziniert zu, wie er mit den Lippen ihre Brustwarze umschloss. Die Berührung jagte eine solche Welle von Erregung durch Meryl, dass sie laut aufstöhnte.

Mit seiner warmen, feuchten Zunge drückte Joe ihr zartes Fleisch gegen seinen Gaumen und ließ einen Schauer nach dem anderen durch ihren Körper rasen.

Sie gab der Leidenschaft nach, stützte sich auf die Ellbogen, krallte ihre Finger in Joes Haar und presste das Gesicht in die Kissen.

Joe umspielte mit den Lippen ihre harte Knospe, saugte daran und fuhr mit der Zunge darüber. Meryl wand sich vor Lust. Sie spürte eine zunehmende Hitze und ein Verlangen an ihrer geheimsten Stelle, dem Mittelpunkt ihrer Weiblichkeit. Ihre Bewegungen brachten Joe dazu, laut zu stöhnen. Meryl schloss die Augen und ließ sich forttreiben in das Reich der Sinnlichkeit.
Schließlich fand die süße Qual ein Ende. Joe löste sich von ihr, und Meryl spürte kühle Luft auf ihren feuchten Brüsten. Zu ihrem Erstaunen wimmerte sie vor Verlangen.
Joe strich die goldblonden Locken zurück, die über ihre Schultern nach vorn gefallen waren und seine Brust kitzelten. Dann streichelte er mit dem Handrücken über Meryls Wange. Seine Augen glänzten fiebrig vor Erregung. »Das war nur ein kleiner Vorgeschmack, mein Schatz.«
»Was nicht heißt, dass ich dich brauche.« Meryl holte tief Luft, wobei ihre immer noch harten Brustwarzen dicht an seinem Gesicht vorbeistrichen.
Kleine Lachfältchen zeigten sich um Joes Augen. Er streckte die Zunge heraus und leckte über eine der beiden Knospen. Meryl stöhnte leise.
Joe ließ seinen Kopf zurück auf das Kissen fallen. »Und das soll ich dir glauben, wenn du so auf mich reagierst?!«
»Ich brauche dich nicht«, wiederholte sie entschlossen. Zweifel flackerte in seinen Augen, bis sie hinzufügte: »Aber ich will dich.«
Mit einer geschmeidigen Bewegung rollte er sie auf den Rücken. Wie ungerecht, dass er im Gegensatz zu ihr in diesen Dingen erfahren war! Sie hatte nichts als ihre Instinkte, von denen sie sich leiten ließ, um ihm zu beweisen, dass sie

dies hier genießen konnte, ohne ihn deshalb gleich heiraten zu müssen.
Bisher leisteten ihre Instinkte jedoch tadellose Arbeit. Meryl gab sich ihrem Verlangen hin, Joe zu berühren, durch sein Haar zu streichen, seine starken Arme zu fühlen. Sacht zog er an der Schleife, mit der ihr Höschen in der Taille zusammengehalten wurde. Dann fuhr er mit den Fingern unter das Bändchen und löste es so weit, dass er bequem mit der Hand hineinschlüpfen und das Höschen herunterstreifen konnte.
Meryl half ihm dabei und schleuderte dann ihr letztes Kleidungsstück mit dem Fuß weg. Sie war zu weit gegangen, um einen Rückzieher zu machen, und wollte es auch gar nicht mehr.
Joe stand auf, und Meryl beobachtete, wie er Hose und Unterhose auszog. Jetzt war auch er nackt. Im Lichtschein des Kaminfeuers betrachtete sie seinen hoch gewachsenen, schlanken Körper.
Wie wunderschön. Ein Adonis, dachte sie und war so überwältigt, dass ihr Tränen in die Augen schossen.
Joe nahm sie in seine Arme und legte Besitz ergreifend ein Bein über die ihren. Seine Berührung wärmte sie vom Kopf bis zu den Zehen. Ihre Körper waren ineinander verschlungen wie zwei Hälften eines zerbrochenen Ganzen.
Ihre Lippen fanden einander zu einem tiefen, innigen Kuss. Joe streichelte über Meryls Hüften, über ihre Schenkel und über die Innenseite ihrer Knie. Der geschwollene Schaft seiner Männlichkeit drückte hart und heiß gegen ihre empfindlichste Stelle.
»Es fühlt sich so gut an«, murmelte er, während seine Fin-

ger mit den feinen Locken am Scheitelpunkt ihrer Schenkel spielten. »So gut und so richtig.«
Meryl wusste genau, was er meinte. Er liebkoste ihren Körper und wusste immer schon vor ihr, was sie sich gerade wünschte. Alles war so neu und aufregend, und doch streichelten und küssten sie einander mit einer Vertrautheit, als würden sie dies schon seit Jahren tun.
Joes Finger glitten zum Zentrum ihrer Weiblichkeit und erforschten es so einfühlsam und zart, dass sie ein loderndes Verlangen in ihr entfachten. Dennoch fürchtete sich Meryl davor, dieses Verlangen zu stillen. »Ich habe gehört, dass es wehtut«, wisperte sie.
»Nur beim ersten Mal. Dem ersten von vielen«, flüsterte Joe und fuhr mit den Lippen die Wölbung ihres Halses entlang, während er mit den Fingern in die feuchte Vertiefung drang und den Weg bereitete.
Dann schob er Meryls Knie höher und ersetzte seine Finger durch die Spitze seiner Männlichkeit. Er stützte sich auf die Arme und sah Meryl an. »Entspann dich«, raunte er.
Aber widerspenstig, wie Meryl nun einmal war – zumindest, wenn es um Joe ging –, brachte seine Aufforderung sie nur dazu, sich zu verkrampfen. Sie presste die Knie gegen seinen Unterleib und verhinderte so, dass er ihr näher kommen konnte.
Joe nahm ihr Gesicht in beide Hände. »Bitte vertrau mir, Meryl. Nur dieses eine Mal.«
Sie biss sich auf die Unterlippe. »Das hilft mir nicht.«
In seinen Augen blitzte Verständnis. Ein Verständnis, zu dem nur er fähig war, denn niemand kannte sie so gut wie er. »Du bist wohl nicht Weib genug für einen Kerl wie

mich«, neckte er sie. Wieder bewegten sich seine Finger und jagten Wellen der Lust durch ihren Körper. »Du solltest dir besser ein harmloses, schüchternes Kerlchen suchen, das du herumkommandieren kannst.«
Die Stichelei wirkte. Feurige Leidenschaft verdrängte ihre Angst und ließ nur noch glühendes Verlangen zurück. »Das glaubst du doch selbst nicht!« Meryl schlang die Beine um seine Hüften und öffnete sich für ihn.
Er hätte nicht fliehen können, selbst wenn er es gewollt hätte. Stöhnend drang er mit einem einzigen, langsamen Stoß in sie ein.
Ein kurzer Schmerz durchfuhr Meryl, verflüchtigte sich jedoch, sobald Joe begann, sich langsam in ihr zu bewegen. Sie klammerte sich an seine Schultern wie eine Ertrinkende, während eine Welle der Lust nach der anderen ihren Körper erschütterte und sie alles um sich herum vergessen ließ. Meryl schloss die Augen und ließ sich fallen, bis sie und Joe eins wurden auf dem Gipfel der Lust.

Meryl lag in Joes Armen und blickte hinauf in den Satinhimmel des Bettes. Sie hatte sich nie eine Vorstellung davon gemacht, wie es war, sich ganz der Leidenschaft hinzugeben und mit einem Mann eins zu werden. Sie fühlte sich, als hätte sie sich von Grund auf verändert. Und der Mann, der diese Veränderung herbeigeführt hatte, hielt sie immer noch in den Armen, auch jetzt, nachdem ihre Leidenschaft gestillt war.
Sie hatte es getan. Sie hatte mit Joe geschlafen. Zwischen ihnen würde es nie wieder so sein wie früher.
Nun, nachdem es geschehen war, verblassten ihre Gründe, warum sie es hatte geschehen lassen. Was genau hatte

sie denn eigentlich damit bewiesen? Es sei denn, er glaubte immer noch …

»Jetzt ist alles anders«, sagte Joe, als könne er ihre Gedanken lesen. Er stützte sich auf den Ellbogen, wand sich eine ihrer Locken um den Finger und strich mit dem Daumen darüber. »Aber ich habe dich schon seit Thanksgiving mit anderen Augen betrachtet … Als ich dich in deinem wunderschönen Kleid sah, verschlug es mir einfach die Sprache. Du wirktest so unglaublich erwachsen.« Er tippte ihr auf die Nase und lächelte. »Du warst schon immer süß, Meryl. Aber jetzt bist du hinreißend.«

Sie strich ihm eine Haarsträhne aus der Stirn und lächelte. »Es ist verrückt, aber genauso ging es mir mit dir.«

»Ich hatte immer das Gefühl, dass wir so enden würden.« Er nahm ihre Hand und küsste sie zärtlich. »Du machst mich sehr glücklich, Meryl.«

»Joe …«, begann sie.

»Warte. Ich denke, jetzt ist der richtige Zeitpunkt gekommen.« Er ließ sie los und stieg rasch aus dem Bett. Meryl legte den Kopf auf das Kissen und beobachtete, wie Joe das Zimmer durchquerte.

»Zeitpunkt wofür?«

Er griff in seine Jackentasche, kehrte dann zum Bett zurück und setzte sich. »Dafür.«

Joe nahm ihre linke Hand und schob Meryl den diamantbesetzten Verlobungsring über den Finger.

Meryl setzte sich abrupt auf, griff hastig nach dem Laken und presste es mit der rechten Hand an sich, während sie die linke kaum zu bewegen wagte.

Joe nahm ihre Hände. »Lass uns so schnell wie möglich heiraten. Unsere Familien werden nichts dagegen haben, schließlich kennen wir uns schon seit einer Ewigkeit. Wie wäre es mit einer Hochzeit zu Weihnachten? Sobald ich die Übernahmeverhandlungen abgeschlossen habe, können wir nach Hause fahren.«

»Ich?«, wiederholte Meryl und spürte Unbehagen in sich aufsteigen.

»Die Zeit sollte reichen, damit du eine kleine Feier vorbereiten kannst. Solche Dinge sind Frauensache. Mir ist nur wichtig, dass wir möglichst bald heiraten.«

»Weihnachten ist schon in drei Wochen«, murmelte sie, da dies der einzige zusammenhängende Satz war, den sie über die Lippen brachte. Joe hatte sich offenbar sehr viele Gedanken über die Zukunft gemacht – ihrer beider Zukunft.

»Was soll ich sagen? Ich kann es kaum erwarten, dass du meine Frau wirst. Im Grunde haben wir einander doch schon ein Leben lang umworben.«

Meryl entzog ihm ihre Hände und wickelte sich fest in das Laken. »Nein«, hauchte sie.

Sein Lächeln schwand, doch er fing sich sofort wieder. »Gut, ich kann auch bis zum Frühjahr warten, wenn du darauf bestehst. Würde dir das genug Zeit lassen?«

»Nein.«

»Dann eben bis zum Sommer ...«

Meryl legte ihm einen Finger auf die Lippen und brachte ihn dadurch zum Schweigen. »Nein. Ich werde dich nicht heiraten, Joe. Du vergisst, wie es zu dieser Situation gekommen ist.«

Ein Muskel zuckte in seiner Wange. »Das kann nicht dein Ernst sein! Du meinst diese lächerlichen Dinge, die du über Leidenschaft und Lust gesagt hast?«

Meryl straffte die Schultern. Sie hätte wissen müssen, dass er versuchen würde, es unter den Tisch zu kehren. »Ich habe es dir bewiesen, nicht wahr? Ich brauche dich nicht.« Ihre Worte klangen selbst in ihren eigenen Ohren harsch.

Die Enttäuschung in Joes Gesicht war so groß, dass Meryl wegsehen musste. *Er hat mit keinem Wort gesagt, dass er mich liebt,* rief sie sich ins Gedächtnis. *Und selbst wenn er es gesagt hätte, wäre das noch lange kein Grund, warum ich ihn* brauchen *sollte.*

»Meryl, jetzt ist nicht der richtige Augenblick für Streiche«, sagte Joe mit einem nervösen Lachen. »Hatten wir davon nicht wirklich schon genug? Nach dem, was wir miteinander geteilt haben …«

Er verstummte, denn Meryl zog den Ring vom Finger und hielt ihn ihm entgegen. »Du hast dir alles so zurechtgelegt, wie es für dich am vorteilhaftesten ist. Ich habe deinen Antrag schon einmal abgelehnt. Wie kannst du annehmen, dass ich dich jetzt heiraten will, nur weil wir …?«

Joe machte keine Anstalten, den Ring zu nehmen, sondern übersah ihre ausgestreckte Hand geflissentlich. »Nur weil wir was? Sag es, Meryl.«

Meryl holte tief Luft und zwang sich, jenen leidenschaftlichen, wunderbaren Liebesakt mit dem gefühllosesten Wort zu beschreiben, das ihr einfiel. »Weil wir … miteinander kopuliert haben«, stieß sie hervor, und diese Bezeichnung tat ihr selbst in der Seele weh.

Joe sprang auf. Sein eisiger Blick verursachte ihr eine Gänsehaut und löschte die letzten Flämmchen des Feuers, das während ihrer Vereinigung gelodert hatte. »Ich habe immer gedacht, ich würde dich kennen, Meryl. Ich dachte, du würdest mich besser verstehen als jeder andere. Aber ich habe mich wohl geirrt.«

»Du wusstest genau, was du tust«, entgegnete sie, verzweifelt bemüht, ihren Standpunkt zu verteidigen und ihm nicht die Gelegenheit zu geben, sie als den Bösewicht abzustempeln. »Du dachtest, du hättest mich in der Falle, wenn du mit mir das Laken teilst. Du dachtest, ich würde nachgeben, um meinen guten Ruf nicht zu gefährden. Du willst um jeden Preis die Tochter deines Chefs heiraten.«

»Du meine Güte, wie gut du mich kennst!«, lachte er verächtlich. »Wenn ich doch nur so berechnend wäre – dann hätte ich nämlich erkannt, was für ein Mensch du wirklich bist!«

Meryl zog die Knie an die Brust. Seine Worte trafen sie tiefer, als sie je für möglich gehalten hätte.

Joe hob seine Hose vom Boden auf, schnappte sich die Kleidungsstücke, die er auf den Sessel neben dem Kamin gelegt hatte, und steuerte auf die Verbindungstür zu.

Meryl kniete sich auf das Bett und umklammerte den Bettpfosten. »Joe, vergiss nicht …«

Er wirbelte herum und starrte ihr ins Gesicht. »Nein, Meryl. Vergiss *du* nicht.«

»Dein Ring …« Sie streckte ihm die Hand entgegen. Der Ring brannte wie Feuer auf ihrer Haut, verhöhnte ihre falschen Hoffnungen.

»Betrachte ihn als Bezahlung für eine zufriedenstellende *Kopulation*.« Die Tür schlug laut hinter ihm zu.

Meryl sank zurück auf das Bett. Sie fühlte sich auf einmal ganz elend. Wie entsetzlich, dass ihre Freundschaft auf diese Weise endete. Die Dinge hatten eine furchtbare

Wendung genommen. Sie hätte Joe niemals derartige Vertraulichkeiten erlauben dürfen.

Ich habe das Richtige getan, beruhigte sie sich. Sie würde ihm schon beweisen, dass sie auf eigenen Füßen stehen konnte. Sie brauchte ihn nicht. Morgen würde sie den ersten Zug nach San Francisco nehmen und Joe Hammond zeigen, dass sie nicht auf ihn angewiesen war.

Auch wenn sie ihn wollte.

21. Kapitel

Meryl verlagerte ihr Gewicht, um auf dem Stuhl mit der kerzengeraden Rückenlehne eine etwas bequemere Sitzposition zu finden. Seit beinahe drei Stunden wartete sie jetzt schon im Vorzimmer von Avery Philbottoms Büro. Unweit von ihr saß ein Sekretär hinter seinem winzigen Schreibtisch und warf ihr immer wieder neugierige Blicke zu, während er auf seiner Schreibmaschine tippte.

Das Bürogebäude der Westgate Railroad in der Powell Street hatte schon bessere Zeiten gesehen. In den Ecken lagen Staubflocken und an der Wand hatte sich ein Streifen Tapete gelöst. Es herrschte eine düstere Atmosphäre, eine Trägheit und Tatenlosigkeit, die ankündigten, dass die Firma sich nicht mehr lange würde halten können. Den Räumlichkeiten nach zu urteilen befand sich Westgate Railroad nicht gerade in einer starken Verhandlungsposition.

Angespannt ging Meryl im Geiste immer wieder das bevorstehende Gespräch durch. Es musste einfach gelingen. Sie blickte wohl zum hundertsten Mal zur Tür. In dem Vorzimmer war bis auf das Ticken der Wanduhr und das klappernde Geräusch der Schreibmaschine alles still. Jeden Moment konnte Joe auftauchen – obwohl er nicht im Zug gewesen war. Jede Sekunde konnte er hereinstürmen und ihr den Wind aus den Segeln nehmen.

Mit jeder Minute, die der Zeiger auf der Wanduhr vorrückte, wurde Meryl unruhiger. Sie wartete schon so lange, und es war nicht ausgeschlossen, dass Joe mittlerweile mit einem anderen Zug in der Stadt angekommen war. Fast wünschte sie, er *würde* auftauchen. Dann könnte sie wenigstens aufhören, an ihn zu denken. Über sie *beide* nachzudenken.

Gestern Morgen, als sie auf dem Bahnhof von Virginia City stand und auf die Abfahrt wartete, hatte sie sich innerlich für die unvermeidliche Konfrontation gewappnet. Sie hatte damit gerechnet, dass Joe im letzten Moment angestürmt käme, gerade noch rechtzeitig, um den Zug zu erreichen.

Aber er war nicht aufgetaucht. Sie lag jetzt eindeutig in Führung, was sie dem Sieg ein ganzes Stück näher brachte. Doch sein Mangel an Kampfgeist verwirrte sie. Er konnte nicht aufgegeben haben! Der Sieg war für ihn genauso wichtig wie für sie. Nur zu gut erinnerte sich Meryl daran, was er ihr erzählt hatte.

Sie schob den Gedanken, dass Joe womöglich nicht länger mit ihr konkurrieren wollte, energisch beiseite. Sie weigerte sich zu glauben, dass ihre Zurückweisung ihn derart entmutigt hatte. Joe war immer ihr Gegenspieler gewesen – von Kindesbeinen an. Sie musste ihn als Rivalen betrachten – das war ihre einzige Möglichkeit, die Erinnerung an ihre letzte fürchterliche Auseinandersetzung erträglich zu machen.

Meryl strich ihren Rock glatt. Sie trug ein taubengraues, schlichtes Kostüm, dessen einzige Zierde in einer Spitzenrüsche oben am Kragen bestand. Sie wollte auf keinen Fall übertrieben zurechtgemacht wirken. Schließlich handelte es sich um ein Geschäftsgespräch, nicht um ein gesell-

schaftliches Ereignis. In der Mappe zu ihren Füßen steckte das handschriftliche Kaufangebot, das sie sorgfältig ausgearbeitet hatte – der Beweis für ihre ernsthaften Absichten.
Der Sekretär erhob sich, suchte einen Stapel Unterlagen zusammen und ging in Mr Philbottoms Büro. Kurz darauf kam er wieder zurück. »Mr Philbottom kann Sie jetzt empfangen«, vermeldete er und hielt Meryl die Tür auf.
Meryl betrat das Büro und sah sich um. Zu ihrer Überraschung war der Raum sehr klein und mit allem Möglichen vollgestopft. An den Wänden hingen Eisenbahnkarten und verblichene Fotos, auf denen zu sehen war, wie die ersten Dampflokomotiven vor ihrer Jungfernfahrt feierlich eingeweiht wurden.
Mr Philbottom war ganz und gar nicht der gepflegte Großindustrielle, den sie erwartet hatte. Sein dicker Bauch quoll über den Bund seiner zerknitterten Hose, und in seinem Kragen steckte eine Serviette. Meryl hatte den Eindruck, ihn beim Mittagessen gestört zu haben, dabei war schon weit nach zwei Uhr.
Nun zog er die Serviette heraus, erhob sich und musterte sie mit einem Blick, der geradezu impertinent war. »Miss Carrington! Wie schön, Sie zu sehen. Wie geht es Ihrem Vater – ich hoffe doch, gut?«
»Sehr gut, vielen Dank.« Zuversichtlich streckte sie dem Mann, der vielleicht ihr Leben verändern würde, ihre behandschuhte Hand entgegen.
Mr Philbottom ergriff sie und neigte sich kurz darüber. Dann bot er Meryl den Stuhl auf der anderen Seite seines unaufgeräumten Schreibtisches an.
Nachdem er sich in seinen eigenen Stuhl hatte fallen las-

sen, schenkte er Meryl ein betont liebenswürdiges Lächeln. Sie begann sich zu entspannen, überzeugt davon, dass ein derart herzlicher Empfang Vorbote einer angenehmen, reibungslosen Verhandlung war. Sie hatte sich gut auf diese Zusammenkunft vorbereitet, kannte alle Stärken und Schwächen von Westgate Railroad sowie den Marktwert und die Stellung des Unternehmens im Vergleich zur Konkurrenz. Ihr waren sogar alle wichtigen Haltepunkte – und auch die meisten der unbedeutenderen – des weit verzweigten Streckennetzes geläufig, das sich kreuz und quer durch Kalifornien, Nevada und Oregon zog. Wenn Mr Philbottom auch nur einen Funken Geschäftssinn oder Ehrgeiz hätte, könnte er das Ruder von Westgate Railroad noch einmal herumreißen.

Nachdem Meryl die Berichte gelesen hatte, die man ihr zum Abheften gegeben hatte, wusste sie ganz genau, was dieses Unternehmen brauchte. Es schrie förmlich nach Reorganisation. Die Lokomotiven und Wagen mussten modernisiert werden, um konkurrenzfähig zu bleiben. Die Fahrpläne bedurften einer dringenden Überarbeitung, damit bessere Anschlussmöglichkeiten zu den anderen Linien der Region hergestellt wurden. Meryl beabsichtigte, sich jeden dieser Bereiche vorzunehmen, sobald sie die entsprechende Entscheidungsbefugnis besaß. Sie musste Mr Philbottom lediglich dazu bringen, Westgate zu einem akzeptablen Preis zu verkaufen.

»Und die übrige Familie? Geht es allen gut? Bitte, greifen Sie doch zu. Ich habe frischen Kaffee und Sandwiches.« Mr Philbottom wies auf einen Servierwagen, auf dem sich mehr Sandwiches und Backwerk türmten, als der Koch

der Carringtons jemals für die ganze Familie vorbereitet hatte.
Meryl hob die Hand. »Für mich nicht, danke.« Sie schob die Mappe auf ihrem Schoß zurecht und schlug den Hutschleier zurück. Mr Philbottom wirkte so herzlich. Sie war erleichtert, wie gut sich ihr Zusammentreffen anließ. Wenn es so weiterging, würde sie die Verhandlungen innerhalb einer Stunde abgeschlossen haben.
»Wie Sie wollen.« Er warf einen Blick auf die Wanduhr hinter seinem Schreibtisch. »In zwanzig Minuten habe ich einen Termin, aber bis dahin können wir gern noch ein bisschen plaudern.«
Plaudern? Hatte er etwa nicht verstanden, warum sie bei ihm war? Meryl saß kerzengerade auf der Stuhlkante. »Mr Philbottom, ich komme als Stellvertreterin meines Vaters zu Ihnen. Wie Sie wissen, ist er daran interessiert, Westgate Railroad zu kaufen.«
»O ja, Ihr Vater. Er ist recht optimistisch, was die Zukunft des Eisenbahngeschäftes angeht. Hat sich wirklich ein riesiges Imperium geschaffen.«
»So kann man es auch ausdrücken. Er würde Westgate Railroad gern in die Atlantic-Southern-Familie aufnehmen.«
Mr Philbottom hob seine buschigen Augenbrauen. »Familie? Welch eine merkwürdige Bezeichnung für ein Unternehmen. So etwas kann auch nur einer Frau einfallen. Erzählen Sie mir lieber etwas über *Ihre* Familie. Sagen Sie, meine Liebe – was führt Sie in unsere schöne Stadt an der Bucht?«
Enttäuschung breitete sich in Meryl aus. »Wie ich bereits sagte, bin ich hier, um die Verkaufsbedingungen für West-

gate Railroad auszuhandeln. Haben Sie denn kein Telegramm erhalten, in dem mein Kommen für den heutigen Tag angekündigt wurde?«
»Doch, von einem gewissen Mr Hammond. Aber er hat nicht erwähnt, dass Carrington seine Tochter schicken würde. Wie eigenartig.«
»Im Gegenteil – mein Vater vertraut mir …«
»Dessen bin ich mir sicher, meine Liebe«, sagte er gönnerhaft. »Da wir gerade von Familie reden: Meine Tochter gibt nächste Woche eine Soirée. Sie würde sich gewiss freuen, wenn Sie kämen. Wir sehen hier nicht gerade viele Leute der New Yorker Gesellschaft.«
»Danke. Ein Unternehmen als Familie zu betrachten, bedeutet für uns unter anderem, dass Westgate nach dem Verkauf mit den meisten seiner bisherigen Angestellten weiterarbeiten kann. Wir halten nicht viel von Entlassungen. Das gilt auch für Sie, Mr Philbottom. Wenn Sie bleiben möchten, werden wir gern eine passende Position für Sie suchen.«
»Sind Sie jetzt nicht ein bisschen vorschnell? Eine solche Entscheidung obliegt dem Aufsichtsrat und dem neuen Präsidenten – und nicht der Tochter des Eigentümers. Sie dürften wohl kaum in der Lage sein, derartige Versprechungen zu machen.«
Seine herablassende Haltung ärgerte sie. »Dazu bin ich sehr wohl in der Lage. Ich handle im Namen meines Vaters, der mich bevollmächtigt hat …«
Mr Philbottom rutschte unruhig auf seinem Sessel hin und her und mied ihren Blick. »Das ist nun wirklich nichts, das Sie und ich miteinander besprechen sollten.«
»Es stimmt doch, dass Sie einen Käufer suchen?«

»Ja gewiss, aber …«
»Und Sie respektieren meinen Vater. Dann bleibt nichts weiter zu tun, als einen gerechten Preis auszuhandeln. Ich weiß, dass Westgate in den letzten zwei Jahren Verluste gemacht hat. Mein Vater ist Experte darin, marode Eisenbahngesellschaften wieder auf den Weg des Erfolges zu führen, und ein Teil des zu erwartenden Profits wird bei der Festsetzung des Kaufpreises berücksichtigt werden. Ich habe ein Kaufangebot mit sämtlichen Zahlen und Bedingungen aufgesetzt, das Sie dem Aufsichtsrat vorlegen sollten.« Meryl zog ein gebundenes Dokument aus ihrer Mappe und legte es vor Mr Philbottom auf den Schreibtisch, mitten in die Unordnung.
Ihr Gegenüber rührte keinen Finger, sondern starrte sie ungläubig an. Schließlich huschte ein verlegenes Lächeln über sein Gesicht. »Miss Carrington«, begann er. »Sie interessieren sich doch nicht wirklich für all diese Zahlen. Die Sache ist die …« Er beugte sich vor und fuhr in verschwörerischem Ton fort: »Ich würde dieses Geschäft lieber mit jemandem besprechen, der ein wenig sachkundiger ist als eine Dame der feinen Gesellschaft. Und wenn ich tatsächlich glauben würde, dass Ihr Vater Sie geschickt hat, müsste ich dies als Kränkung betrachten. Es gibt durchaus andere Interessenten für Westgate.«
Meryl umklammerte ihre Mappe und kämpfte gegen den unbändigen Drang an, Mr Philbottom zu ohrfeigen. Sie musste freundlich zu diesem Mann sein, trotz seiner Vorurteile und versteckten Drohungen. Seine herablassende Art war in all den Berichten, die sie gelesen hatte, mit keinem Wort erwähnt worden – natürlich nicht. Diese Berichte waren schließlich allesamt von Männern geschrieben

worden. »Sir«, hob sie an und bemühte sich zu lächeln. »Mir ist klar, dass ich mich von den Geschäftsmännern unterscheide, mit denen Sie sonst verhandeln …«

»Das ist der Punkt, meine Liebe. Ich verhandele mit Geschäfts*männern.* Und Sie sind eine Dame, noch dazu eine ziemlich junge. Wenn Sie nichts dagegen haben, würde ich es vorziehen, mich mit Ihnen über Themen von allgemeinem Interesse zu unterhalten – zum Beispiel über das Wetter. Heute Morgen war es ausgesprochen neblig.« Er wies mit seinem dicken Daumen auf das verstaubte Fenster hinter ihm. Durch die Scheibe konnte man erkennen, dass der Himmel bedeckt war und die Wolken tief über der Bucht hingen. Zahlreiche Fähren tummelten sich auf dem Wasser.

»Ist mir nicht aufgefallen«, erklärte Meryl tonlos.

»Haben Sie eigentlich schon ein Hotelzimmer?«, erkundigte sich Mr Philbottom. »Wenn nicht, würde ich Ihnen das *Palace* empfehlen. Ein elegantes Haus. Es verfügt über sechs Aufzüge und eine glasüberdachte Vorhalle – die Kutschen fahren geradewegs hinein.«

»Ja, genau dort bin ich abgestiegen«, erwiderte sie kühl. Der Mann versuchte eindeutig, sie loszuwerden.

»Nun gut, dann möchte ich Sie nicht länger aufhalten.« Er rieb sich die Hände und stand auf. »Ich hoffe, Sie genießen Ihren Aufenthalt in San Francisco. Wenn Sie möchten, kann Harold Ihnen eine Kutsche rufen.«

»Mr Philbottom, wenn Sie einen Blick auf das Angebot werfen würden …«

Seine Miene verfinsterte sich. »Bitte entschuldigen Sie mich jetzt«, entgegnete er verärgert. »Wie gesagt, ich habe noch andere Termine.«

Meryl war länger geblieben, als sie willkommen war. Schlimmer noch – sie stand kurz davor, die Verhandlungen auch für andere Vertreter von Atlantic-Southern unmöglich zu machen, nur weil sie sich um jeden Preis durchsetzen wollte. Das konnte sie weder ihrem Vater noch der Firma antun. Sie erhob sich. »Also gut. In Kürze wird ein anderer Repräsentant der Firma hier eintreffen. Ich erwarte, dass Sie *ihn* mit mehr Respekt behandeln, als Sie mir gegenüber an den Tag gelegt haben.«

Erhobenen Hauptes stolzierte Meryl aus dem Büro, vorbei an dem stirnrunzelnden Sekretär im Vorzimmer und durch die Tür hinaus – direkt in die Arme von Joe Hammond.

22. *Kapitel*

Joe starrte Meryl erschrocken an. Sie hätte doch längst wieder fort sein müssen! Schließlich war sie früh genug eingetroffen, um ungestört den Vertrag auszuhandeln.

Ihr Anblick versetzte ihm einen Stich ins Herz. Er sehnte sich danach, sie in die Arme zu schließen. Oder sie zu packen und zu schütteln, bis sie endlich zur Vernunft kam!

»Miss Carrington«, sagte er förmlich. »Also bist du am Ende tatsächlich als Erste eingetroffen.«

»Und dich hätte ich früher hier erwartet«, erwiderte Meryl kühl, mied jedoch seinen Blick.

»Ich habe erst einmal ausgeschlafen«, entgegnete er trocken. »Darüber habe ich zu meinem eigenen Schaden vergessen, wie entschlossen du sein kannst. Wie dem auch sei, ich habe es zumindest versucht.« Obwohl er sich gewünscht hatte, derjenige zu sein, der Westgate in das Unternehmen brachte, war er einfach nur froh, dass ihre alberne Wette endlich vorbei war. Vielleicht konnten sie jetzt einen Weg finden, um wieder Freunde zu werden. Irgendwann.

»Nun, du hast es geschafft. Ich hoffe, du bist glücklich, Meryl. Ich gratuliere dir.« Er streckte ihr die Hand entgegen.

Meryl blickte zu ihm auf. Sie wirkte so unglücklich, dass es ihn wie eine Ohrfeige traf und sich sein Ärger in Luft auflöste. Joe sah in ihre großen, traurigen Augen, die auch ihr Hutschleier nicht verbergen konnte.

Er ließ seine Hand sinken. »Meryl – ist alles in Ordnung?«
Sie schaute rasch weg und stürmte an ihm vorbei zur Treppe. »Mach dich nicht lächerlich.«
Er sollte sie gehen lassen. Schließlich hatte ihr letztes Zusammentreffen schlimm genug geendet. Aber er konnte es nicht. Er eilte ihr nach, fasste sie am Arm und hielt sie zurück. »Verdammt, Meryl. Rede mit mir!«
»Alles ist fabelhaft, Joe. Ganz fabelhaft.«
»Hast du … du *hast* das Geschäft doch abgeschlossen?« Er wies auf Mr Philbottoms Vorzimmer.
»Sicher, es ist ein für alle Mal erledigt«, antwortete sie verbittert, entzog ihm ihren Arm und ging weiter.
Joe sah ihr nach. Die Übernahme von Westgate Railroad, das war alles, was für sie zählte. Alles, was ihr je wichtig gewesen war. Was immer er auch fühlte, er konnte sie nicht zwingen, ihn zu lieben.
Lass sie gehen, sagte er sich, doch seine Gefühle sagten etwas anderes.

Das Rattern einer vorbeifahrenden Straßenbahn erschreckte Meryl und holte sie zurück in die Wirklichkeit des frostigen Wintertages. Um sie herum herrschte rege Geschäftigkeit. Pferdekutschen und Busse fuhren durch die Straßen, Geschäftsleute waren auf der Suche nach einem Restaurant für ein spätes Mittagessen, und zahllose Passanten eilten mit Weihnachtseinkäufen beladen an ihr vorbei. Kunstvoll gestaltete Schaufenster zogen mit ihren Auslagen die Menschen scharenweise an.
Meryl ging an einer Straßenecke vorbei, an der ein Mann in der Uniform der Heilsarmee neben einem großen Kes-

sel stand und eine Glocke läutete. Sie zog eine Hand voll Geldscheine aus ihrer Mappe und warf sie in den Kessel, ohne über die Summe nachzudenken. Sie konnte an nichts anderes als an Joe denken. Und daran, dass sie versagt hatte. Sie hatte alles verloren, was ihr auf dieser Welt etwas bedeutete.

Sie hatte nicht nur sich selbst enttäuscht, sondern auch ihren Vater. Vielleicht würde Joe es schaffen – wahrscheinlich sogar. Joe … Sie hatte all ihre Hoffnungen an diesen Erfolg geknüpft und ihrem Ehrgeiz sogar ihre Freundschaft mit Joe geopfert.

Nein, das stimmt nicht, sagte sie sich. *Er wollte dich heiraten, aber nicht aus Liebe. Dieser Wettkampf bedeutet ihm noch mehr als dir.* Er würde als Sieger nach New York zurückkehren, sie dagegen mit leeren Händen. Nachdem sie derart gescheitert war, würde ihr Vater ihr ganz bestimmt keine verantwortungsvolle Position in der Firma geben.

Vielleicht hatten ihr Vater und Joe ja die ganze Zeit Recht gehabt. Sie war nur dazu fähig, Ehefrau und Mutter zu sein. Das Studium an der Akademie hätte sie sich sparen können. Ein Mädchenpensionat, wie ihre Schwestern es besucht hatten, wäre vollauf ausreichend gewesen.

All ihre Mühe, ihre Arbeit und Pläne waren umsonst gewesen. Natürlich hätte sie Mr Philbottom gegenüber bestimmter auftreten können. Sie hätte überzeugendere Argumente vorbringen, eine härtere Gangart einschlagen und nicht so schnell aufgeben sollen. Es hatte ihr schlichtweg an Kampfgeist gefehlt.

Der Klang fröhlicher Stimmen, die ein vertrautes Weihnachtslied sangen, erregte Meryls Aufmerksamkeit.

Sie folgte den Stimmen und stieg die Stufen zum Eingang einer kleinen Kirche hinauf. Im Vorraum blieb sie stehen und lauschte der Chorprobe. Etwa ein Dutzend Männer und Frauen stand neben dem Altar. Ihre Darbietung von »See Amid the Winter's Snow« war gerade zu Ende. Ein Mann, offenbar der Chorleiter, erhob sich von einer der vorderen Kirchenbänke und applaudierte. Die Chormitglieder lachten und begannen miteinander zu schwatzen.
Meryl setzte sich ganz hinten auf eine Bank. Der Gesang hatte sie an vergangene Weihnachtsfeste erinnert, an glückliche und herzliche Familienfeiern.
An denen auch Joe immer teilgenommen hatte – bis auf jene vier Jahre, die er in Mexiko und sie auf der Akademie verbracht hatte. Doch er hatte stets zu ihrem Leben gehört. Ohne ihn fühlte sie sich seltsam leer. Joe bedeutete ihr mehr, als sie sich je hätte vorstellen können.
Aber nun waren die Grenzen ihrer Beziehung bereits so weit überschritten, dass es kein Zurück mehr gab. Sie hatte ihren Freund für immer verloren.
Der Chor stimmte die leisen Eingangstöne von »O Little Town of Bethlehem« an. Die bewegende Melodie trieb Meryl die Tränen in die Augen. Sie musste daran denken, wie oft sie dieses Lied mit ihren Schwestern gesungen hatte – und mit Joe.
Plötzlich wurde ihr klar, dass Joe das einzig Gute an dieser Reise gewesen war. Sie hatte ihn neu entdeckt und erfahren, wie viel er ihr bedeutete. Ihre Freundschaft hatte sich in etwas viel Tieferes verwandelt – zumindest für sie. *Ich liebe ihn.* Eine Träne rollte ihr über die Wange. Aber sie hatte ihn von sich gestoßen. Er würde ihr niemals verzeihen. Sie würde sich selbst niemals verzeihen.

Er wollte mich heiraten. Was für ein Dummkopf sie doch gewesen war! Ihre Sturheit und Blindheit hatten sie um ihr Glück gebracht. Selbst wenn Joe sie nicht liebte, vielleicht wäre ihre Liebe ja groß genug für sie beide gewesen.
Doch das würde sie jetzt niemals erfahren.

Joe war Männern wie Mr Philbottom bereits früher begegnet. Der Mann hatte den müden, hungrigen Blick einer geschlagenen Kreatur, die nur noch nach dem Ausweg aus einem Kampf sucht, den sie nicht länger führen will. Wenigen Minuten in Mr Philbottoms unordentlichem Büro genügten Joe, um sein Gegenüber richtig einzuschätzen. Mr Philbottom empfing ihn äußerst herzlich.
»Sie arbeiten also für Mr Carrington? Ich hatte gehofft, dass er trotz der Entfernung einen sachverständigen Repräsentanten schicken würde. Ich hatte mir einen Geschäftsmann meines Kalibers als Verhandlungspartner gewünscht.«
»Ja, Sir, ich komme wegen des Kaufangebots, über das Sie mit meinem Arbeitgeber gesprochen haben. Obwohl ich mich ungern einmische, da Sie gewiss schon in Verhandlungen mit einem anderen …«
»Sie meinen das Mädchen, Carringtons Tochter? Hübsches Ding, nicht wahr? Sie war gerade eben hier. Hat tatsächlich geglaubt, ich würde mit ihr verhandeln. Sie wirkte ein bisschen verwirrt – schien zu denken, Männergeschäfte gingen sie etwas an. Verrückte Ideen haben die Frauen heutzutage, so wie diese Suffragetten, die Frauen das Wahlrecht geben wollen. Lächerlich.«
Ganz offensichtlich hatte Meryl keinen Erfolg gehabt. Aber Joe konnte sich nicht darüber freuen. Er brachte das

Gespräch zurück auf Meryl, weil er herausfinden wollte, was genau geschehen war.
»Ach ja, richtig – Miss Carrington. Was haben Sie ihr denn gesagt?«
»Was glauben Sie wohl?« Ein verächtliches Lachen entrang sich Mr Philbottoms Kehle. »Natürlich mache ich nur mit Männern Geschäfte. Diese Übernahme ist sehr wichtig für mich.«
»Das kann ich verstehen. Natürlich.«
»Es geht um meine Zukunft. Ich brauche kein herrisches Weib, das in meiner Arbeit herumpfuscht.« Er klopfte auf ein gebundenes Dokument auf seinem Schreibtisch. »Dieses Kaufangebot ist hervorragend. Das werde ich dem Aufsichtsrat ganz gewiss schmackhaft machen können.«
Joe nahm das Angebot in die Hand und überflog es. Meryls schöne Handschrift füllte die übersichtlich geordneten Seiten. Während er Passus für Passus durchging, stockte ihm der Atem.
Liebe Güte – er hatte ja gewusst, dass sie schlau war! Er hatte damit gerechnet, dass alles, was sie zu Papier brachte, klar und ordentlich sein würde. Aber dieses Angebot zeugte darüber hinaus von einem ausgezeichneten Geschäftssinn. Sie hatte die Stärken und Schwächen beider Unternehmen messerscharf erkannt. Und als Krönung hatte sie wie ein erfahrener Unternehmer jeden etwaigen Einwand des Aufsichtsrats von Westgate schon im Vorfeld entkräftet. Es wäre schlichtweg töricht, das Angebot auszuschlagen.
»Das Mädel hat versucht, dieses Kaufangebot als ihres auszugeben«, sagte Mr Philbottom. »Gehe ich recht in der Annahme, dass Sie es geschrieben haben?«

Joe schluckte. Obwohl Meryl ihn zutiefst verletzt hatte, spürte er großen Stolz auf sie in sich aufsteigen. Er hob den Kopf und sah Mr Philbottom fest an. »Miss Carrington hat dieses Angebot verfasst. Das hat sie Ihnen doch gewiss auch gesagt?«

Mr Philbottom riss den Mund auf, blieb jedoch stumm wie ein Fisch auf dem Trocknen. Erst nach einer Weile stammelte er: »Sie? Nun …«

»Aber Sie waren davon überzeugt, dass das Angebot nicht von ihr sein könnte.« Joe klappte das Dokument zu und legte es auf den Tisch zurück. »Warum?«

Mr Philbottom sah ihn ungläubig an, ein schiefes Lächeln im Gesicht. »Ein so hübsches Mädchen? Und da fragen Sie noch?«

Joe seufzte. Nein, da brauchte er wohl nicht weiter zu fragen. Er verstand diese Vorurteile – er hatte sie ja selbst gegenüber Meryl gehabt … gegenüber allen Frauen. Aber jetzt wusste er, dass Meryl ihren Platz in der Geschäftswelt verdiente. Sie musste eine Chance bekommen.

Eine Chance, die er nie bereit gewesen war, ihr einzuräumen. Und da wunderte er sich, dass sie seinen Heiratsantrag abgelehnt hatte? Er hatte doch nie wirklich an ihre Fähigkeiten geglaubt, nicht so jedenfalls, wie sie es verdiente.

»Wie dem auch sei, ich bin jedenfalls sehr angetan von dem Angebot.« Mr Philbottom rieb sich die Hände und griff nach einem Füllfederhalter. »Ich bin bereit, eine Einverständniserklärung zu unterzeichnen, und kann Ihnen praktisch versichern, dass der Aufsichtsrat mit mir einer Meinung sein wird.«

Mr Philbottom geiferte geradezu nach dem Angebot. Es

war ja auch äußerst großzügig, aber Joe wusste, dass durch den wohlüberlegten Einsatz von Zeit und Arbeitskraft der zu erwartende Profit diese Investition bei weitem übertreffen würde.
So wie der Westen boomte, konnte Westgate Railroad tatsächlich das Kronjuwel von Atlantic-Southern werden.
Und er der Abteilungsleiter von Westgate.
Mr Philbottom kritzelte seinen Namen unter die letzte Seite des Angebots und schob es Joe zu. »Jetzt sind Sie dran.« Er reichte ihm den Füllfederhalter.
Joe griff danach, hielt dann jedoch inne und musterte Mr Philbottom. »Sie sind zufrieden mit der neuen Position, die Miss Carrington Ihnen zugedacht hat?«
Philbottom wurde nervös. »Natürlich! Das ist sehr großzügig. Andere Käufer würden mich wahrscheinlich, ohne mit der Wimper zu zucken, hinauswerfen.«
Joe nickte. »Dann haben Sie sicher nichts dagegen, wenn ich dem Vertrag eine kleine Bedingung hinzufüge.«

23. *Kapitel*

Eine winzige Schneeflocke landete auf der Fensterscheibe. Für einen kurzen Moment konnte man ihre komplexe kristallene Struktur erkennen. Aber schon einen Augenblick später war die Schneeflocke geschmolzen. Zurück blieb nur ein Wassertropfen – und die Erinnerung.

Wie hypnotisiert beobachtete Meryl die Schneeflocken, die nun immer heftiger vom Himmel fielen. Es war der Weihnachtsabend. Fast alle ihre Schwestern und deren Familien waren bereits eingetroffen.

Das Wiedersehen hatte Meryl mehr berührt, als sie gedacht hätte. Sie war kurz davor gewesen, in Tränen auszubrechen, also hatte sie sich von dem ausgelassenen Familientreffen unten im Salon zurückgezogen, hierher zu ihrem Fensterplatz im Musikzimmer.

»Liebes? Ich möchte ein paar Plätzchen backen. Ingwerkekse oder Löffelbiskuits. Hättest du Lust, mir zu helfen?«

Meryl drehte sich um. Clara stand in der Tür, eine Schürze um die Taille gebunden. Obwohl in der Küche reichlich Hilfspersonal beschäftigt war, liebte Clara die Weihnachtsvorbereitungen zu sehr, um sie ausschließlich den Dienstboten zu überlassen.

Meryl rang sich ein Lächeln ab. »Jetzt nicht. Vielleicht später.«

Clara kam zu ihr und setzte sich neben sie auf den Fenstersitz. »Weihnachten ist eine so schöne Zeit! Eine wunderbare Gelegenheit, um alle zusammenzubringen. Hannah und Lily, dich und mich, Vater und Mutter ... Fehlt nur noch Pauline.« Ihre mittlere Schwester lebte mit ihrem adeligen Ehemann in Indien und hatte die weiteste Anreise.

»Sie wird es bestimmt rechtzeitig schaffen.«

»Hoffentlich. Weihnachten ist es am schönsten, zu Hause zu sein, findest du nicht auch? Weißt du noch, als wir klein waren und unter unsere Decken gekuschelt darauf warteten, dass der Weihnachtsmann uns Geschenke bringt? Ich habe erst sehr spät herausbekommen, dass es ihn in Wahrheit gar nicht gibt«, sagte Clara.

»Ich erinnere mich. Ich glaube, ich war diejenige, die dir diese Illusion genommen hat.«

»Du warst immer schon eine Zweiflerin. Aber manchmal kann es sehr schön sein, an etwas zu glauben.«

Meryl ergriff Claras Hand und drückte sie fest. »Ich kann nicht ...« Sie schluckte und schaute weg, voller Sorge, ansonsten endgültig die Fassung zu verlieren. »Das heißt, ich glaube nicht, dass ich dir bei deinen Plätzchen eine große Hilfe wäre.«

Clara lächelte verständnisvoll. »Sag Bescheid, wenn du deine Meinung änderst. Ich würde mich freuen, wenn du mir hilfst, auch wenn du immer vom Teig naschst.« Sie stand auf und ließ Meryl wieder allein.

Nachdem Clara gegangen war, fühlte sich Meryl zu unruhig, um noch länger sitzen zu bleiben und Schneeflocken zu betrachten. Sie erhob sich und folgte ihrer Schwester.

Als sie den Treppenabsatz im ersten Stock erreicht hatte,

hörte sie das helle Kinderlachen ihrer Nichten und Neffen, das vom Kinderzimmer am anderen Ende des Flurs bis hierher klang. Hannah und Lily hatten aus London ihre Kindermädchen mitgebracht, damit diese sich um die Kleinen kümmern konnten. Es hörte sich an, als würden die drei ältesten Blindekuh spielen.

Meryl beneidete sie um den sorglosen Spaß. Sie zog kurz in Erwägung, sich ihnen anzuschließen, wusste aber, dass sie den Kindern nur die gute Laune verderben würde.

Deshalb ging sie weiter die Treppe hinunter ins Erdgeschoss. Die fröhlichen Stimmen ihrer älteren Schwestern samt Ehemännern drangen aus dem blauen Salon zu ihr. Dort war der Weihnachtsbaum aufgestellt worden. Clara und die Dienstboten hatten viel Zeit mit dem Schmücken des großen Raumes zugebracht. Tannen- und Stechpalmenzweige zierten den Kaminsims, und die Weihnachtskrippe stand neben Kiefernzapfenkerzen und einem Zimt-Duftsträußchen auf einem Tisch.

Statt sich zu ihrer Familie zu gesellen, wandte sich Meryl in die andere Richtung und ging durch einen wesentlich kleineren Salon auf das Esszimmer zu, wo ihre Mutter und Clara das Decken des Tisches beaufsichtigten. Was ihre Schwester gerade sagte, war nicht unbedingt eine Aufmunterung für Meryl.

»Alle machen sich Sorgen um sie.«

Meryl hatte nicht geahnt, dass sie so leicht zu durchschauen war. Sie lehnte sich neben der Tür an die Wand.

»Wenn Joseph doch nur käme«, sagte ihre Mutter. »Er würde sie bestimmt aufheitern. Das konnte er schon immer. Die beiden haben einander immer nahe gestanden.«

Meryl hörte, wie Tassen abgestellt wurden. »Ich bin mir nicht sicher, ob Meryl das auch so sieht«, erwiderte Clara. »Sie hat immer über ihn gesprochen, als wäre er ihr Feind.«

Ihre Mutter lachte laut auf. »Ihr Feind! Was für ein Unsinn! Deshalb hat sie ihn all die Jahre hinter sich hergeschleppt? Keine Mühe gescheut, ihn zu necken? So verhält sich ein Mädchen nicht gegenüber einem Jungen, den es nicht ausstehen kann.«

»Ich weiß«, sagte Clara seufzend. »Ich kann mich an keinen einzigen Familienausflug erinnern, bei dem die beiden nicht die ganze Zeit zusammen gewesen wären – und wenn es nur darum ging, sich gegenseitig zu ärgern.«

Meryl konnte es nicht länger ertragen, dieses Gespräch mit anzuhören. Nicht noch mehr Salz in die Wunde.

Vielleicht verbrachte sie zu viel Zeit allein. Sie sollte sich zu den anderen gesellen und aufhören, über Joe nachzudenken. Wenn doch nur endlich ihr Vater aus dem Büro nach Hause käme! Dann könnte sie ihm ihre Entscheidung mitteilen und zumindest einen Teil der Last loswerden, die sie förmlich erdrückte.

Sie ging zurück in den Flur und betrat den blauen Salon, den größten des Hauses. In einer Ecke stand eine viereinhalb Meter hohe Tanne mit unzähligen Kerzen und mit dem selbstgemachten Christbaumschmuck. Etliche Teile davon hatten sie und ihre Schwestern mit äußerster Sorgfalt im Laufe der Jahre angefertigt.

Hannah hatte immer ausgefallene Teile gebastelt, meist in auffälligen Farben. Lily hatte die wunderschönsten pastellfarbenen Blütenornamente entworfen. Pauline hatte nur Geduld für unaufwändiges Zierwerk – ein Stück Spitze, ein paar Perlen, und sie war fertig. Mit ihrer fürsorglichen Art hatte Clara mehr Zeit damit verbracht, den anderen bei ihren Arbeiten zu helfen, als selbst etwas herzustellen. Und Meryl – nun, sie bastelte ihren Schmuck, so gut sie konnte. Immer nahm sie ein vorhandenes Muster als Vorlage und bewies immerhin, dass sie es exakt kopieren konnte.

»Meryl, komm rein!« Lily bedeutete ihr mit einer Handbewegung, näher zu kommen. Sie saß auf einem Sofa neben ihrem Ehemann, Alexander Drake, einem hochrangigen Offizier im diplomatischen Dienst Großbritanniens.

»Ja, bitte!«, rief Hannah, die an der Seite ihres Ehemanns Benjamin saß. »Wir können noch Hilfe gebrauchen. Ben, ich brauche mehr Mandeln.«

Die fünf Erwachsenen stellten Körbe für die Bedürftigen zusammen, eine Unterstützung, die Claras Ehemann Stone organisiert hatte. Die beiden besaßen und leiteten die angesehenen Wohltätigkeitseinrichtungen der Carringtons für obdachlose Familien. Meryl beneidete die beiden um die Zufriedenheit, die sie angesichts dieser Aufgabe offenbar empfanden.

»Hier, übernimm meinen Platz. Ich will nachsehen, was Clara in der Küche treibt.« Stone erhob sich und wies auf den Lehnsessel. »Deine Aufgabe besteht darin, aufzupassen, dass die vier in alle Körbe die gleichen Gaben legen.«

»Vielen Dank.« Meryl setzte sich und erkannte auf einen Blick, wie man Ordnung in dieses Chaos bringen konnte. Die vier kamen sich dabei, die verschiedenen Dinge für ihre Körbe zusammenzutragen, ständig ins Gehege. So dauerte das Ganze wesentlich länger als nötig. »Ich mische mich nur ungern ein, aber diese Arbeit wäre wesentlich leichter zu bewältigen, wenn wir die Körbe von einem zum anderen weiterreichen und jeder von uns ein oder zwei bestimmte Dinge hineinlegt.«

Die vier sahen erst sie, dann einander an. »Das ist ein gescheiter Vorschlag«, sagte Hannah schließlich.

»Aber ihr seid ja schon fast fertig, es macht also keinen Sinn, jetzt noch etwas am Vorgehen zu verändern«, sagte Meryl und lehnte sich seufzend zurück. Es war im Grunde auch nicht wichtig. Die beiden Paare hatten immerhin ihren Spaß.

»Hättest du Lust, auch einen Korb zusammenzustellen?« Lily hielt ihr einen leeren Korb entgegen. Meryl schüttelte den Kopf. »Wenn es euch nichts ausmacht, würde ich lieber zusehen. Das ist sehr … unterhaltsam.«

Die vier anderen begannen zu lachen. Meryl beneidete ihre Schwestern um den unbeschwerten Umgang mit ihren Männern. Das hätte sie auch haben können – mit Joe.

»Ist euch bewusst, dass uns in zwei Jahren eine Jahrhundertwende bevorsteht?«, fragte Alex mit seinem britischen Akzent. Jede von Meryls Schwestern hatte einen Briten geheiratet. *Und ich verliebe mich in den Nachbarsjungen*, grübelte Meryl. Obwohl sie wusste, dass es ihrer Stimmung nicht zuträglich war, eilten ihre Gedanken immer wieder zu Joe.

»Dann müssen wir einen Ball ausrichten, eine Riesenparty!«, sagte Lily.

»In Wahrheit ist die Sache mit dem Jahrhundertwechsel so nicht richtig«, sagte Benjamin auf seine ruhige, sach-

liche Art. Er war ständig mit irgendwelchen wissenschaftlichen Fragen beschäftigt.
»Wie bitte?«, fragte Alex.
»Das zwanzigste Jahrhundert beginnt erst mit dem 1. Januar 1901.«
»Das ergibt doch keinen Sinn«, erwiderte Hannah.
»Und ob es das tut, mein Liebling«, sagte Benjamin und sah seine Frau liebevoll an. »Erinnere dich an deine Grundkenntnisse in Mathematik. Das Jahr 1000 ist das einhundertste Jahr des aktuellen Jahrhunderts.«
Hannah lächelte ihn an. »Ich glaube, du hast Recht. Mein Ehemann – er ist einfach brillant!« Sie schob die Hand in seine.
»Nicht so schnell«, protestierte Alex, der noch nicht bereit war, aufzugeben.
»Aber 1900 sieht auf den Einladungen so viel netter aus«, warf Lily ein.
Ein heiteres Streitgespräch begann. Nach einer Weile gesellten sich Stone, Clara und ihre Mutter dazu. Clara ergriff für Benjamin Partei, während sich Stone und Mrs Carrington auf Alex' Seite schlugen.
»Nun, Meryl, wie es scheint, wird deine Einschätzung den Ausschlag geben«, sagte Alex. »Wann beginnt das neue Jahrhundert?«
»Wartet! Wir müssen festlegen, worum es geht«, warf Lily ein. »Ich schlage vor, der Verlierer muss seiner Frau etwas Hübsches schenken.«
»Einverstanden«, erklärte Hannah. »Wenn du verlierst, mein Lieber, musst du mir dieses neue Teleskop kaufen, das es mir so angetan hat.« Sie beugte sich vor und küsste ihren Ehemann auf die Wange.

»Mir ist nach wie vor schleierhaft, wofür du das unbedingt brauchst«, sagte Benjamin in neckendem Tonfall. Meryl vermutete, dass Hannah dieses Teleskop zu Weihnachten bekommen würde.
»Und wenn Alex verliert«, meldete sich Lily zu Wort, »laden wir euch alle nach London ein, um mit euch den Jahreswechsel zu feiern.«
»Das ist erst in zwei Jahren, Liebling«, entgegnete Alex. »Kannst du so lange warten?«
»Ich meinte nicht Sylvester 1900, Dummerchen, sondern das in zwei Wochen.«
Clara wirkte nachdenklich. »Das zwanzigste Jahrhundert … Was es wohl bringen wird?«
»Unser Leben hat sich allein während der letzten Jahre unglaublich verändert. Die Menschheit ist heutzutage sehr fortschrittlich – wie dieser Bursche Edison, der die Elektrizität erfunden hat«, fügte Stone hinzu.
»Er hat sie nicht ›erfunden‹«, stellte Benjamin richtig, »sondern herausgefunden, wie man dieses natürliche Phänomen nutzen kann. Ähnlich wie bei der kürzlich erfolgten Entdeckung der Radiowellen.«
»Und der Röntgenstrahlen«, ergänzte Hannah.
»Oder das Telefon! Das ist ganz sicher kein Naturphänomen«, neckte Lily ihren Schwager. »Und ich *liebe* es.«
»Das Automobil«, sagte ihr Ehemann lächelnd. »*Das* liebe ich.«
Lily lachte. »Er glaubt, er bekommt eines zu Weihnachten.«
»Etwa nicht?«, rief Alex enttäuscht. Lily lachte nur.
»Das Wahlrecht für Frauen«, fügte Meryl mit ruhiger Stimme hinzu. Die anderen sahen sie neugierig an. »Es ist

nur eine Frage der Zeit, wann die amerikanischen Männer den Nutzen daran erkennen.«

»Halt! Meryl, du hast noch gar nicht gesagt, wann das neue Jahrhundert nun tatsächlich beginnt!«, rief Hannah.

»Nun«, setzte Meryl an und zögerte. Im Grunde war es ihr gleichgültig. Trotz der Begeisterung der anderen sah sie nur eine düstere, leere Zukunft vor sich – ohne Joe.

Die Türglocke erklang und bewahrte sie davor, sich festlegen zu müssen. Obwohl sie wusste, dass Edward, der Butler, öffnen würde, sprang Meryl auf. »Ich werde nachsehen, wer es ist!«, rief sie und lief aus dem Zimmer.

Sie verspürte plötzlich ein mulmiges Gefühl. Was, wenn Joe vor der Tür stand? Meryl hatte es nicht gewagt, die anderen zu fragen, ob er zu kommen beabsichtigte. Es passierte selten, dass er nicht wenigstens auf einen kurzen Besuch vorbeikam. In diesem Jahr hielt sich zudem seine Mutter in Europa auf, und er war allein. Er *musste* einfach kommen! Selbst wenn er sie inzwischen verachtete – Meryl fand es schrecklich, dass er den Weihnachtsabend allein verbrachte.

Ich hätte ihn einladen sollen, schoss es ihr durch den Kopf, während sie durch die Eingangshalle Richtung Haustür ging. *Ich hätte meinen Stolz überwinden und ihn bitten sollen.*

Noch bevor sie an der Tür angekommen war, öffnete Edward bereits. Pauline und ihr Ehemann Nate standen auf der Veranda, die Arme voller Geschenke und ihr indisches Mädchen im Gefolge. Der Sari, der unter Paulines Mantel hervorschaute, war noch farbenprächtiger als die Geschenke, die sie trug.

Joe kommt nicht. Meryl freute sich zwar sehr, ihre Schwester zu sehen, doch gleichzeitig war sie enttäuscht. Rasch schob sie diese Gedanken beiseite und eilte auf Pauline zu, um sie zu begrüßen.

Sobald die drei Neuankömmlinge Edward ihre Mäntel gereicht hatten, sah Meryl, dass ihre Schwester ein Kind erwartete. »Pauline, davon hast du ja kein Wort gesagt!«

»Ich hatte Angst, dass Mutter mir dann verbieten würde zu reisen. Aber ich wollte auf keinen Fall das Weihnachtsfest mit euch verpassen.«

»Ich freue mich so, dass du hier bist! Und dass du ein Baby bekommst, ist eine wundervolle Neuigkeit. Du siehst sehr schön aus.« Mit Tränen in den Augen umarmte Meryl ihre Schwester. Sie war im Moment derart dünnhäutig, dass sie fürchtete, früher oder später vollständig die Fassung zu verlieren. Mit eiserner Willenskraft riss sie sich zusammen und lächelte die beiden an. »Ihr seht alle beide fantastisch aus. Und so glücklich!«

»Das ist nicht schwer, wenn man den richtigen Mann gefunden hat«, sagte Pauline fröhlich. »Guck nicht so traurig, Meryl. Ich bin sicher, dass es auch für dich jemanden gibt. Du wirst nicht für immer allein bleiben.«

Paulines Scharfsinnigkeit überraschte Meryl. Vielleicht lag ein Teil ihrer Traurigkeit ja wirklich darin begründet, dass sie die einzige Unverheiratete unter den Schwestern war. Wenn Joe ihr nicht das Herz gebrochen hätte, wäre es ihr jedoch gleichgültig gewesen, noch für eine Weile eine alleinstehende Frau zu sein. »Die anderen sind im blauen Salon«, sagte sie.

»Sind schon alle da? Auch Hannah und Lily?«

»Alle – bis auf Vater. Er ist noch im Büro.«
»Wunderbar! Ich liebe Weihnachten.« Pauline hakte sich bei Nate ein, und die beiden gingen durch die Eingangshalle, gefolgt von ihrem indischen Mädchen.
Statt sich ihnen anzuschließen, blieb Meryl zurück. Sie hatte jetzt nicht die Kraft für ein weiteres freudiges Wiedersehen. Sie war erschöpft und hätte sich am liebsten ins Bett gelegt. Sie suchte gerade noch nach einer guten Entschuldigung, um sich zumindest bis zum Abendessen in ihr Zimmer zurückziehen zu können, als die Stimme ihres Vaters sie aus ihren Gedanken riss.
»Da bist du ja, Meryl. Ich würde gern kurz mit dir reden.«
Ihr Vater stand in der Haustür. Edward kam wieder herbeigeeilt und nahm Hut, Schirm und den schneebedeckten Mantel entgegen. Die beiden Männer tauschten die üblichen Höflichkeiten aus. Dann ließ Edward Meryl und ihren Vater allein.
Meryl seufzte erleichtert auf. Sie hatte den Moment herbeigesehnt, ihrem Vater ihre Entscheidung mitteilen zu können. Sein Wunsch, mit ihr zu reden, bot nun die perfekte Gelegenheit. »Sollen wir in dein Arbeitszimmer gehen?«, schlug sie vor.
»Ja, bitte.«
Sie betraten Mr Carringtons Arbeitszimmer, das hinter dem blauen Salon lag. Die Dienstboten hatten im Kamin bereits ein Feuer angezündet, so wie jeden Abend, bevor Mr Carrington nach Hause kam. Im Lichtschein der Flammen schimmerte die umlaufende Mahagonitäfelung in einem warmen Ton.
Mr Carrington ließ sich in seinen Lieblingssessel direkt

neben dem Kamin fallen. Meryl setzte sich ihm gegenüber in einen tannengrünen Ledersessel.

»Hört sich so an, als hätten alle viel Spaß miteinander«, bemerkte er und deutete mit dem Kopf in Richtung des blauen Salons. Nach dem Eintreffen von Pauline und Nate – und ihrer überraschenden Neuigkeit – war der Lärmpegel noch beträchtlich gestiegen.

»Den haben sie bestimmt«, erwiderte Meryl.

Ihr Vater musterte sie eindringlich. »Du jedoch nicht.«

»Es … es geht mir gut, Vater.«

»Schnuppel, hör auf, dich selbst zu belügen. Ich verstehe allerdings nicht, warum du so betrübt bist, nachdem die Sache in San Francisco doch so erfolgreich war.«

»War sie das?« Natürlich. Joe konnte schließlich sehr überzeugend sein.

»Der Kauf von Westgate wurde heute endgültig unter Dach und Fach gebracht. Du weißt, dass Joe bis auf die letzten Dokumente alles letzte Woche fertig gemacht hat und nach New York zurückgekehrt ist?«

»Ich habe davon gehört.« Jeder in der Firma hatte davon gehört, und Meryl bildete da keine Ausnahme – auch wenn sie nur in Mr Smithsons Büro Unterlagen abheftete.

»Ich habe ihn eingeladen, heute Abend mit uns zu feiern. Ich habe geradezu darauf *bestanden.*« Meryls Vater beobachtete sie sehr genau, während er das sagte.

Meryl versuchte verzweifelt, sich nichts anmerken zu lassen, nicht die Freude, die sie bei dieser Nachricht erfasste, und auch nicht die unmittelbar darauf folgende Verzweiflung. Wie um alles in der Welt konnte sie Joe aus dem Weg gehen? Sie schaute fort, dann wappnete sie sich innerlich und sah ihrem Vater fest in die Augen. »Ich nehme an, du wirst ihn zum Abteilungsleiter ernennen? Er hat es verdient.«

Ihr Vater riss überrascht die Augen auf. »Aber, Schnuppel, ist das nicht der Posten, den du haben wolltest?«

»Ich habe ihn nicht verdient. Ich weiß nicht, was Joe dir erzählt hat – oder auch nicht. Aber ich habe versagt. Wir sind zusammen dorthin gereist, aber nicht als Team, sondern als Rivalen. Wir hatten eine Vereinbarung getroffen: Wer von uns den Westgate-Kauf unter Dach und Fach bringt, der sollte Abteilungsleiter werden. Diese Person ist Joe, nicht ich. Ich habe es versucht und bin kläglich gescheitert. Mir hätte Mr Philbottom nicht einmal die Uhrzeit verraten.« Sie nagte an ihrer Unterlippe, dann schüttelte sie den Kopf. »Nein, ich muss mich korrigieren, die hätte er mir schon verraten. Schließlich wollte er ja sogar, dass ich die Abendgesellschaft seiner Tochter besuche. Aber für mein Kaufangebot zeigte er nicht das geringste Interesse.«

»Da täuschst du dich aber gewaltig, Schnuppel.« Mr Carrington beugte sich vor und nahm ihre Hände zwischen seine. »Es war genau dieses Angebot – mit lediglich einer kleinen Ergänzung – dem der Aufsichtsrat zugestimmt hat.«

»Ist das wahr? Das … das habe ich nicht gewusst. Ich nahm an, Joe …«

»Joe hat mir erzählt, dass er noch nie ein so sorgfältig vorbereitetes Angebot gelesen habe. Er war ziemlich beeindruckt.«

Meryl verspürte einen Anflug von Stolz. »Mag sein, aber er ist derjenige, der die Verhandlungen geführt hat. Er hat dafür gesorgt, dass der Aufsichtsrat von Westgate unterschreibt. Ich habe mich als untauglich erwiesen. Schlimmer noch, fast hätte ich alles verdorben, weil ich dort hingefahren bin – und weil ich eine Frau bin.«

Dies ist der richtige Moment, sagte sie sich. Der Augenblick, um einen verrückten Jungmädchentraum zu beenden und die Realität dessen zu akzeptieren, wer und was sie war. »Genau aus diesem Grund bin ich nicht länger an dieser Position oder an irgendeiner anderen bei Atlantic-Southern interessiert. Ich verlasse die Firma. Ich bin zu der Einsicht gelangt, dass ich nicht für das Geschäftsleben geschaffen bin.«

»Nicht geschaffen ...« Ihr Vater sah sie fassungslos an. »Ich kann kaum glauben, was ich da höre. Nachdem du immerhin studiert hast ... Und was ist mit all deinen Träumen? Du hattest vor, eines Tages meine Nachfolge anzutreten! Ich muss zugeben, das wäre ziemlich unkonventionell, aber auch kein Einzelfall. Davon abgesehen bist du meine *Tochter.* Ich wäre stolz darauf, dich in meine Fußstapfen treten zu sehen.«

Jetzt verlor Meryl endgültig den Kampf gegen die aufsteigenden Tränen. So lange hatte sie davon geträumt, diese Worte aus dem Mund ihres Vaters zu hören! Und nun, da er sie endlich ausgesprochen hatte, konnte sie es kaum glauben. Aber es änderte nichts. Wenn sie nicht mit ganzem Herzen Geschäftsfrau wäre, würde sie die Firma nur in den Ruin treiben.

»Vater, ich kann nicht«, sagte sie mit zitternden Lippen. »Es tut mir leid, aber ich glaube nicht mehr daran.«

»Na, na ...« Ihr Vater zog ein Taschentuch hervor und tupfte ihr die Wangen ab, so wie er es schon getan hatte, als sie noch ein kleines Mädchen gewesen war. »Schnuppel, sag mir, was hat sich verändert?«

Ich. Er. Alles. »Ich kann ... ich kann es nicht sagen.«

Er schob ihr das Taschentuch in die Hand, und sie wischte sich selbst die Tränen ab. Wieder zuversichtlicher fuhr er fort: »Vielleicht änderst du deine Meinung noch. Es ist nämlich so, ...« Er senkte die Stimme und beugte sich vor.

Bevor er jedoch weitersprechen konnte, kam Pauline ins Zimmer gestürzt. »Meryl, Vater! Joe ist da.«

24. Kapitel

Mit einem mulmigen Gefühl folgte Meryl ihrem Vater in den blauen Salon. Dort hatten sich alle in bester Festtagsstimmung versammelt, tranken Eierpunsch und tauschten Neuigkeiten mit Pauline und Nate und Joe aus.

Meryl zögerte an der Tür und betrachtete unbemerkt den Mann, den sie insgeheim liebte. Er sah einfach fantastisch aus.

Sein perfekt geschnittener Anzug betonte den schlanken, wohl proportionierten Körper. Ihr wurde heiß bei dem Gedanken daran, wie dieser Körper nackt aussah. So kühl wie sie jetzt miteinander umgingen, konnte sich Meryl jedoch kaum vorstellen, dass sie ihn tatsächlich einmal nackt vor sich gesehen hatte. Dass sie miteinander geschlafen hatten. Abgesehen von dem Ring, der jetzt an einer Kette unter ihrer Bluse hing, erinnerte nichts daran.

Joe warf zufällig einen Blick Richtung Tür, dann sah er genauer hin und brach mitten im Satz ab. »Meryl!« Er machte einen Schritt auf sie zu.

»Meryl, so steh doch nicht da herum. Komm zu uns«, sagte Clara. »Du erinnerst dich doch an Joe, oder?«, fragte sie, und ein Lächeln spielte ihr um den Mund. »Der Bursche, mit dem du Thanksgiving auf und davon gelaufen bist.«

»Ich schwöre, ich dachte, die beiden wären durchgebrannt«, sagte ihre Mutter. »Bis Meryl ohne ihn zurückkam. Sich vorzustellen, dass sie bis ans andere Ende der Staaten gereist ist, nur um ihre Ansichten über Frauen im Geschäftsleben unter Beweis zu stellen!«

Meryl folgte dem Gespräch nur mit halbem Ohr. Sie sah Joe unentwegt an, und auch er konnte den Blick nicht von ihr abwenden. Ihr wurde bewusst, dass es gleichgültig war, ob die anderen mitbekamen, dass sie diesen Mann liebte.

»Joe. Du bist da«, sagte sie leise.

»Ja. Ich hatte gehofft ...«

Meryl fasste einen Entschluss. »Ich muss mit dir reden. Komm.« Sie griff nach seiner Hand und zog ihn hinter sich her Richtung Tür.

Sie hätte ihm keine Vorwürfe gemacht, wenn er stehen geblieben wäre und sich geweigert hätte, auch nur mit ihr zu sprechen. Doch zu ihrer Erleichterung folgte er bereitwillig. Es gab etwas, das sie ihm unbedingt sagen musste. Auch wenn sie absolut nicht wusste, wie es in ihrem Leben weitergehen sollte, so sollte er zumindest etwas erfahren.

Sie führte ihn durch die Halle bis zum Wintergarten an der Rückseite des Hauses. Trotz des Schnees, der draußen fiel, blühten hier die Pflanzen im Überfluss.

Meryl und Joe ließen sich auf einer Steinbank nieder. In dem Moment bemerkte sie, dass er eine längliche Schachtel in der Hand hielt. »Du hättest meiner Mutter das Geschenk ruhig schon geben können«, sagte sie.

»Es ist nicht für deine Mutter, sondern für dich.«

Wärme durchströmte sie plötzlich – und zugleich die Erinnerung an jenes Weihnachtsfest, das schon lange zurücklag. Wie an jenem Tag, als er ihr den Anhänger

schenkte, verstand sie auch jetzt nicht, warum er ihr etwas mitgebracht hatte. »Für mich? Warum?«
Er blickte kurz zu Boden, aber dann sah er ihr direkt in die Augen. »Warum öffnest du es nicht einfach und schaust nach, was es ist?« Er hielt ihr das Päckchen hin.
Zögernd nahm sie es entgegen. »Das war aber nicht nötig«, sagte sie verunsichert. »Ich verstehe nicht, warum du mir Geschenke machst, nach allem, was passiert ist – und was ich getan habe.«
Seine ernste Miene beunruhigte sie. »Öffne es und sieh selbst.«
Meryl entfernte die rote Schleife und öffnete das Päckchen. Eingebettet in Seidenpapier lag ein dreieckiges Stück polierten Walnussholzes. Es hatte die Form und Größe von Namensschildern, wie Mitglieder des Aufsichtsrats sie auf ihren Schreibtisch stellen. Meryl nahm es heraus und las:
»MERYL CARRINGTON, ABTEILUNGSLEITERIN, GESCHÄFTSBEREICH WESTGATE.«
Sie brach in Tränen aus. Während sie sich einerseits freute, dass Joe an sie glaubte, war sie gleichzeitig erschüttert, ein so unpersönliches Geschenk von ihm zu bekommen. Dass er sie endlich als fähige Geschäftsfrau anerkannte, ließ sie eines mit Sicherheit wissen: Er hatte jegliche romantischen Gefühle für sie aufgegeben.
»Ich zweifle nicht daran, dass du dich als würdige Nachfolgerin deines Vaters erweisen wirst«, sagte Joe mit fester Stimme. »Und genau aus diesem Grund verlasse ich die Atlantic-Southern.«
»Was?« Meryl wirbelte herum. Das Namensschild war völlig vergessen.

»Ich habe ein Angebot als Vizepräsident eines Stahlkonzerns in Pittsburgh angenommen.«
»Pittsburgh! Aber …«
»Das ist das Vernünftigste, Meryl. Wer weiß, vielleicht sind wir eines Tages Geschäftspartner? Ich könnte dir den Stahl für dein ständig expandierendes Eisenbahnimperium liefern.«
»Nein. Nein, das geht nicht.«
Er runzelte die Stirn. »Ich wüsste nicht, was dagegen –«
»Du verstehst nicht. Ich habe Vater gerade gebeten, dich zum Abteilungsleiter des neuen Bereiches zu machen. Das hier ist lieb von dir gemeint, Joe«, sagte sie und hob das Namensschild hoch, »aber wir wissen beide, dass es eine Lüge ist.«
Er sprang auf, stellte sich vor sie und verschränkte die Arme. »Ich schwöre, Meryl, an dem Tag, an dem ich dich endlich verstehe, werden sich all meine Sorgen in Luft auflösen! Ist das hier nicht genau das, was du die ganze Zeit haben wolltest?« Er wies auf das Namensschild.
»Stimmt, aber das heißt nicht, dass ich es auch verdiene. *Du* bist derjenige, der den Kauf erfolgreich zum Abschluss gebracht hat. Alles, was ich getan habe, war, ein Schriftstück aufzusetzen …«
Joe warf in einer Geste der Verzweiflung die Arme in die Luft. »Verdammt noch mal, Meryl, du bist eine ausgezeichnete Geschäftsfrau, siehst du das denn nicht? Ich hätte es nicht besser gekonnt, selbst wenn ich Wochen damit verbracht hätte, und sogar dann hätte ich womöglich etwas Wichtiges übersehen.«
»Was nutzt das, wenn ich Verhandlungen nicht bis zum Ende führen kann? Gar nichts – das musst du zugeben!«

»Du kannst Leute einstellen, die das für dich tun.«
»Und du kannst Leute einstellen, die für dich Angebote aufsetzen.« Ihr kühler Blick begegnete seinem, und sie straffte das Kinn. »Damit wären wir dann wohl in einer Sackgasse angelangt. Du willst den Job nicht und ich auch nicht.«
»Dafür ist es zu spät. Du musst die Stelle annehmen.«
»Was meinst du damit?«
»Bei meinem Treffen mit Mr Philbottom habe ich dem Vertrag eine Bedingung hinzugefügt. Du wirst Abteilungsleiterin – oder der Handel ist geplatzt.«
»Aber Vater sagte, der Kauf sei heute unter Dach und Fach gebracht worden!«
»Und wir gingen beide davon aus, du würdest vor Freude außer dir sein, endlich das zu bekommen, was du immer haben wolltest.«
Meryl schluckte. »Dann werde ich also nach San Francisco umziehen. Und du gehst nach Pittsburgh.« Sie hatte nicht gedacht, dass die Aussicht, so weit von Joe entfernt zu sein, ihr noch mehr zusetzen würde als die bisherigen Erlebnisse. Ihm hingegen machte es offenbar nicht das Geringste aus. Er hatte sogar alles bereits in die Wege geleitet!
Meryl war furchtbar enttäuscht und musste sich bestürzt eingestehen, dass sie insgeheim große Hoffnungen an diesen Weihnachtsabend geknüpft hatte. Sie hatte sich der Illusion hingegeben, Joe würde bei ihrem Anblick weich werden, ihr verzeihen und sie zurückgewinnen wollen. Sie hatte sich tatsächlich eingebildet, sie würde ihm noch etwas bedeuten. »Dann werde ich also Abteilungsleiterin.« Diese Worte hätten sie noch vor kurzem in helle Be-

geisterung versetzt. Aber eine Zukunft ohne Joe kam ihr jetzt unglaublich leer vor.
»Ja. Und ich hätte gedacht, dass es dich glücklich macht.«
»Ist es das, was du willst?« Sie sah ihn durchdringend an, verzweifelt auf der Suche nach einem Hinweis, dass er noch etwas für sie empfand.
Tränen schossen ihm in die Augen. »Ich möchte, dass du glücklich bist, Meryl. Und ich hoffe, dass du es jetzt sein wirst.« Er machte einen Schritt zurück und strich sein Jackett glatt. »Ich möchte deine Gastfreundschaft nicht überstrapazieren. Ich weiß, dass dir meine Anwesenheit hier unangenehm ist. Und selbst wenn es dir nicht viel ausmacht, so ist es für mich nicht leicht …« Er verstummte, und ein Schatten huschte über sein Gesicht.
»Was?« Meryls Nerven waren bis zum Zerreißen angespannt. Sie wollte so gern wissen, was er für sie empfand!
»Dich zu sehen. Leb wohl, Meryl. Ich hoffe, deine Karriere wird dich glücklich machen.« Er wandte sich ab, stieß die Tür des Wintergartens auf und trat in die Halle.
Meryl starrte auf das Namensschild in ihrer Hand, der erste Schritt zur Verwirklichung ihres Traums, eines Tages die Firma zu übernehmen. Ihr erster Erfolg.
Und doch fühlte sie sich miserabel. »Nein!«
Genau wie bei Mr Philbottom hatte sie auch gerade bei Joe nicht wirklich gekämpft. Sie gab einfach zu leicht auf!
Aber wenn sie sich beeilte, war es vielleicht noch nicht zu spät.
Meryl sprang auf und stürmte durch die Tür.
Joe war nirgendwo zu sehen. Meryl lief am blauen Salon vorbei zur Haustür und blieb abrupt stehen, als sie seine

Stimme hörte. Er war im Salon. Natürlich, er verabschiedete sich von ihrer Familie.
Sie vernahm, wie Clara protestierte, dass er schon wieder gehen wollte, und ihre Mutter ihr beipflichtete. Meryl wartete nicht, bis er sich von ihnen gelöst hatte.
Sie fegte durch die offene Tür und quer durch den Raum bis zum Weihnachtsbaum. Dort baute sie sich vor Joe auf und sagte laut und deutlich: »Du wirst nicht gehen, Joe. Nicht so.«
»Meryl, ich kann nicht bleiben. Nicht nach …« Er zögerte und warf einen Blick auf Meryls Familienmitglieder, die ihn gespannt ansahen. »Nach allem, was passiert ist.«
»Warte. Ich möchte dir etwas zeigen.« Sie öffnete den obersten Knopf ihrer Bluse. Joe riss die Augen weit auf. Meryl zog die Kette heraus und nahm sie ab. Daran baumelte der Verlobungsring, und der Stein funkelte im Licht des Christbaums.
Meryls Mutter, die hinter ihr stand, schnappte hörbar nach Luft. Meryl zog den Ring von der Kette.
Joe runzelte die Stirn. »Ich sagte damals, du kannst ihn behalten«, murmelte er.
»Er hat dir einen Heiratsantrag gemacht?«, fragte Pauline. »Ich wusste es! Ich wusste, dass ihr eines Tages als Paar enden würdet.«
Meryl ignorierte ihre ungestüme Schwester. Sie sah nur Joe, der direkt vor ihr stand. Nur mit ihm würde sie ihr wahres Glück erleben. Jetzt war nicht der Moment für übertriebenen Stolz. »Ich habe einen Fehler gemacht, Joe. Einen schrecklichen Fehler. Ich hatte solche Angst, du würdest mir nicht zutrauen, es zu schaffen! Deshalb hab

ich dich von mir gestoßen. Aber jetzt …« Sie sah ihm forschend in die Augen, sah die Wärme darin, und das gab ihr die Kraft, fortzufahren. »Jetzt, Joseph, erkenne ich die Wahrheit. Mit dir zusammen zu sein schränkt mich nicht etwa ein, im Gegenteil, es gibt mir sehr viel. Ich liebe dich und will mit dir zusammen sein, mehr als alles andere auf der Welt. Selbst wenn du mich nicht liebst.«

Ungläubig sah er sie an. Doch dann wandelte sich sein verblüffter Gesichtsausdruck, und seine Augen leuchteten. »Ich sollte dich nicht lieben? Meryl, ich habe dich schon immer geliebt! Es war nur eine äußerst aufregende Fahrt mit dem Zug vonnöten, um das zu erkennen.«

Freude durchströmte Meryl und vermittelte ihr das Gefühl, dass sich am Ende doch noch alles zum Guten wenden konnte. »Möchtest du mich immer noch heiraten? Ich will dich nämlich heiraten. Mehr als alles andere. Bitte sag ja!«

»*Sie* macht *ihm* einen Antrag«, flüsterte ihre Mutter so laut, dass es jeder hören konnte. »Das habe ich noch nie erlebt.«

Joe zögerte nicht eine Sekunde. Seine Erwiderung lautete kurz und entschlossen: »Ja.« Er ergriff Meryls Hand und steckte ihr den Ring an.

Und zu Meryls größter Freude zog er sie anschließend in seine Arme. Meryl brach erneut in Tränen aus, und sie barg ihr Gesicht an seiner Schulter. »Ich habe mich entsetzlich gefühlt, als du nicht da warst, um mir auf die Nerven zu gehen«, schluchzte sie. Alle, die um die beiden herumstanden, lachten laut auf.

»So ging es mir auch.« Joe schob Meryl sachte ein Stück von sich fort und hob ihr Kinn. »Ich liebe dich, Meryl.

Selbst dann, wenn du mich verrückt machst. Ein Problem gibt es allerdings noch.«
Bitte, keine Hindernisse mehr. Nicht jetzt, flehte Meryl innerlich. Was auch immer er wollte und welche Forderung er stellte, sie war bereit nachzugeben. »Was ist es?«
»Wer wird Abteilungsleiter von Westgate?«
Spielte das überhaupt noch eine Rolle? Allerdings – ihr Vater verließ sich auf sie. Auf sie beide. Und da wusste sie plötzlich die Antwort. »Ich schlage vor, dass wir die Position gemeinsam bekleiden. Wir sind schließlich am besten, wenn wir zusammenarbeiten.«
Joe lächelte über das ganze Gesicht. »Und wieder hast du das Problem klar erkannt und eine sinnvolle Lösung gefunden! Abgemacht.« Er hielt ihr die Hand hin, doch statt sie zu ergreifen, schlang Meryl ihm die Arme um den Hals und küsste ihn auf den Mund.
Dieser Kuss gab ihr das Gefühl, zu Hause angekommen zu sein. Sie gehörte zu diesem Mann, wie sie niemals zu einem anderen gehören würde. Und er gehörte zu ihr.
Der Applaus der anderen riss Meryl aus ihren verzückten Gedanken. Sie zwang sich, Joe loszulassen, und blickte sich um, die Wangen leicht gerötet.
»Ich wusste, dass die Sache mit den Mistelzweigen am Ende doch funktioniert«, sagte Clara. Meryl schaute nach oben. Alle anderthalb Meter hing ein Mistelzweig. »Clara, du bist verrückt geworden.«
»Ganz und gar nicht. Ich habe gebetet, dass der Zauber wirken möge, und es hat funktioniert.«
»Allerdings.« Meryl lächelte ihren zukünftigen Ehemann und Kollegen an. »Aber woher wusstest du, dass Magie nötig sein würde?«

Clara zuckte mit den Schultern, als läge die Antwort auf der Hand. »So wie du hier herumgeschlichen bist, wusste ich, dass du Liebeskummer hast. Und mir war klar, dass es um Joe ging. Vor allem, weil du nie über ihn gesprochen hast. Ganz davon abgesehen, dass du schon immer in ihn vernarrt gewesen bist.«
»Ich wusste es«, sagte Joe und lächelte triumphierend.
Meryl zog die Augenbrauen hoch und sah ihn strafend an. »Jetzt werde bloß nicht überheblich, mein Lieber.«
Als Antwort beugte er sich vor und flüsterte ihr etwas ins Ohr, das sie bis unter die Haarwurzeln rot werden ließ.
»Ich kann es nicht glauben! Ich kann es einfach nicht glauben!« Der Ausruf ihrer Mutter zog zum Glück die Aufmerksamkeit aller auf sich. Mrs Carrington ergriff die Hand ihres Mannes. »Sie ist unsere letzte Tochter, die heiraten wird, Richard. Und sie macht eine gute Partie, obwohl ich dieses Mal nicht das Geringste damit zu tun hatte.«
Meryls Schwestern tauschten vielsagende Blicke. Trotz all der Pläne und Verkupplungsversuche ihrer Mutter hatte sich letztendlich jede von ihnen selbst ihren Ehemann ausgesucht.
»Ja, Liebes, ihre Wahl hätte nicht besser ausfallen können«, stimmte ihr Vater lächelnd zu. Er ging hinüber zu Joe und klopfte ihm freundschaftlich auf den Rücken. »Willkommen in der Familie, mein Sohn. Obwohl es mir so vorkommt, als würdest du längst dazugehören.«
Nachdem alle begeistert gratuliert hatten, seufzte Mrs Carrington auf.
»Mutter, was ist?«, fragte Meryl, die plötzlich fürchtete,

irgendein unvorhergesehenes Hindernis könnte ihre Träume im letzten Moment doch noch platzen lassen.

»Mir ist nur gerade etwas klar geworden«, sagte ihre Mutter, und ihre Stimme klang dünn und verloren. Sie sah die anderen mit großen Augen an. »Wenn meine fünf Töchter alle verheiratet sind, womit soll ich dann eigentlich meine Zeit verbringen?«

Anne Hertz

Glückskekse

Roman

Ausgerechnet an ihrem 35. Geburtstag wird Jana von ihrem Freund verlassen. Grund genug, mehr als eine Flasche Sekt zu leeren und sternhagelvoll folgende SMS an eine unbekannte Nummer zu schicken: *»Was kann ich tun, um glücklich zu werden? SIE«*
Am Morgen danach hat Jana einen Kater – und die Antwort: *»Das frage ich mich auch oft. ER«*
Erst ist Jana überrascht. Dann muss die lächeln. Und schließlich macht sie sich mit einem Unbekannten auf die Suche nach dem Glück …

»Eine Liebesgeschichte,
von der man sich wünscht, sie möge nie enden.«
Bella

Knaur Taschenbuch Verlag

Verhindern Meerschweinchen Liebesnächte?
Wartet am Dreimeterbrett das große Glück?
Und worüber reden Männer, wenn sie unter sich sind?

Silke Schütze

Schwimmende Väter

Roman

Jeden Samstag treffen sie sich im Schwimmbad: Björn, Patrick, Robin – und ihre Kinder im Alter von fünf bis sieben. Während die Kleinen planschen, philosophieren die Väter über echte Männerthemen: Fußball, Bohrmaschinen und natürlich Frauen. Denn zufällig hat gerade jeder von ihnen seine absolute Traumfrau kennen gelernt. Die schwimmenden Väter ahnen nicht, das es sich dabei um ein und dieselbe handelt: Jella, die bisher ohne Mann ganz gut klar gekommen ist und eigentlich nur einem Aushilfsvater für ihren Sohn sucht …

»Wenn es Ihnen ähnlich geht wir mir, und Sie
Verwechslungskomödien ebenso lieben wie
schlagfertig-freche Frauenromane, dann
lege ich Ihnen dieses Buch ans Herz.«
WDR 4, Sibylle Haseke

Julianne Bedford

Diese eine große Liebe

Roman

Als die junge Shelby das erste Mal einen Blick auf das alte Haus wirft, ist sie sofort fasziniert. Hier residierte einst eine bedeutende Familie, die Brosnahans, und der Atem der Geschichte scheint durch die Räume zu ziehen. Shelby kauft das Haus und fühlt sich immer stärker von seiner Vergangenheit angezogen. Da begegnet ihr eines Tages in einem der Zimmer der höchst attraktive Lucas, der aus einer anderen Welt zu stammen scheint. Hals über Kopf verliebt sich Shelby in den so melancholisch wirkenden Mann – und es beginnt eine höchst ungewöhnliche Liebesgeschichte ...

Knaur Taschenbuch Verlag